KB267229

파
렌
체 에서의
칠일(…)

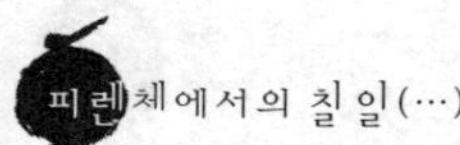 피 렌 체 에 서 의 칠 일 (…)

초판 1쇄 찍은 날 § 2004년 11월 20일
초판 1쇄 펴낸 날 § 2004년 11월 30일

지은이 § 이혜경
펴낸이 § 서경석

편집장 § 문혜영
편집 및 디자인 § 이종민
마케팅 § 정필 · 강양원 · 이선구 · 김규진 · 홍현경

펴낸곳 § 도서출판 청어람
등록번호 § 제1081-1-89호
등록일자 § 1999. 5. 31
어람번호 § 제5-0029호

주소 § 경기도 부천시 원미구 심곡1동 350-1 남성B/D 3F (우) 420-011
전화 § 032-656-4452 팩스 § 032-656-4453
http://www.chungeoram.com
E-mail § eoram99@chollian.net

ⓒ 이혜경, 2004

ISBN 89-5831-319-6 03810

파런체에서의 칠일(…)

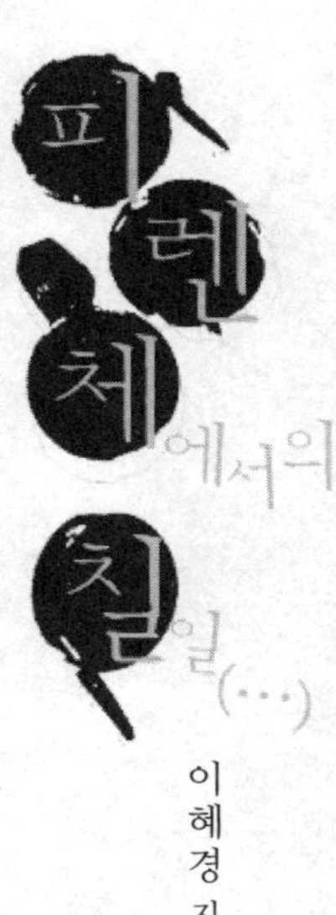

이혜경 지음

도서출판
청어람

프롤로그-약속해 줄래? • 7

하나-꿈속의 정사 • 11 / 둘-나는 너를 모른다 • 25

셋-과거 속의 남자 • 44 / 넷-위험한 유혹 • 60

다섯-그대의 향기 • 76 / 여섯-어두운 그림자 • 92

일곱-진실과 오해 • 103 / 여덟-매혹되다 • 117

아홉-이수라는 덫 • 138 / 열-집착 • 158

열하나-선택 • 176 / 열둘-젊은 그들 • 194

열셋-애증의 그늘 • 212 / 열넷-함께 있으면 좋은 사람 • 229

열다섯-어느 날 갑자기 • 242 / 열여섯-상처받은 자의 분노 • 258

열일곱-가질 수 없다면… • 276 / 열여덟-그녀의 연인 • 290

열아홉-비밀 • 300 / 스물-진실 • 310

스물하나-우애(友愛) • 320 / 스물둘-사랑의 늪 • 333

스물셋-그리고 또 다른 하루 • 358 / 스물넷-그들의 결혼식 • 372

에필로그-다시 피렌체에서 • 383

작가후기 • 398

그리워하는 연인들이
그곳에 가면 만나게 된다는
연인들의 도시 피렌체에서의 6박 7일
여자는 꿈속에서 사랑을 하고
남자는 복수를 위해 그 사랑에 동조한다

"**진**하야, 이 글 읽어봤어?"

오후의 햇볕이 캠퍼스 잔디밭 구석구석을 비추고 있다. 잔디밭에 앉은 진하라고 불리는 텁수룩한 머리에 굵은 검은 뿔테 안경을 쓴 남학생의 무릎을 베고 누운 맑고 뽀얀 얼굴을 가진 여학생이 작은 책을 손에 들고 흔들어 보인다.

"어디 봐. 응? 일본 잡지네? 월간 〈피처〉?"

"어, 일본어 공부하느라 읽을 거리를 찾는데 여기 연재되는 글이 좋다고 칭찬해서. 그런데 정말 좋아."

"냉정과 열정 사이?"

"응. 읽어봤어?"

“응, 읽었어.”

“여기 아오이와 준세이가 만나기로 하는 피렌체 말이야.”

“응, 피렌체. 피렌체의 두오모(Duomo). 땀을 흘리며 몇백 계단을 오르면 거기에 기다리고 있을 피렌체의 아름다운 중세 거리 풍경에는 연인들의 마음을 하나로 묶어주는 미덕이 있다고 했어. 갑자기 아오이와의 약속이 생각났다. 때로 기억을 떠올리면서도 어린 시절의 부끄러운 실수라도 되듯이 기억 속에 밀폐시켜 두고 싶었던 오랜 약속. 만날 것을 믿고 있으면 언젠가는 만날 수 있을 것 같은 기분이 들었다.”

“와! 진하야, 그 긴 문장을 다 외었어? 진짜 놀라워! 놀라워!”

“읽다 보니 좋아서 기억에 남네.”

“헤어진 연인들이 십 년 뒤에 다시 만나기로 하잖아.”

“그래, 만났잖아.”

“너무 낭만적이지? 나도 피렌체 가고 싶어.”

“낭만적이기만 해? 난 슬프던데.”

“왜?”

“헤어져 있는 내내 항상 그리워하잖아.”

“걱정 마, 우린 안 헤어질 거니까. 왜 그런 줄 알아?”

“왜 그런데?”

“우린 주파수가 같으니까. 네가 어디 있어도 난 너를 찾을 수 있어.”

“가자. 가면 되잖아. 문이수, 우리 졸업여행으로 둘이 가자!”

“우와! 정말? 약속해 줄래?”

이수는 발딱 일어나 진하의 목에 매달려 쪽, 쪽, 쪽 소리가 나게 그의 입술에 입맞췄다.

“피렌체 꼭 나랑 같이 가야 돼.”

“알았다니까.”

“우리 배낭 메고 배낭여행 가자? 응?”

“알았어. 문이수, 넌 어쩜 그렇게 애 같으냐?”

“정진하는 늙은이 같지.”

이수가 생긋 웃으며 묘한 눈빛으로 진하를 바라보자 그는 멋쩍은 표정을 보이며 웃어 보였다. 책갈피 사이에 꽂힌 피렌체의 사진을 흔들어 보여주며 이수는 또다시 활짝 웃었다.

“하여간 문이수는 정말 특이해.”

“난 정진하가 문이수의 특이한 것에 뿅! 간 것 다 알아.”

이수는 혀를 날름거리며 다시 진하의 무릎을 베고 누워버렸다. 진하는 그런 특이한 이수가 좋았다. 남들 눈에 조금 튀기는 해도 그렇게 보통 여자들과 다른 거친 이수가 좋았다. 이수는 어느새 꿈꾸는 눈이 되어 사진을 들여다보고 있었다.

“여기 가운데 둥그런 지붕이 두오모야. 연인들의 두오모래. 피렌체 가운데 있어서 이 두오모가 이정표 역활을 해준다는 거야.”

“아이고, 문이수. 이번엔 피렌체에 푹 빠졌냐? 누가 말리냐, 문이수를?”

"냅둬라, 나 이렇게 살다 죽게."

이수는 어느새 그 사진 한 장으로 상상의 나래를 펴며 피렌체에 빠져들고 있었고, 진하는 그런 이수의 머리카락 사이에 손을 넣어 자꾸만 만지작거리고 있었다. 부드러운 바람이 두 사람을 감싸고 휘돌아갔다. 하늘은 파랗게 높았고 캠퍼스에는 햇살이 눈부시게 부서지고 있었다.

그 인상적인 날, 남 이탈리아의 피렌체에 작은 고성에서 열리는 세계 유명 패션리더들의 6박 7일의 회합에는 이례적으로 페라가모사, 구치, 프라다, 샤넬, 루이뷔통, 토마스 버버리, 지아니, 베르사체를 대표하는 핵심 멤버와 유명 디자이너, 그리고 모델들이 모두 모였다. 한국에서도 한국 패션시장을 움직이고 있는 D벅스 패션과 삼우 SS패션이 참가하고 있었다. 그 이색적인 모임이 있는 고성의 정원을 둘러싼 성곽에 기대서면 도시 전체가 유네스코의 문화유적으로 지정된 피렌체 전체가 내려다보였다. 피렌체는 빛의 도시였다. 순간 순간 변해가는 빛의 변화에 따라 도시 전체의 빛깔도 달라 보인다. 지는 햇빛을 받아 도시 전체가 주황색으로 빛나고 있었다. 피렌체 집들의 지붕을 씌운 기와는 재벌구이 해서 유약 처리까지 하는 것이 아니고 흙을 짓이겨서 초벌만 굽기 때문에 테라코타처럼 붉은 색을 약간 띠게 되어 있다. 지붕의 색깔이 주황색을 띠는 건 기와의 색 때문이었다. 도시 미관이나 통일성, 그리고 개인이 마음대로 바꿀 수 없는 제약으로 인해 도시 전체의 지붕이 그런 색깔을 가지고 있었기 때문에 노을 빛이 물들 때면 조용히 흐르는 아르노 강과 함께 한 폭의 그림을 연출했다. 또 피렌체를 대표하는 화가, 미켈란젤로의 유명한 다비드 상 등 모든 작품이 있는 곳이기도 했다.

그날 그곳에 참석한 수많은 남성들과 조각상 같은 남자 모델들 중에서도 유독 섹시한 매력으로 세계 최고의 남성 모델들의 눈길조차 사로잡는 그는 D벅스 모델로 그 자리에 참석한 김시일이었다. 스물여덟에 키는 187cm, Body Size 30, 콧수염이 매력적이며, 남성적 느낌의 세련된 아로마틱 우디향을 즐겨 사용하고, 피부는 구릿빛으로 태워 강해 보이고, 머리카락을 앞으로 쓸어 내려 거친 이미지를 연출했다. 김시일은 화려한 양복에 특이한 문양의 넥타이를 매고 한국 제일의 모델답게 그곳에서도 세계 최고의 패션모델로 대접받고 있었다. 그는 성곽에 기대서 아름다운 도시를 내려다보고 있었다.

"뭘 그렇게 골똘히 생각하고 계세요?"

그는 뒤를 돌아보았다. 그의 비서가 샴페인 잔을 권하고 있었다. 그가 잔을 받아 들고 돔 페리뇽 샴페인을 한 모금 들이키자 비서는 미소 지으며 턱짓으로 하얀색 이브닝 드레스 차림의 한 국 여자를 가리켰다.

"누가 왔는지 보세요."

그는 비서가 가리키는 곳을 슬쩍 바라보았다. 마치 소녀처럼 청순해 보이는 투명한 피부에 짙은 검은 단발머리, 앞가르마를 타서 드러난 둥근 이마, 맑고 커다란 눈망울만이 보이는 듯한 인상적인 느낌의 여자였다.

"누군가?"

"SS 쪽에 제일 디자인 실장 문이수 씨입니다. 곧 삼우물산 이 지민과 약혼할 사이랍니다. 이 사장이 끔찍이 생각한다고 들었 습니다."

순간 그의 짙은 눈썹 끝이 움찔거리며 활 모양으로 치켜 올라 갔다. 그리고는 만족스러운 미소를 띠며 잔을 비웠다.

"어느 대단한 댁 아가씨인가?"

"그게 좀 이상합니다. 평범한 대학교수의 딸입니다. 저 아가 씨와 약혼하기 위해 집안에 출혈이 있었던 것으로 들었습니다."

"그래? 그거 무척 재미있군."

"이번 달에 약혼한다는 소문도 있고, 신데렐라라고 소문이 자 자하죠."

"이 친구는, 여자들에 대해서는 뭘 그렇게 많이 아나?"

"저의 천부적인 재능이죠."

"손을 써서 내가 묵을 방을 그녀의 옆방으로 잡아."

"이미 그렇게 해뒀습니다."

그는 비서의 은밀한 대답에 피식 웃으며 고개를 끄덕였다. 그녀는 다가선 금발의 남자 모델이 권하는 잔을 받아 들고는 화사하게 웃으며 샴페인을 마셨다. 어두워져 오는 피렌체 하늘이 그녀의 어깨 너머로 보였다. 그는 샴페인 잔을 챙겨 들고 조용히 그녀에게로 다가갔다. 그가 다가갔을 때 그녀는 등을 보이며 이제는 어두워져 불빛이 반짝이는 도시의 야경을 내려다보고 있었다. 그가 인기척을 내기 위해 조그맣게 헛기침을 하자 그녀가 놀란 듯 돌아섰다. 하지만 다음 순간 그녀의 얼굴은 핏기 없이 창백해지며 비틀거리더니 다리가 풀린 듯 휘청거렸다. 그는 인상을 찌푸리며 얼른 쓰러지려는 그녀를 받쳤다. 그녀의 손에서 잔이 떨어져 쨍그랑 깨졌다. 근처에 서 있던 사람들의 시선이 일제히 그들에게로 쏠렸다.

"무슨 일이세요? 어디가 아픈가요?"

그가 황급히 묻자 그녀가 미친 듯이 중얼거리듯 물어왔다.

"진하…… 너…… 진하지?"

"네? 사람을 잘못 보셨나요?"

"그럴 리가…… 없는데……."

"우선 여기서 나가시죠. 다들 우리를 보고 있어요."

"미안하지만…… 제 방으로 가겠어요. 제 일행들에게 이런 모습…… 보이고 싶지 않군요."

그녀가 아직도 창백한 얼굴로 그에게 작은 목소리로 속삭였다. 그는 충분히 이해한다는 듯 상냥하게 미소 지으며 그녀를 부축해서 황급히 사람들 사이를 빠져나갔다. 그의 비서가 안내하는 대로 그녀의 방으로 갈까 하다가 그는 다시 그녀에게 물었다.

"커피 한 잔 드릴까요? 방으로 가져가게 하겠습니다."

그러자 그녀는 무언가 미련이 남은 듯한 얼굴로 그를 바라보다가 갑자기 불투명해져 꿈꾸는 듯한 표정이 되어 되물어왔다.

"저, 그쪽 방에서 커피를 마시고 싶은데요. 물어보고 싶은 것이 있어요."

"그러시죠. 전 환영입니다. 제 방에선 제가 직접 커피를 타드리죠."

방으로 들어가자 그는 곧장 겉옷을 벗어 대충 던져 놓은 다음 넥타이를 풀어버리고 커피메이커로 다가갔다. 그녀의 시선이 줄곧 그를 쫓고 있었다. 그는 모른 척 내버려 두기로 했다.

하지만 그런 그녀가 무척이나 흥미로워지는 것은 틀림없었다. 기회란 뜻밖에 찾아온다. 그처럼 오랜 시간 이지민 부자(父子)에게 복수를 꿈꾸어왔건만 어쩌면 저 작고 가녀린 여자가 해답이 될 수도 있을지 모른다고 생각했다.

"커피를 좋아해서 늘 가지고 다니죠."

전통의 냄새가 배어 있는 고풍스런 방 안에 커피 향기가 은은하게 퍼져 나간다. 그가 블랙커피가 가득 담긴 잔을 내밀자 그녀는 시선은 그에게 고정시킨 채 커피 잔을 두 손으로 받아 들고 커피 향을 음미했다.

"괜찮으신가요? 아직도 피곤해 보이는군요."

"저…… 지금 몇이세요, 나이가?"

"스물여덟입니다."

"아! 네, 하긴……. 진하는 이제 스물아홉이 되었겠지……. 혹시 형이나 친척 중에 정진하라는 사람이 없나요?"

그는 웃으며 고개를 저었다. 그녀는 갑자기 꿈에서 깬 듯한 얼굴로 잔을 놓고 일어섰다.

"저, 커피 잘 마셨어요. 가보겠습니다. 좀 쉬어야겠어요."

그는 방을 나가는 그녀를 배웅하며 여전히 부드럽고 예의 바른 미소를 지어 보이고 있었다. 문이 닫히자 그는 핸드폰을 꺼내 들고 비서에게 전화를 걸었다.

"문이수라는 여자에 대해 모든 것을 알아내, 사소한 습관까지도. 그리고 그녀와 정진하라는 남자의 관계도 알아봐."

[네, 알겠습니다.]

그날 밤, 그는 어쩐지 오늘 하루가 굉장히 길었던 것처럼 피곤하게 느껴져 따뜻한 물에 샤워를 마치고 나와서 모두 벗은 채 수건만을 다리 사이에 걸치고 소파에 누워 편안하게 다리를 올려놓고 잠시 눈을 감고 쉬고 있었다.

깜빡 잠이 들었었는지 다시 눈을 떴을 때 밤은 칠흑처럼 깊어 있었다. 은은한 달빛만이 마치 꿈결처럼 방 안을 비추고 있었다.

그때 옆방 그녀의 방문 고리가 달그락거리는 게 들려왔다. 그는 조용히 일어나 문 앞으로 다가가 생각없이 문을 열었다가 깜짝 놀라고 말았다. 아이보리 색 슬립 차림의 그녀가 마치 걷지도 않는 것처럼 스르륵 미끄러지듯 방 안으로 들어와 곧장 그의 침실로 들어갔다. 그는 너무 놀라 소리도 내지 못하고 그녀에게로 다가가 침대 앞에 서서 골똘히 생각에 잠긴 듯한 그녀를 바라보았다. 이상하다고 생각하며 다시 그녀의 얼굴을 들여다보았을 때 그녀의 눈은 아무것도 보지 않고 있다는 것을 알았다. 손바닥을 펴고 가만히 그녀 눈앞에서 흔들어보았지만 아무런 미동도 없었다. 그녀는 자면서 꿈을 꾸고 있었다. 그녀의 눈은 너무 맑아 부자연스러워 보이고 모든 것을 뚫어낼 듯했다.

그가 다가서자 그녀는 갑자기 몸을 부르르 떨었으나 곧 무엇엔가 홀린 듯 천천히 슬립의 앞가슴을 여며둔 세 개의 레이스 리본을 차례로 풀기 시작했다. 그녀가 가슴을 여민 리본을 풀어버리자 잠자리 날개마냥 매끈해 보이던 슬립은 그녀의 몸에서 미끄러져 떨어졌다. 그녀는 그의 눈앞에서 알몸이 되었다. 부드러운 달빛에 비친 그녀의 실루엣은 미끈했고 몸은 소녀의 피부처럼 투명하고 맑게 빛나고 있어 애틋하기까지 했다. 마치 그도 꿈을 꾸고 있는 듯한 기분이었다. 둥글게 솟은 가슴과 작고 여려 보이는 젖꼭지…… 거기까지 정신없이 바라보고 있었을 때 그녀는 그를 침대에 쓰러뜨리며 안겨왔다. 우습게도 그는 아직까지 자신이 이루고자 하는 일에 걸림돌이 될 것이라는 이유로 어떤 여자도 가까이 한 적이 없었고, 그래서 한 번도 여자를 안아본 적이 없었다. 그런데 이 뜻밖의 상황을 어떻게 받아들여야 할지 망설이고 있는 동안 이미 그녀는 그의 욕망을 걷잡을 수 없이 부추기고 있었다. 그녀의 말랑말랑한 몸이 그의 팔 안으로 안겨왔다. 그녀의 작고 보드라운 입술이 그의 입술 위에 머물렀다 떨어져서는 다시 달콤한 과일 물이 뚝 떨어질 듯한 보드라운 혀가 그의 입술을 핥으며 들어왔다. 그녀의 혀는 과일의 부드러운 속살처럼 부드럽고 달콤했다. 혀는 입 안 구석구석을 맴돌아 그의 혀를 감아쥐고 빨아 당겼다. 강하고 짜릿하게 그의 혀를 빨아들였다. 첫 키스의 느낌은 강렬하게 다가왔고 그의 숨어 있던 열정을 일깨웠다. 따뜻한 혀끝이 그의 목덜미에 원을 그리듯 핥아갔다. 그는 그녀를 깨우게 될까 봐 아무런 소리도 내지 않으려고 입술까지 깨문 채 조용히 그녀에게 몸을 맡기고 있었다. 머리 속이 진공 상태가 되는 것 같았다. 그녀의 입술은 이제 그의 단단한 가슴을 핥고 지나다 작고 딱딱한 젖꼭지에 머물렀다.

"으음……."

긴장하여 눈을 동그랗게 떴을 때, 그녀의 작고 귀여운 이가 그의 젖꼭지를 살짝 깨물었다. 신음 소리가 터져 나오는 것을 이를 악물고 참았다. 갑작스럽게 일어난 일이었지만 그녀의 몸은 굳은 그의 몸을 아주 부드럽게 애무했고 그녀에게서 전해져

오는 묘한 뜨거움이 그의 두려움을 벗겨내고 있었다. 그는 숨죽인 채 그녀를 안고 가만히 있었다. 그녀의 부드러운 혀끝이 핥아가는 모든 세포 하나하나가 마비되는 것 같았다. 정신을 마비당해 마치 몸이 박제된 것처럼 침대에 뉘어져 꼼짝할 수 없었고 그녀의 그 뜨거운 감촉은 그를 놀랍도록 단단하게 발기시켰다.

어느새 그녀의 혀는 그의 배꼽을 핥고 내려가 아래를 간신히 가리고 있던 수건을 걷어버리고 침대에 걸쳐져 누워 있는 그의 두 다리 사이로 머리를 집어넣었다. 그녀의 부드러운 머리카락이 그의 두 사타구니를 스쳐 가자 발가락 끝에서부터 머리끝까지 찌릿거렸다. 그녀의 더운 입술이 벌어지며 그의 힘있게 일어선 상징을 단번에 가두어 버리자 그는 이제 손으로 아예 침대 시트를 꽉 움켜쥐고 어금니를 꽉 물고 참아야 했다. 결코 그녀를 잠에서 깨어나게 하고 싶지 않았다. 그녀의 입 안에서 그의 상징은 요동치고 있었고 온몸의 피가 그곳으로 몰려가는 기분이었다. 아득하고 몽롱하게 정신은 이성에서 멀어졌다. 그녀가 마음껏 혀로 그곳을 희롱할 동안 그도 열정의 바다를 헤엄치고 있었다. 이런 기분이 있다는 것을 전혀 알지 못했던 그다. 그 자신도 꿈을 꾸고 있는 것 같았다.

그 꿈에서 깨어나기도 전에 그녀는 그녀의 은밀한 깊은 곳으로 그의 요동치며 펄떡이는 상징을 가두어 버리고 있었다. 그는 누워서 자기를 올라타고 앉아 있는 그녀의 봉곳 솟은 가슴과 늘

씬한 허리를 바라보았다. 그것은 섹스라고 이름 붙일 수 없었
다. 그녀는 꿈을 꾸고 있었고 그는 그녀에게 겁탈을 당하고 있
었다. 하지만 그런 불완전한 섹스는 그를 몹시 흥분시켰다. 그
녀의 몸이 활시위처럼 팽팽하게 당겨질 때마다 그는 격렬한 쾌
감에 필사적으로 어금니를 악물었다. 그녀의 엉덩이가 동그랗
게 흔들릴 때마다 그의 몸엔 조용하면서도 격정적인 파문이 일
었다. 부드러운 그녀의 감촉이 현기증날 만큼 좋았다.

그가 참지 못하고 뜨겁게 욕망을 분출시키며 그녀 안에 자신
의 일부를 쏟아놓았을 때 그녀는 신음처럼 누군가의 이름을 부
르고 있었다.

"진하야……."

그녀는 축 늘어져 버렸다. 그리곤 곧바로 그의 팔을 베고 늘
어져 깊은 잠의 나락으로 빠져들어 갔다. 그녀는 마치 순식간에
다른 세계로 추락해 가는 것 같았다. 그는 알몸을 드러내고 누
워 있는 그녀의 소녀 같은 얼굴을 가만히 들여다보다 보드라운
입술에 입맞췄다. 따뜻한 느낌이 스쳐 지나갔다. 그는 그녀에게
조심히 슬립을 입혔다. 리본을 세 개째 매어주고는 잠시 드러난
그녀의 까맣고 거친 음모를 쓰다듬었다. 그의 눈은 조금 전과
달리 날카롭게 불타고 있었다. 그리고 그곳에 조용히 입맞추며
중얼거리고 있었다.

"들어올 때는 마음대로 들어왔지만 나가는 건 그게 아니
야……."

　조그만 하얀 레이스 조각 같은 팬티는 그녀가 특별히 디자인
한 건지 이니셜이 새겨져 있고 가운데 진주가 한 알 박혀 있었
다. 하지만 그녀의 팬티는 입히지 않은 채 얌전히 접어 자신의
가방 속에 챙겨 넣었다. 그리고는 문을 열고 주변을 살핀 뒤 그
녀를 소리없이 안아 그녀의 방 침대로 옮겨놓았다. 아무 일도
없었던 것처럼 그녀의 방은 차분히 정리되어 있었다. 하얗고 얇
은 면 이불을 덮어주고 방을 나와 문을 닫았다. 고성의 복도에
는 침묵과 군데군데 매어둔 촛불만이 불타고 있었다. 그는 다시
방으로 돌아와 잠을 청했다. 그녀의 체취가 몸에 남아 있는 것
같았다.

　이수가 그녀의 침대에서 간밤 잠들 때처럼 아침에 눈을 떴을
때 하늘은 더없이 맑아 있었다. 문득 몸을 일으키려다 깜짝 놀
라고 말았다. 몸이 이상하게 너무 가벼웠다. 마치 깃털처럼 가
벼웠다. 그녀는 일어나 곰곰이 생각에 잠겼다. 뭔가 알 수 없지
만 이상한 일이 생긴 것 같았다. 시계를 보니 여섯 시였다. 이수
는 샤워를 하려고 침대에서 내려오다 그 자리에서 멈춰 섰다.
자신을 내려다보니 팬티를 입지 않고 있었다. 미친 듯 방을 샅
샅이 뒤져 보았지만 팬티는 없었다. 디자인 일을 시작하면서부
터 특별히 만들어온 팬티였다. 두근거리는 가슴으로 그녀가 챙
겨온 가방을 열고 팬티의 장수를 세어보았지만 역시 한 장은 비
어 있다. 결국 어젯밤 샤워 후에 팬티를 입고 잠들었다는 이야

긴데……. 그리고 문득 그녀의 방문을 보았을 때 잠들기 전 잠 가둔 방문이 열려 있는 걸 깨달았다. 두려움에 치를 떨며 샤워실로 들어가 몸을 씻었다. 샤워기의 물줄기가 스쳐 가는 피부마다 신경이 경련을 일으키며 떨었다.

'무슨 일일까……. 다 낫을 줄 알았는데…….'

생각도 하지 못했던 일이다. 갑자기 진하가 연기처럼 사라져 버린 뒤에 잠깐 나타났던 증세다. 어느 날 갑자기 진하가 사라지면서 이수의 심장도 더 이상 뛰지 않았다. 진하의 꿈을 꾸기 시작하면 잠자리에서 돌아다니는 버릇. 하지만 이지민을 의지하게 되면서, 그의 끔찍한 사랑을 받으며 모두 나은 줄 알았었다. 더 이상 진하의 꿈을 꾸지 않게 되면서 괜찮아졌었다.

'그런데 갑자기 또다시 나타나게 된 이유가 무엇일까? 어제 만난 그 사람이 진하를 너무 닮아서일까? 나는 어디를 헤매다 들어온 거지? 이런! 내 팬티는? 그렇다면 그동안의 증세처럼 그저 돌아다니다 지쳐 다시 방으로 돌아와 잔 게 아니란 소리……? 대체 내게 무슨 일이 일어난 거지?'

비명을 지를 것 같은 기분이 되었지만 아무것도 생각나지 않았다. 그렇다고 누구에게도 알릴 수 없는 일이었다. 그녀를 도와 같이 참석하고 있는 모든 사람들은 그녀의 동료이자 곧 약혼하게 될 이지민의 직원들이었다. 행동 하나하나가 조심스러웠다.

이수는 샤워를 하고 몸에 타월을 두른 차림으로 화장대 앞에 앉아 거울 속 자신을 다독거렸다.

"괜찮아, 문이수. 별일 아닐 거야. 괜찮아질 거야……."

그녀는 차가운 물을 들이키며 거울에 비친 창백한 자신을 바라보았다. 그러나 아무것도 기억나지 않았다.

만찬장엔 각국의 패션과 관련된 손님들로 붐볐다. 한국대사 내외도 참석한 그 만찬에는 한복을 곱게 차려입은 이수도 참석해 있었지만 어제와 특별히 달라진 느낌은 없었다. 각국의 손님들도 많이 초대되어 왔는데 그 손님 중엔 삼우자동차의 젊은 사장 이지민의 오른팔 서 이사도 함께 참석해 있었고 유독 문이수를 유심히 보고 있었다.

시일은 지루함을 느꼈다. 문득 간밤 격렬했던 이수의 모습을 떠올라 미소를 띠다가 옆에 있는 비서에게 조용히 지시했다.

"문이수 씨에게서 눈을 떼지 마. 아무도 눈치채지 못하게 은밀하게 지켜봐. 그리고 알아보라고 한 일도 서둘러."

그의 비서는 자신이 뭔가를 잘못 들은 것이 아닌가 하고 의아하게 생각했다. 여자에게 전혀 관심이 없던 그가 아니던가. 이지민의 여자라는 이유만으로는 그가 보이는 관심이 유별나다고 생각하며 그녀를 유심히 바라보다가 지시한 일을 하기 위해 자리를 비웠고 김시일은 이태리 한국대사와 인사를 나누기 위해 자리를 옮겼다.

"안녕하십니까, 대사님?"

“아, 안녕하십니까? 어머님도 안녕하시지요? 어떻게 일은 잘 보셨습니까? 저번에 보내주신 의상 감사합니다. 안사람이 아주 좋아하더군요.”

“네, 안부 여쭈라고 그러시던데요.”

마침 그녀가 곁으로 다가와서 사람들과 인사하고 있었고 그는 조금 먼발치에서 조용히 샴페인을 마시며 그녀를 지켜보고 있었다.

 "문이수 씨는 밀라노에서 패션을 공부했고 도무스 아카데미에서도 공부를 했습니다. 이 사장과는 어릴 때부터 친한 친구 사이였던 것 같습니다. 정진하 씨도 이들의 친구였습니다. 이상하게 세 사람이 모두 친구였는데 오 년 전 갑자기 정진하는 사라졌습니다. 죽은 것 같지는 않은데 부모들조차 정진하가 어떻게 되었는지 알려주지 않아서 주변 사람뿐 아니라 절친한 친구들조차도 행방을 모른답니다."

 "문이수와 이 사장이 저런 사이로 발전한 것은 언제부터인가?"

 "오 년 전부터랍니다."

비서의 보고를 받고 그는 잠시 생각에 잠겼다. 그는 막 셔츠의 단추를 끼우고 있던 중이었다. 몇 개의 단추를 풀어 가슴이 드러나 보이는 화려한 해바라기 꽃이 프린트된 셔츠에 겨자색 베이직 바지, 그리고 고호의 그림을 연상시키는 시원한 베이지 챙 모자, 그의 오늘 컨셉이었다. 그의 와이셔츠는 모두 특수 제작된 것들이었다. 가슴이 유난히 탄탄하고 넓어서 상대적으로 허리가 가늘어 보이는 것은 모델로서 장점이었지만 때문에 일반 셔츠는 모두 허리 부분이 남아 심하게 주름이 가 옷 모양이 매끈하지 않았다. 목과 팔, 그리고 가슴과 허리 사이즈를 정확히 잰 뒤에 셔츠들을 D벅스 디자인팀에서 특수 제작해 왔다.

"오 년 전? 이상하잖아. 정진하가 사라진 것도 오 년 전이었다며?"

"게다가…… 사라진 이유도 석연치가 않습니다."

"왜?"

"그것이 뭔가…… 갑자기 사람이 사라졌는데, 아무도 찾지도 않고 문이수 씨만 찾고 있었답니다. 아무래도 무슨 일인가 있었던 것 같습니다."

"좀 더 알아봐."

그는 오늘 패션쇼 무대에 서기로 되어 있었다. 그가 입을 옷은 SS패션의 남성용 정장과 '색채와 니트의 마술사' 로 불리우며 화려한 색의 조화로 니트를 예술의 경지까지 끌어올렸다고 자부하는 미소니의 니트웨어를 입기로 되어 있었다. 그리고 마지막 날엔 D벅스의 옷을 입기로 되어 있었다.

"지연 씨, 그 옷은 가슴을 더 올려 입어야 해! 그래요!"
"실장님, 여기 좀 봐줘요!"
"네, 가요! 영은 씨, 누가 가슴에 뽕 넣으래요? 빼! 몸이 아니
야! 옷, 옷이 살아야지!"
패션쇼가 진행되고 있었을 때 무대 뒤에서는 중성적인 느낌
의 하얀 셔츠에 검정바지 차림이 경쾌해 보이는 이수가 바쁘게
모델들의 옷매무새를 살피고 있었다. 그녀의 목에는 작은 수첩
을 걸었고 수첩에 연결된 작고 가는 펜은 귀에 꽂아 머리카락이
흘러내리는 것을 막고 있었다. 손목에는 만약을 대비해 바느질
도구를 차고 있었다.
김시일은 그만을 위해 특별히 마련한 파티션 뒤에서 옷의 선
을 망가뜨릴까 봐 속옷도 전혀 걸치지 않은 채 알몸으로 옷을
갈아입고 있었다. 이태리 남자 모델이 가까이 와 옷 입는 것을
도와주며 은근한 손길로 시일의 등을 쓰다듬었다.
"늘 멀리서 볼 때마다 멋있다고 생각했었는데…… 시일 씨는
정말 멋지군요. 남자인 내가 보기에도 정말 반할 정도로 섹시해
요."
그는 그저 빙그레 웃었다. 아직 아무것도 눈치채지 못하고 있
는 그녀가 급히 다가와 그의 넥타이를 만져 줄 때 그는 묘한 기
분이 들었다. 그녀의 달콤한 Oh! Oui! 향이 아주 상큼하게 코끝

을 자극했다. 그녀의 벗은 몸이 향기와 함께 머리 속의 기억으로 밀고 올라왔다. 그러자 곧 무대로 올라가야 하는데도 불구하고 그의 남성이 고갯짓하기 시작했다. 난처한 일이었다.

“Oh Oui를 사용하셨군요.”

“향수를 잘 알고 계시네요?”

“향수를 좋아하죠.”

“향수를 즐겨 사용하지는 않지만 마음에 드는 향수를 모아서 주는 남자를 알고 있죠.”

“그렇군요. 이수 씨는 그 사람이 모아준 향수를 사용하는 사람이었군요.”

“어떤 사람에 대해 추리하기를 즐기는 건가요?”

“그저 조금. 이젠 괜찮으신가요?”

“네, 좋아요. 그날은 감사했어요.”

그녀는 그의 셔츠에 묻은 실밥을 떼어주며 나지막이 속삭였다. 그녀의 향이 스쳐 갈 때 그는 다시 한 번 그녀를 돌아다보았고 역시 다시 돌아본 그녀의 눈길과 마주쳤다.

“저…… 김시일 씨.”

“네?”

“우리 어디선가 만난 적이 있었나요?”

“글쎄요?”

말끝에 여운이 남았다. 그에게서 알 수 없는 향기가 흐릿하게 느껴졌다.

무대에서의 그는 한껏 빛났다. 큰 키에 호리호리해 보이는 그의 몸매는 너무 굵어 보여 옷의 선을 깨지도 않았고 니트를 입었을 때 드러나는 가슴이 나약해 보이지도 않는 섹시가이의 장점을 모두 지니고 있었다. 피날레에서의 화려한 조명이 그의 슬픈 눈매와 갈색 피부, 그리고 매력적인 콧수염이 인상적인 그의 얼굴을 비출 때는 화려한 의상과 어우러져 묘한 신비로움으로 관객을 압도했다. 성공적이고 만족스러운 무대였다고 생각하며 그는 무대를 내려왔다.

그날 밤 그는 샤워 가운만 걸친 채 방문 앞을 서성이고 있었다. 감정 따위는 없었다. 스물여덟이 될 때까지 한평생 성공만을 꿈꾸던 어머니를 따라 패션을 공부했고, 그는 대외적으로는 D벅스의 사장이 아닌 성공한 패션모델로 활동하고 있었다. 그에게는 분명한 목표가 있었고 그 목표를 위해서 이곳까지 달려왔다. 이제 실질적으로 어머니의 사업을 물려받아 그들의 공동목표의 달성을 책임지고 있는 것이 자신이라는 것을 한순간도 잊어본 적이 없었다. 어머니와 그의 공동목표는 이지민 부자를 쓰러뜨리는 일이었다. 오랜 시간 동안 시일의 어머니 김 여사는 동대문 섬유시장 골목골목을 쓰러졌다가 다시 일어나 누비며 복수를 다짐하고 다짐해 왔다. 그 이수라는 여자를 잘만 이용하면 이지민에게 아주 훌륭하게 한 방 먹일 수 있을 것이다. 이지민이 문이수라는 여자를 그토록 깊이 사랑하고 있다면 저 여자를 빼앗아 버리는 것만으로도 충분히 괜찮은 복수가 될 수 있을 것이다.

지금은 다만 그녀가 또 올 것인지, 혹은 오늘은 꿈을 꾸지 않고 그냥 잠들 것인지가 궁금했다. 갑자기 운명의 신이 자신의 손을 들어준 것처럼 즐거웠다. 그에게 그것은 감상적인 문제가 아닌 전략적인 문제였다. 침착하리라, 침착하리라 마음먹었다. 일부러 오늘은 술도 전혀 하지 않았다. 맑은 정신으로 있고 싶었다. 샤워도 미리 해두었다. 그는 아찔하게 스릴이 넘치는 이 게임을 즐기고 있었다. 아주 맑은 정신으로 이 게임을 즐겨보리라 마음먹었다.

밤은 점점 깊어갔다. 벌레 소리도 드문 밤, 달빛이 창가로 놀러와 어른거리고 있을 때쯤 다시 그녀의 방문 손잡이가 달그락거리는 소리가 들려왔다. 순간 그는 자리에서 벌떡 일어났다. 심호흡을 하고 천천히 방문 앞으로 다가갔다. 그리고 아주 조심스럽게 문을 열었다. 하지만 오늘 밤은 핑크 색 슬립을 입은 그녀에게 조금 문제가 생겼다. 어찌 된 일인지 그녀는 그의 방을 지나쳐 가고 있는 것이다. 그는 조심스럽게 그녀를 따라갔고 그녀가 붉은 카펫 위를 걸어 복도를 한 바퀴 돌 때까지 다른 방에서 누군가 나오지 않을까 불안하고 초조해했다. 하지만 그녀는 그가 간절히 원한 것처럼 복도 끝을 돌아 다시 그녀의 방으로 돌아가고 있었다. 그는 가만히 그의 방문을 열고 기다리며 서 있었다. 그녀가 방문 앞에서 멈춰 섰고 다시 천천히 그의 침실로 곧바로 들어갔다. 그도 소리없이 침대 위의 그녀 곁에 걸터 앉았다. 얼결에 당한 첫날과 달리 지금은 심장이 터질 것 같았다. 어느새 몸의 털이 쫘악 일어서는 것이 느껴졌다. 긴장으로 소름이 끼쳤다.

역시 오늘도 처음과 같았다. 그녀의 눈은 어제처럼 아무것도 보지 못한 채 먼 허공을 향해 있었다. 그녀는 가수면 상태로 자면서 꿈을 꾸고 있었다. 그가 조심스럽게 다가서자 그녀는 갑자기 몸을 부르르 떨었고 처음과 마찬가지로 천천히 슬립의 앞가슴을 여며둔 세 개의 레이스 리본을 차례로 풀기 시작했다. 그 가슴을 여민 리본이 풀어지자 슬립은 다시 그녀의 몸에서 미끄러져 떨어졌고 그녀는 그의 눈앞에서 알몸이 되었다. 그는 침대로 올라가 조심스럽게 가운을 벗고 그녀가 안겨오기를 기다렸다. 곧 원하던 것처럼 그녀는 그에게로 안겨왔다. 그는 처음보다 조금 더 큰 쾌감을 맛보았고 그녀에게 좀 더 깊이 사정했다. 다시 그녀는 그의 품에서 깊은 잠의 나락으로 떨어져 갔고 그는 처음처럼 다시 그녀의 이니셜이 새겨진 팬티를 보관한 채 슬립만 입힌 그녀를 그녀의 방의 침대 위로 옮겨놓았다. 잠자리에 들기 전에 그는 몹시 묘한 기분이 되어 웃었다. 그리고 아주 기분 좋게 잠 속으로 빠져들었다.

다음날 아침 이수는 잠에서 깨어났을 때, 더 이상 그대로 가만히 있을 수 없다는 것을 깨달았다. 그녀는 분명히 자신이 지난밤 누군가에게 뜨겁게 안겼고 그가 누가 되었든 고의적으로 그녀를 깨우지 않았음을 느낄 수 있었다. 그리고 그 사실을 깨닫는 순간 그녀는 고통스럽게 울었다. 첫날의 배로 두려움에 사로잡혔다.

"진하야, 나…… 나 어떻게 해……."

그녀는 입술을 깨물며 잠자리에서 일어서 샤워를 하러 들어갔다. 우선은 오늘 해야 할 일들을 처리하기 위해 아침부터 바쁜 스케줄을 따라 부지런히 움직여야 했다.

그와 다시 마주쳤지만 서로가 각자의 바이어를 상대해야 했기 때문에 바빴다.

이수는 몇 장의 샘플 셔츠를 펼쳐 놓고 있었다. 화려한 색의 꽃봉오리와 꽃잎이 활짝 펼쳐진 모양이 프린트된 셔츠를 테이블에 몇 장 펼쳐 놓았다. 마치 펑펑 소리를 내며 꽃봉오리가 금방이라도 터져 버릴 것처럼 프린트된 셔츠는 그 빛깔이 화려하고 선명했다. 이수는 옆에 있는 김진숙 팀장이 유창한 영어로 설명하는 소리를 들으며 중얼거리고 있었다.

"이 팀장, 원단 짱! 이라고 해! 이 정도면 볼 것도 없어."

"비싸다는데요?"

어쩐 일인지 설명을 듣고 있던 바이어는 시큰둥한 표정이었다. 이수는 팀장을 바라보며 중얼거리다 직접 나서서 흥분하는 것은 좋지 않을 것 같아서 한참을 바라보고 있었다. 은발에다가

체격이 커서 더 나이가 있어 보이는 바이어는 쇼핑백에서 한 장의 블라우스를 꺼내놓았다. 바이어의 손에 잡혀 나온 것은 프린트된 무늬가 언뜻 보기에는 지금 펼쳐 놓은 것들과 같아 보이는 한국산 블라우스였다.

"베끼려면 제대로나 베낄 것이지. 보세요, 이건 칼라 이십짜리고 이건 열두 개, 이건 일일이 수작업 한 거고 이건 자동으로 찍어낸 거잖아. 여기 꽃잎 다 뭉개진 거 안 보여? 뻔히 알면서 가격 후려치자는 거잖아."

이수가 새파랗게 분통을 터뜨리며 화를 내자 이 팀장이 눈짓을 하며 말린다.

"실장님, 듣겠어요."

"몰라! 그럼 그런 짜가나 쓰시라고 그래, 안 판다고! 그리고 이 팀장 이 일 끝나면 본사에 전화해서 동대문에 사람 풀라고 그래요. 이분에게 짜가는 한 장 남김없이 다 거둬들인다고 말씀드려요."

이수는 기분이 언짢아졌지만 간신히 생각했던 것보다는 금액이 낮춰진 상태로 합의점을 찾아 그 바이어와 계약을 체결하고는 숙소로 돌아왔다.

그날 저녁, 이수는 돌아와 함께 쉬고 있던 팀장에게 잠시 머리도 식힐 겸 시내 관광을 다녀오겠다고 이야기한 후 미리 준비해 둔 배낭을 메고 살며시 그 성을 빠져나왔다. 다행히 자신이 처리해야 할 일들은 거의 끝이 났고 끝나지 않았다고 하더라도

이 성안에 있는 누군지 모를 그에게서 이 밤은 벗어나야 한다고
생각했다. 그녀가 다시 진하의 꿈을 꾸기 시작하는 한 그녀는
위험할 수밖에 없었다. 그녀는 잠시라도 몸과 마음이 도망치고
싶었다. 밤을 새서 관광을 한다면 괜찮을 거야. 그녀는 잠깐잠
깐 낮에 졸더라도 잠들지 않는 것이 중요하다고 생각했다.

같은 시간 이수가 그 고성의 정문을 나설 때 김시일의 비서는
이수가 나오는 것을 지켜보다가 그에게 알렸다.

"응, 나야."

자신의 방에 있던 그는 그때 커피를 마시고 있다가 가라앉은
목소리로 전화를 받았다.

[접니다. 지금 막 문이수 씨가 나오셨는데요. 그런데 그게 좀
이상한 것이…… 그러니까 청바지에 배낭을 메고 모자도 쓰고
바퀴 달린 운동화를 신었는걸요. 참, 전혀 다른 사람처럼 하고
는 빠르게 혼자 어디로 가는데요. 놀러가는 사람 같습니다.]

"그래? 거기가 어디야? 알았어, 차를 준비해 둬."

시일의 눈은 빙그레 웃고 있었다. 그는 오늘쯤 그녀가 겁을
먹고 움직이리라는 것을 짐작하고 있었다. 그는 그 자그마한 여
자를 최대한 자연스럽게 만나게 될 생각을 하고 있었던 것이다.
짜릿한 희열이 그의 심장을 떨리게 했다. 복수도 하면서 괜찮은
여자도 만난다, 김시일의 눈빛이 밝게 빛나고 있었다.

차를 탄 그는 한 손으로 핸들을 잡은 채 다른 한 손으로는 오
디오의 음을 조절했다. 피렌체의 밤바람은 딱 알맞게 쾌적했다.

그는 오늘은 왠지 운명의 여신이 자신의 편에 설 것 같은 예감이 들었다. 그의 삶에 있어 목표로 삼았던 그 일에 한결 빠르게 다가갈 것 같은 기분뿐만 아니라 이제 그녀는 그에게 특별한 여자가 될 듯한 예감이 들었다. 그는 담배를 한 개비 꺼내 물고 시거잭을 이용해 불을 붙였다.

이수는 막상 서울을 떠나올 때 계획한 것처럼 피렌체를 살펴보기 위해 나왔지만 갑자기 막막해졌다. 귀에 꽂아둔 MP3에서는 love of my life가 흘러나오고 있었고 혼자서 여행 안내책자를 들여다보곤 심각하게 고개를 갸웃거리며 터벅터벅 내려가고 있을 때 이수의 앞으로 페라리 360모데나가 미끄러지듯 다가와 그녀를 지나 100m 앞에 섰다.

시일은 지금 자신이 하고 있는 이 재미있는 놀이에 한껏 취해 있었다. 그는 아무래도 여자를 낚아내는 데에는 자신의 비서를 못 당한다고 생각했지만 정말 이런 기발한 생각을 해낼 줄은 몰랐다. 그는 오늘 입었던 니트와 마 바지에 샌들을 신은 가벼운 차림이었다. 그의 차림처럼 처음 해보는 여자를 따라가는 일에 마음이 설레고 흥분되었다. 이제껏 어머니의 엄격한 가르침 속에서 언제나 완벽하기만을 교육받아 온 그에게 지금 이 낭만적인 거리에서의 핑크 빛 설렘이 낯설었지만 좋았다. 그리고 한순간에 자신의 세계로 들어와 버린 가녀린 그녀도 흡족한 상대였다. 그녀를 조금 지나 조용히 서야 하는데…… 오케이! 성공했다. 그녀가 그의 차를 발견했다.

"아휴, 깜짝이야. 간 떨어질 뻔했네."

이수가 무심결에 중얼거리자 그가 기다렸다는 듯이 물어왔다.

"어디까지 가죠? 같은 방향이면 태워줄게요."

그는 창문을 내리고 물어보았다. 그러자 그녀의 얼굴에는 환한 웃음이 떠올랐다. 그녀의 그런 자유로운 차림과 웃는 모습이 아주 마음에 들었다. 맑고 환한 웃음. 하지만 다음 순간 어젯밤 그녀의 고혹적인 모습이 떠올라 그를 당황하게 했다.

"고마워요. 근데 걸어가려고 나온 건데……."

"어디 가시려고요? 차림새는 배낭여행객 같군요."

"네, 배낭여행객처럼 그저 거리를 다니고 싶어서요."

이수가 그를 가만히 살펴보며 어딘지 단정하고 신사답게 보이는 그의 첫인상에 조금은 마음을 열고 대답했다.

"타세요. 제가 내려서 문 열어드릴까요? 저도 바람 쐬러 나왔습니다."

"네, 감사합니다. 그럼 신세 좀 질게요. 대신 아침은 제가 사죠."

순간 그는 잠시 모든 것을 잊어버리고 속으로 쾌재를 불렀다. 야후! 처음으로 느껴보는 신나는 느낌이었다. 좋아서 미칠 것 같았다. 이런 기분에 여자를 꼬시는 거로군. 그는 빙그레 미소지었다.

"덕분에 재미있겠는데요. 갑시다."

그녀는 피에졸레를 내려가며 감탄하며 속삭였다.

"세상에, 이곳이 아르헨티나 축구 선수인 바티스트타가 살던 곳이며 피노키오의 배경이 되었던 곳이래요."

"어떻게 그렇게 잘 알아요?"

"이 책에 그렇게 적혀 있어요."

"원래 뭔가를 그렇게 가지고 다니는 걸 좋아해요? 배낭이 너무 커요."

"맞아요. 난 가방이 무겁지 않으면 내가 날아가 버릴 것 같아요. 뭔가가 갑자기 떠오르면 스케치도 해야 되고, 생각나면 바느질도 해봐야 되고…… 알고 보면 내가 히피 기질이 있어요."

"매일 이렇게 나왔었어요?"

"아뇨, 이제 매일 나올 예정이에요."

"어쩌죠? 나랑 계획이 같군요. 이거 근사한데요?"

"그런데 계획은 근사한데 벌써 배가 고프군요."

"파스타 먹을래요?"

"좋은 생각이네요. 설마 가려는 곳이 산타마리아 광장 쪽은 아니죠?"

"아닌데 왜 그러죠?"

"너무 늦은 시간에는 산타마리아 노벨라 광장은 안 가는 게 좋대요. 피렌체에서 몇 안 되는 우범지대라는대요."

"내가 더 흉악범처럼 생기지 않았어요?"

“의외로 자신에 대해 똑바로 알고 계시네요. 후훗.”

“듣기 좋군요.”

“뭐가요?”

“그 웃음소리…… 마치 봄바람 같네요.”

“그런 말도 할 줄 알아요? 의외인걸요.”

애써 웃음을 참는 그를 보며 그저 알았다는 듯 이수가 고개를 끄덕였다.

차는 천천히 아름다운 피렌체의 밤길을 달려갔다. 이수는 지금 그처럼 편안한 기분이 되어 피렌체의 밤길을 달려가고 있어서 좋았지만 그보다는 진하를 꼭 닮은 그를 잠시라도 이렇게 바라볼 수 있어서 행복했다. 물론 아름다운 이수의 약혼자와 함께 갈 수 있었으면 더욱 좋았겠지만 지금 옆에 앉아 있는 그도 그다지 나쁘지 않았다. 섹시하고 거칠어 보이면서도 귀티나는 외모도 그랬고 어딘지 빈틈없어 보이지만 순수해 보이는 슬픈 눈빛이 그를 믿고 싶게 만들었다.

얼음을 채운 포도주와 파스타 요리를 먹으면서 두 사람은 오늘 패션쇼에서의 소소한 에피소드들을 이야기했다. 하지만 그는 다른 생각에 잠겨 있었다. 그녀가 조그맣게 잘라준 파스타 살을 포크로 찍어 입으로 옮겨 넣는 것을 보면서, 때로는 포도주를 한 모금 물고 웃고 있는 모습을 보면서 자꾸만 지난밤과 그 전날 밤의 그녀를 기억해 내고 있었다.

“왜 안 드세요? 파스타 안 좋아하세요?”

"아뇨, 좋아하는데 오늘은 이수 씨가 그렇게 먹는 걸 보고 있
는 게 좋아요."

"밤에 산책하는 걸 좋아하시나 봐요?"

"그러고 보니 그런 것 같네요. 해가 진 후 다닌 것이 더 많군
요. 해가 있을 때는 일을 해야 하니까요. 물론 밤에도 하지
만……."

"그렇군요. 전 그냥 밤에 돌아다니고 쇼핑하고 놀고, 그러는
게 좋아요."

"하는 일은 어때요? 괜찮아요?"

"네, 전 이거 안 했으면 아마 놀았을 거예요. 그쪽은 어때요?"

"모델? 음…… 좋아요, 마음에 들어요."

"난 디자이너지만 모델은 아무나 하는 게 아니라고 생각해
요."

"원래 내가 좀 수줍어하는 성격이었거든요. 운동을 하다가 우
연히 시작하게 되었어요. 한 번 두 번 하다 보니 마음에 들
고……."

"전혀 짐작이 안 돼요. 그렇게 한카리스마 하게 생긴 사람이
수줍어? 읍쓰!"

"평소에는 뭘 해요?"

"방콕! 하면서 음악도 듣고, 라디오에서 흘러나오는 노래도
따라 부르고……."

"나도 방에서 뒹구는 걸 좋아하죠. 음식 맛이 괜찮네요. 맛있

게 먹었어요.”

“음식이 맛있어요. 그쵸?”

“저도 많이 먹었어요. 우리 광장을 산책해요.”

“그러죠. 오늘 밤엔 야간 퍼포먼스도 있다고 하던걸요.”

차를 주차시키고 피렌체의 야경을 볼 수 있는 미켈란젤로 광장으로 산책을 하고 야간의 두오모도 둘러보기로 했다. 상쾌한 밤의 공기를 한껏 들이마시며 이수와 그는 기분 좋게 걸었다. 이수의 화장기 없는 얼굴은 아주 행복해 보이고 불빛 속에서 빛나 보인다. 이수는 바퀴 달린 운동화를 아주 능숙하게 굴리며 정말 춤추듯 걸어간다. 그가 그런 이수를 바라보며 뛰어갔다.

“휠리스를 그렇게 잘 타는 걸 보니 인라인스케이트도 잘 타겠네. 어! 조금만 천천히 가요. 내가 못 따라가겠어. 난 정말 그런 건 안 해봤는데…… 정말 좋아 보이는데. 근데 스물아홉 노처녀가 그리기엔 좀 창피스러운 거 아닐까?”

“그러는 시일 씨는 공부를 너무 열심히 하시다 보니 다른 건 별로 관심이 없으셨는가 봐요. 휠리스 안 타본 사람 안됐어, 정말.”

“네, 그런 것 같아요. 배울 게 너무 많아서 못해본 게 많아요. 게다가 늘 바빴거든요.”

“아하, 시일 씨 집도 형편이 별로 안 좋으셨나 봐요. 저도 알바하느라 늘 바빴어요. 아, 그런데 디자이너가 되어 이곳까지 오다니 놀랍죠.”

이수가 까불거리며 뒤로 가다가 돌에 걸려 엉덩방아를 찧었다. 그가 귀여워 죽겠다는 듯한 표정으로 얼른 이수를 일으키며 옷을 털어내다 말고는 이수를 끌어당겨 가만히 안고는 그녀의 맑은 눈을 들여다보며 물었다.

"괜찮아요? 아프겠다."

"안 괜찮아. 아파요."

"나, 나보다 늙은 여자가 귀여워 보이는 거 처음이에요."

"늙은 여자? 나 그쪽보다 겨우 한 살 많아요."

"스물여덟과 스물아홉의 차이는 결코 한 살 차이라고 할 수는 없을걸요."

"왜요?"

"스물여덟은 왠지 아직은 스물에 가까운 것 같고, 스물아홉은 서른에 가까운 것 같잖아, 어감이."

"나참, 듣다 듣다 별소리를 다 듣겠네. 기분 깨지 말아요. 나 여기 정말! 오고 싶었어요. 얼마나 오고 싶었는지 시일 씨는 결코 모를걸요."

이수가 갑자기 뒤로 휙 돌면서 그를 보고 뒤로 바퀴를 굴리며 웃었다. 그가 놀랍다는 듯 이수에게 눈을 둥그렇게 뜨고는 웃으며 물었다.

"그렇게 이곳에 오고 싶었어요?"

이수가 두 손을 모으고 꿈꾸는 듯한 표정으로 슬프게 이야기했다.

"네, 좀 웃기지만 아주 어릴 적부터요. 친구와 피렌체에 함께 오기로 했어요. 배낭을 메고 베키오 다리에서 아르노 강을 바라보며 키스하기로 했었죠."

"그래서 지금 그 친구가 나였으면 하는 거죠? 그렇죠?"

갑자기 그녀의 얼굴에 핏기가 가시며 놀란 눈으로 속삭였다.

"아니…… 당신, 당신…… 눈에는 그런 내가 보이나요? 지금…… 보여요? 당신…… 누구세요?"

그는 그녀의 손을 잡고 주차시켜 둔 차로 달려가 그녀를 태우고 베키오 다리로 데려갔다. 다리 위에선 여기저기 보란 듯이 뜨거운 키스를 나누는 연인들이 눈에 띄었다. 그는 조금도 주저 없이 그녀의 손을 잡고 천천히 걷기 시작했다. 바람 한 점 없는 고요하고 아름다운 밤이었다. 버리지 못하고 아직 가슴속에 묻어둔 슬픔으로 인하여 그녀는 자꾸만 울었다. 정말 그에게 물어보고 싶었다. 당신은 누구인 거냐고. 그녀는 그가 이끄는 대로 따라 걸으며 내내 그 생각을 하고 있었다. 하지만 그는 아무 말이 없었다.

말없이 걷기만 하던 그가 이윽고 베키오 다리 가운데 서자 걸음을 우뚝 멈추었다. 그녀는 그의 얼굴을 올려다보았다. 그녀를 바라보는 그의 눈이 한없이 깊어져 있었다. 그 깊은 눈 속에 담겨 있는 사람이 자신임을 그녀는 똑똑히 보았다.

"지…… 진……."

그녀가 중얼거리듯 진하를 부르려 했으나 목소리가 되어 나

오지 않았다. 그녀는 너무 큰 그에게 가까이 닿으려 뒤꿈치를
들어 올렸다. 급히 온 뒤라 가쁜 숨을 쉬며 땀이 약간 배어 젖어
있는 그의 입술에다 그녀가 입술을 가져다 댔다. 그녀는 눈을
감았다. 언제나 꿈꾸어왔던 그의 입술, 그 선연한 감촉이 입술
위에서 머무르는 동안 그녀는 가슴이 타는 것 같았다. 그녀는
작아지고 있었다. 가슴이 녹아 없어지고 있었다. 그 애틋한 느
낌이 사라질까 두려워 그녀는 눈을 뜰 수가 없었다. 그런 그녀
의 입술을 핥으며 그가 그 끝을 알 수 없는 깊은 눈으로 가만히
내려다보고 있었다.

셋-과거 속의 남자

"**당**신은…… 그 사람은 아니군요. 그렇죠."

그녀의 가볍게 닿았던 입술이 떨어져 가며 나지막이 속삭였
다. 문득 정신 차리고 그녀를 바라보았다. 그리고 그는 이수의
고운 머리카락을 손가락으로 빗어 내리듯 쓰다듬으며 그녀의
크고 맑은 눈을 들여다보았다.

"미안해요. 키스가 처음인 것 같네요, 당신은……."

"눈치챈 건가요? 내가 잠시라도 그 사람이 되어주고 싶었는
데……."

"내가 정신이 나간 여자 같죠? 이상하죠?"

그는 대답 대신 그녀를 가볍게 그의 듬직한 가슴에 품어 안았

다. 그녀는 그의 가슴에 얼굴을 묻고 그의 심장 소리에 귀 기울이고 있었다.

"그 친구의 어디가 그렇게 좋았어요?"

그녀는 진하를 생각했다. 이제는 기억조차 가물거리는 남자, 그렇게 잠시 생각하고는 대답했다.

"착하게 웃는 모습, 반듯한 생각, 그리고 나를 바라보던 선한 눈동자…… 너무 많아요."

"그러게……."

"차마…… 이 피렌체에 혼자 와보지 못할 만큼 좋아했어요, 그 사람을……."

이수는 이 다리로 올 때 가졌던 그 북받쳐 오는 감정들을 그에게 그대로 터뜨려 보일 수는 없었다. '죽을 만큼' 견뎌왔던…… 지금까지 그 기억 저편으로 묻어놓으려 했던 진하를 아무것도 모르는 이 남자 앞에서 그렇게 일순에 토해낼 수는 없었다. 흐르는 강을 바라보며 그녀는 잠시 다리에 기대서 있었다.

그는 함께 일할 때 보았던 그녀의 차분한 모습이 어느 순간 발랄한 모습으로 변하는 것을 아주 신기하게 바라보고 있었다. 하지만 그 남자의 그림자가 그녀를 스쳐 갈 때면 어느새 그녀는 차갑고 서늘한 슬픈 기운이 돌았다. 그가 그런 이수의 어깨에 손을 얹고 말했다.

"소리라도 질러봐요, 속이라도 시원하게."

"네?"

"이봐요! 나 여기 왔어요! 하고."

"……진하야! 진하야, 나 여기 왔어! 베키오 다리! 우리 같이 오기로 했잖아! 같이 와서 키스하기로 했었지. 모두 다 봐라 하면서……. 진하야! 진하야! 나 여기 왔어! 어디 있어? 너 여기 있는 거야!"

이수가 다리 난간 위에 올라서서 소리쳤다. 그 모습은 마치 금방이라도 뛰어내려 버릴 것같이 위태로워서 그는 얼른 이수의 손을 잡았다. 그러자 그녀는 그의 손을 끌어다 자신의 심장 위에 올려놓으며 흥분해서 말했다.

"봐요! 보라고요! 내 심장이 뛰어요. 내 심장이 떨려요. 진하가 여기 있어요!"

느닷없는 그녀의 말에 그는 당황해 어리둥절한 표정으로 주변을 살펴보았다.

"이수 씨?"

"정말이에요! 그 애가 사라져 버린 뒤로 내 심장은 멈춰 있었다고요. 그런데 갑자기 뛰고 있어. 여기 있는 거야! 진하를 찾아야 돼요. 진하야!"

이제 그녀는 완전히 제정신이 아닌 것 같았다. 그는 그런 이수가 안타깝기도 하고 불쌍하기도 했다. 하지만 이수는 이미 여기저기 사람들 사이를 누비며 진하를 찾고 있었다. 시일은 생각했다. 도대체 그 진하라는 사람이 문이수에게는 어떤 의미였던 걸까. 어떻게 사람을 저렇게까지 만들어놓을 수 있는 걸까. 그는 말없이 그녀의 손을 잡고 그의 차를 세워둔 곳으로 천천히 갔다. 이수는 싫다고 뿌리치려다가 자신을 바라보는 진심 어린 시일의 눈과 마주치자 한숨을 쉬며 포기한 듯 따라 걸었다. 갑자기 두 사람은 몹시 가까워진 느낌이 되어 있었다.

도로로 나선 그의 차는 천천히 다른 차들 속으로 섞여 들어갔다. 멀어져 가는 베키오 다리를 바라보며 이수는 꿈꾸듯 깊은 생각에 잠겨 있었다. 그런 그녀를 보며 이상하게 그도 가슴 한 구석이 아릿해 오는 슬픔을 느꼈다. 무작정 거리를 빙빙 돌다 거리에서 꽃 파는 곳을 발견하고는 그는 차를 세우고 뛰어내려 가 잡히는 대로 꽃다발을 만들어 다시 차로 뛰어왔다. 그는 부드러운 미소를 지으며 그녀에게 꽃다발을 내밀었다. 그녀는 여러 가지 빛깔의 꽃들이 섞여 있는 꽃다발의 향기를 음미하며 환하게 웃었다. 그녀가 흘러내린 머리카락을 쓸어 넘기며 그를 보았다.

"예뻐요."

"괜찮아요?"

"내가 이상하죠? 사실은 나…… 조울증 환자예요."

"그랬어요?"

"즐거울 때는 한껏 떠오르다가 떨어지면 끝도 없어요. 고마워요, 같이 다녀줘서……. 난 이곳을 밤새 돌아다니다 갈 생각이었어요. 시일 씨는 어디 가고 싶은 곳이 있었나요?"

"아뇨, 나도 그냥 바람을 쐬러 나온걸요. 그런데 피곤하지 않아요?”

“사귀는 분이…… 있나 봐요.”

“네?”

“굉장히 소중하게 생각하는가 봐요. 그 사람을 아껴주고픈 거죠?”

잠시 말을 멈추고 곤혹스러운 표정으로 그를 바라보는 그녀를 보자 그는 자신도 모르게 입에서 웃음이 툭 터져 나왔다.

“보기보다 맹한 구석이 있네요?”

“왜요?”

“아니에요. 근데…… 왜 그렇게 생각하죠?”

그녀가 숙였던 얼굴을 들고 그를 차분히 쳐다보았다. 눈물을 안으로 삼킨 듯 눈동자가 맑았다.

“아까 나와의 그 키스가 처음처럼 느껴져 시일 씨에게 미안해요.”

그는 고개를 가로저었다.

“말도 안 돼. 그건 키스가 아니었어요. 정말이지 그건…… 그저 입술이 닿았다가 떨어져 나간 것뿐이었잖아요. 안 그래요? 사실 난 여자를 사귀고 말고 할 시간이 없었어요.”

“……”

그녀가 멍하게 바라보자 그는 정색을 하고 잠깐 뜸을 들인 뒤에 그녀의 귓가에 대고 낮게 속삭였다.

“난 단 한 번도 여자와 키스하거나 섹스를 해본 적이 없어요.

하지만 하게 된다면 그 첫 번째 상대는……."

"……?"

그녀의 큰 눈이 둥그렇게 되며 그를 바라보았다. 그는 잠시 말을 멈추고 얼굴이 터질 듯 붉어지는 그녀의 눈을 빤히 들여다보다가 조심스럽게 속삭였다.

"내 첫 번째 여자는 당신일 거요. 그리고 내 마지막 여자도 당신일 거고……."

"말도 안 돼! 보기보다 선수 기질이 있는 모양이네요."

충격인지 흥분인지, 정확한 감정을 가려내지 못한 상태에서 그녀의 목소리만 한 옥타브 올라갔다. 그녀는 고개를 저었다.

"내리겠어요."

"왜요? 내가 지금 뭘 어떻게 할까 봐?"

그녀가 입술을 잘근잘근 깨물며 노려보았다. 거칠어진 호흡을 가다듬는 것같이도 보였다.

"아무튼 혼자 가겠어요."

"이 밤에 이 낯선 곳에서 어디로 갈 건데요?"

"……."

"가지 말아요. 그냥 이렇게 있어요, 오늘 밤은……."

그는 시동을 걸고 다시 낯선 거리를 달렸다. 조금 열어둔 창으로는 지중해에서 불어오는 낯선 바람이 흐르듯 스쳐 갔다. 그녀는 어쩔 줄 몰라 하며 당황한 듯 한 손으로는 꽃잎을 뜯어내며 그를 바라보았다. 작은 한숨이 새어 나왔다. 그는 너무나 멋

있고 너무나 당당하며 적당히 매력적이고 자신의 의견대로 그
녀를 끌고 가는 데 한 치의 망설임도 없다.

"그만 숙소로 돌아가겠어요."

그는 대답 대신 차의 방향을 돌려 속력을 높였다.

어떤 시선 하나가 등 뒤에 와 머무른다는 걸 느꼈을 때, 그는
걸음을 딱 멈추었다. 그리고 조용히 천천히 돌아섰다. 조금 전
그녀가 방에 들어가는 것을 보고 자신도 방으로 들어와 샤워 후
커피를 내리는 중이었다. 하지만 그녀는 오늘은 슬립 차림이 아
닌 조금 전 방문 앞에서 헤어질 때 그 모습 그대로인 청바지에
티셔츠 차림이었다.

그의 가슴으로 날카로운 바람이 칼날인 듯 쓰윽 지나갔다. 그
녀는 방에 들어가자마자 금세 잠이 든 것이고 그리고 또다시 진
하의 꿈을 꾸는 모양이었다. 그가 놀란 듯 그녀를 다시 바라보
았다. 조금 전에 스쳐 갔던 칼날 같은 바람이 다시 그의 가슴을
후벼 팠다. 난데없이 나타난 이지민의 여자라니. 언제나 때려눕
히고 싶었던 존재 이지민. 하지만 그 녀석의 든든한 배경과 그
녀석의 아버지가 살아 있는 동안엔 그게 어디 가능한 일이었던
가. 그런데 정말 꿈같은 일이 일어났다. 이지민의 약혼녀가 제
발로 걸어 들어와 옷을 벗는 것이다. 이 사실을 어떻게 받아들
여야 할지 사실 그도 혼란스러웠다. 하지만 그는 다시 마음을
다잡았다. 무엇이 어떻게 되었든 간에 이지민에게 치명적인 상

처를 안겨주는 것만으로도 족하다.

　그는 부드러운 표정으로 그렇게 잠든 듯 꿈을 꾸는 듯 너무 맑아 부자연스러워 보이는 그녀의 눈을 가만히 들여다보았다. 그녀가 조금은 가엾어 보였다. 하지만 제 발로 걸어 들어온 이 절호의 기회를 그대로 놓쳐 버릴 생각은 없었다. 그가 천천히 다가서자 그녀는 또 몸을 부르르 떨었지만 이내 천천히 셔츠의 앞가슴을 여며둔 작은 단추들을 차례로 풀기 시작했다. 그 가슴을 감싸고 있던 셔츠의 단추가 풀어지자 브래지어로 모아둔 가슴이 드러났다. 그는 그녀가 깨지 않도록 천천히 브래지어 푸는 것을 도와주었다. 그녀의 가슴에 들어가 사는 사람을 완전히…… 완전히 지워내는 일. 깊은 병이 되어버린 그녀를 치료하는 것은 그 누구에게도 불가능한 일인지도 모른다. 그녀가 청바지를 벗어 내리고 그에게로 안겨오는 그 순간 병(病)처럼 그의 가슴으로 들어오는 그녀의 슬픈 병균을 안았다. 그녀의 몸이 닿은 자리부터 온몸으로 나른한 열기가 퍼져 나가는 느낌이었다. 그녀의 가슴이 그의 가슴에 닿을 때마다, 그의 가슴에서 그녀의 입술이 움직일 때마다 짜릿한 느낌으로 그는 발기되었다. 왜 사랑하지도 않는 이 여자에게 이런 느낌이 드는 거지? 그녀는 숨을 헐떡거리며 몽롱한 눈으로 허공을 바라본다.

　"진하야……."

　그녀의 뜨거운 열기가 어깨에서 느껴져 왔다. 거칠어진 그녀의 숨소리가 적막한 방 안을 가득 채웠다. 그녀가 위에 올라앉

아 조금씩 그를 넣었다. 단단하게 발기된 그가 그녀에게로 들어
갔다. 계획은 아니었지만 이제 그는 자신있게 그녀를 당겨 안았
다. 그렇게 조심스럽게 꼬옥 껴안고 자신의 아래 뉘었다.

"너는 이제 내 여자야."

그가 갑자기 힘을 주어 들어가자 그녀가 헉 소리를 내며 몸을
틀었다. 그녀의 가슴을 힘껏 한 움큼 빨아들였다. 부드러운 살
갗에 붉은 자국이 남는 것을 보자 그는 가슴이 터질 것 같았다.
그녀의 눈이 번쩍 떠졌지만 그는 그녀 안에서 사정없이 그녀를
휘저어놓고 있었다. 그녀의 느낌이 순식간에 바뀌었다.

"진하야……."

"난 진하가 아니야……. 키스해 줘……."

그녀가 놀라 고개를 젓고 있었지만 그는 자신있게 그녀의 입
술에 자신의 입술을 포개놓았다. 그의 팔이 그녀를 더욱 꽉 끌
어안았다. 그의 몸은 더욱 빠르게 요동치고 있었고 그녀의 몸은
그의 움직임에 따라 경련했다.

"아!"

그녀는 견딜 수 없는 고통의 신음을 토해내며 고개를 들었다.
이수의 가슴에 얼굴을 묻고 그는 태울 듯이 뜨거운 입술로 그녀
의 입술을 빨아들였다. 그리고 어느 순간 놀란 그녀가 몸을 뒤
집어 버렸다. 그는 당황하지 않고 그녀를 돌려 안았다. 그녀의
동그란 엉덩이가 눈에 들어왔다. 그녀의 엉덩이에 그의 단단한
남성이 닿는 걸 느끼자 그녀는 꼼짝도 할 수 없었다. 그는 동그

란 그녀의 엉덩이를 움켜잡고 그녀 안으로 밀고 들어갔다. 날카
로운 통증이 느껴졌고 그녀의 입에서 짧은 비명이 터져 나왔다.
그의 몸이 느리게 움직였다.

"제발 이러지 말아……."

이수의 등에 얼굴을 묻고 있던 그가 격정으로 고개를 번쩍 치
켜들었다.

"당신…… 이군요?"

"너를…… 가질 거야."

그는 그녀가 자신을 놔두고 이대로 가버릴 것 같아 그녀의 젖
가슴을 강하게 끌어당겨 움켜잡았다.

"그만……."

"멈출 수 없어……."

그가 고통스럽게 말했다. 결코 멈추지 않을 것이다. 여기서
멈출 수 없다. 그녀가 절박하게 몸을 비틀자 그는 잠깐 망설이
다가 결심한 듯 그녀의 몸속으로 더욱 깊이 들어갔다. 그의 터
질 듯이 부푼 단단한 남성이 그녀의 골짜기를 완벽하게 채우는
것을 느낄 수 있었다. 그의 남성이 힘차게 박동을 시작하자 그
녀는 비명을 내지르며 시트를 부둥켜안았다. 아무것도 보이지
않고 생각하고 싶지도 않았다. 그의 허리 움직임이 더욱 빨라졌
다. 그의 허리가 유연하면서도 거칠게 움직이고 그녀는 그의 움
직임에 리듬을 탔다. 두 사람의 거친 숨소리가 방 안 가득 채워
졌고 격정 속으로 빠져들고 있었다.

"아!"

두 사람의 목구멍에서 동시에 탄성 같은 신음이 터져 나왔다.
그는 그녀의 깊숙한 그곳에 뜨겁게 사정했다. 그의 머리가 그녀
의 어깨에 기대 누웠을 때 그녀는 고통스럽게 울음을 터뜨렸다.
그가 절대로 풀어주지 않겠다는 듯 돌아누운 그녀의 가슴을 꼬
옥 모아 안았다. 그녀는 그런 상태로 한참을 몸부림치며 울었다.

그녀는 이미 상심의 단계는 벗어나 있는 것 같았다. 괴로운
응시와 막다른 골목에서의 체념, 그리고 고통을 배제한 수긍.
자신의 모든 치부를 드러내 보이고 난 후였으므로 울고 난 그녀
는 차라리 홀가분해 보였다. 돌아누워 애원하듯 그를 바라보며
그녀가 먼저 입을 열었다.

"한 가지 궁금한 게 있어요."

그녀가 궁금해하는 게 무엇인가를 듣지 않고도 그는 짐작할
수 있었다.

"왜 내 팬티를 가진 거죠?"

"내 여자의 것이니까."

갑자기 마음이 끝없는 바닥으로 떨어져 내리는 듯한 두려운
느낌이 그녀를 옥죄었다.

"내가 어떤 여자인지 당신은 모르잖아요. 이런 식으로 같이
잤다고⋯⋯."

아무런 말 없이 그녀를 보는 그의 눈빛은 차분하고 섬세하게
깊었다. 그녀는 그의 그런 눈빛을 받아내지 못하고 시선을 아래

로 떨구었다. 공연히 죄라도 지은 사람처럼 불안해졌다.

"어떤 여자인지 이제부터 내게 가르쳐 줘."

"네……?"

"나도 내 여자에 대해서 이제부터 알아야겠지?"

"그런 걸 알아서 뭘 어떻게 하겠다는 건데요? 그냥 잊어주세요. 제겐 약혼해야 할 사람이 있어요."

"그런 것 몰라, 아무것도. 다만 문이수가 내 여자가 될 거라는 것만을 알고 있지."

그는 갑자기 손을 뻗어 그녀의 부드러운 가슴을 움켜잡았다.

"아…… 제발……."

"너를 가질 거야. 소리를 지를 건가? 여기가 누구의 방이지? 여기에 왜 들어왔다고 할 거지? 뭐라고 할까, 사람들은?"

그가 길고 가는 손가락 하나를 들어 꼿꼿하게 선 그녀의 젖꼭지를 부드럽게 쓰다듬었다.

"조금 전엔 어땠지? 좋았었어?"

그녀의 몸이 충격으로 파르르 떨었고 놀란 커다란 눈에 눈물을 가득 담고 고개를 저었다.

"진하라는 그 친구랑은 늘 이렇게 섹스를 했던 건가? 꿈속에서의 당신, 너무 요염하더군. 나를 미치게 만들었어."

"제발…… 이러고 싶지 않아."

"소리를 질러도 좋아. 난 참느라고 고생했거든."

갑자기 그의 손이 그녀의 허리로 내려갔다. 그의 입술이 달아

오른 그녀의 젖꼭지를 적시고 이로 잘근잘근 물며 놀렸다. 그녀
는 입술을 깨물며 신음을 흘렸다. 그리고 가슴을 다시 입 안 가
득 세게 빨아들이고는 서서히 그녀 위로 올라갔다. 그녀가 그를
제지하려는 것처럼 몸을 비틀자 그는 그녀의 젖가슴을 손 안 가
득 움켜잡고 젖꼭지를 빨던 그가 입술을 떼고 고개를 들더니 천
천히 아래로 내려갔다. 그녀가 바들바들 떨었다. 그녀는 숨을
헐떡이며 그의 입술이 닿는 곳마다 불이 붙은 듯한 열기를 느끼
고 떨었다. 그의 입술이 살짝 나온 아랫배를 더듬고 배꼽에 입
을 맞추더니 그녀의 은밀한 숲에 입술을 눌렀다.

"아, 안 돼…… 안 돼……."

"왜? 왜 안 되는 거지? 난 좋은데."

그는 이제 완전히 이 게임에 몰입해 즐기고 있었다. 한 손이
그녀의 다리 사이의 부드러운 사타구니를 쓰다듬고 있는 동안
입술은 귓가를 더듬어 귓불을 살짝 깨물고 목을 핥아 내려갔다.
정신을 차릴 수 없이 혼란스러워 그녀의 입에서 떨리는 신음이
터져 나왔다. 그녀는 다리를 오므리려고 애썼으나 그의 몸이 그
녀의 다리를 단단히 누르고 있었다. 그의 손가락이 숲을 헤치고
골짜기를 찾아 들어갔다. 그녀의 골짜기는 맑은 물기를 머금고
기다리고 있었다. 그녀의 두 다리를 들어 올리고 그의 손가락이
비밀스럽고 너무나 민감해 스치기만 해도 화들짝 놀랄 꽃잎을
헤집고 건드렸다.

"아…… 안 돼."

"이제부터는 내가 당신을 먹을 거야. 기억나지 않겠지만, 당
신도 그랬어."

그녀가 몸을 바들바들 떨었다. 그의 뜨거운 혀가 꽃잎을 맛보
고 부드럽게 희롱했다. 그는 아주 노련한 기술자처럼 그녀의 중
심에서부터 아주 세심하게 혀끝으로 맛보며 쓰다듬었다. 그녀
의 엉덩이가 들썩거리자 그의 혀는 더 깊이 그녀의 은밀한 곳을
향해 밀고 들어갔다.

아찔하게, 시린 느낌이 온몸으로 퍼진다. 순간 날카로운 신음
과 함께 그녀의 허리가 휘어지며 탄성을 토해냈다.

침묵이 탁자 위에 안개처럼 내려앉았다. 찻잔에 커피가 김을
뿜어내며 조용히 식어가고 있었다. 무언가 단서가 될 만한 걸
하나라도 알 수 있었다면……. 그랬으면 이토록 불편하고 난감
하지 않아도 되었을까. 아무것도 모르고 있다는 사실이 어째서
이토록 미묘한 침묵을 불러오는 것일까. 나에 대해 아무것도 모
르는 그 남자. 그 남자에 대해 아무것도 모르는 나. 깊은 늪 속
에 잠긴 듯 이수는 숨이 가빴다.

생각난 디자인을 입체화해 보려고 장식을 붙였다 뗐다. 만지
고 있던 블라우스를 손에 든 채 이수는 시선이 오는 쪽으로 고
개를 돌렸다. 오전이라 그다지 바쁘지 않았으므로 이수는 휴게
실로 마련된 거실에 앉아 있었다. 팀장이 빠르게 걸어오고 있었
다. 이수는 무슨 일인가 해서 가슴이 철렁 내려앉았다.

“여긴 웬일이세요?”

“네? 전화 못 받으셨어요? 사장님이 자동차 공장을 돌아보시고 파리에 들러 이곳으로 오고 계시다는대요. 오실 때가 되었는데…….”

“네?”

“그럼 준비하세요.”

“아, 저는 그런 이야기는 들은 적이 없는데…….”

“아마 조금 짬이 나셨나 봐요. 돌아가시는 길에 이수 씨가 보고 싶어서 오시나 보죠.”

“네, 그런가 보네요.”

이수는 그녀에게 미소 지었다. 그녀가 조심스레 물었다.

“그건 저 주시고 옷도 갈아입고 준비하세요. 화장도 좀 하셔야겠어요. 안색이 안 좋아 보여요. 피곤하셔서 그래요?”

“아뇨. 그럼 들어가서 잠깐만 쉬어야겠어요.”

그러고 보니 그녀도 자신이 좀 초췌해 보이는 것도 같았다. 며칠 동안 잠을 제대로 자지 못한 데다 갑자기 이지민이 온다는 말에 어지럽고 창백해진 자신을 느꼈기 때문이다. 이틀 동안 지민과 전화 통화를 하지 못했다는 생각을 하며 방으로 돌아가다 옆방에서 나오는 그와 부딪쳤다.

“안 좋아 보여. 어디 아파요?”

“네? 그걸 지금 내게 묻고 있어요?”

“같이 가서 뭘 좀 먹어요.”

"같이라는 말 하지 말아요. 당신 속은 정말…… 모르겠군요."

이수는 정말 얼떨떨해졌다. 그의 말이, 그리고 행동이 무슨 뜻인지 헤아리기가 어려웠다. 하지만 그는 아무 말도 않고 그녀의 손을 잡고 식당을 향해 앞서 걷고 있었다.

"제발 놓아줘요. 그 사람…… 오고 있어요. 나 준비해야 돼요."

"누가요? 아니, 왜 그 누군가가 오는데 그를 위해 당신이 준비를 해야 되는 거지? 그냥 그대로 보면 안 되나?"

놀란 이수를 바라보는 그의 눈빛은 아무 일도 아니라는 듯 오히려 담담했다.

"앞으로 당신은 나만 보면 돼. 문이수는 내 여자야."

"왜 이러는 건지 모르지만 쉽게 결정한 거 아니에요. 나도, 그 사람도……."

"그럼 그 사람을 다시 생각해 봐요. 응?"

"대체 당신 어쩔 셈이죠. 속을 모르겠어, 정말……."

"정말 모르겠어요, 내가 왜 이러는지? 내게 아무런 느낌도 없어요?"

"네…… 전혀요."

너무도 혼란스러워서 이수는 생각의 갈피를 잡을 수 없었다. 그녀의 시선이 아래로 내리깔렸다. 눈에 눈물이 고인 것 같았다.

넷-위험한 유혹

밝은 데서 보는 그는 오늘따라 이지민보다 훨씬 더 컸고
꽉 짜인 역삼각형의 몸은 쳐다만 봐도 숨이 막힐 것 같았다. 미
남에 귀공자 같은 이지민에 비해 그는 거칠어 보이지만 개성이
강하고 매력적인 모습이었다. 그녀를 바라보는 짙은 눈썹 아래
의 갈색이 도는 검은 눈동자 속에는 이수를 놀리는 것 같은 귀
여운 웃음이 떠오르고 있었다. 그의 표정에는 자신감이 넘치다
못해 약간 교만한 느낌을 주었지만, 팔로 이수를 감싸 안듯이
레스토랑으로 데려가는 것을 보면 따뜻한 마음씨를 가진 것 같
기도 했다. 이수는 그가 제발 자신에게 별다른 악의나 감정이
없기를 간절히 바라고 있었다.

"나도 식사를 할 예정이었어요. 그 친구가 온다는 소식은 언제 들었어요?"

"한 시간쯤 전에요."

그는 씽긋 웃었다.

"그런데 벌써 이 야단인가? 그 친구는 날아서 오는 모양이지? 뭔가 좀 먹은 뒤에 예쁘게 꾸며도 늦지 않을 테니 그렇게 서두르지 말아요. 질투가 나려고 해요."

그 말이 또 이수의 신경을 자극했다. 그는 그런 눈치를 알자 재미있어하는 것 같았다. 늘 여유가 있는 것처럼 눈가에는 가는 주름을 잡으며 웃고 있었다.

"당신이 왜 질투를 느껴요? 그런 턱없는 말로 날 떠보려고 하지 말아요. 그리고 제발 이 손 좀 놓고 걸어요. 남들이 봐요."

그는 이수의 말엔 아랑곳하지 않고 그녀의 손을 잡아끌며 레스토랑으로 들어갔다. 실내는 냉방이 잘되어 있어 아주 서늘했다. 이수가 떨고 있는 것을 본 그는 자신이 걸친 카디건을 벗어 그녀의 어깨에 걸쳐 주며 걱정스레 말했다.

"안색이 너무 안 좋아. 너무 걱정 말아요. 나를 화나게 하지 않으면 나도 이수 씨를 곤란하게 하지 않을 거야."

이수는 지친 듯 힘들게 웃어 보이며 고개를 끄덕였다.

"배고프다. 이수 씨는?"

"나도 배고파요."

식당에서 맛있는 내음이 풍겨오고 이수의 뱃속에서도 어서

먹을 걸 달라고 야단이었다. 식사로는 그 레스토랑의 스페셜 요
리를 주문했다. 생크림과 향신료로 비린내를 없앤 송아지 간에
양파 스테이크와 디저트로는 포도주와 생크림을 거품 내며 휘
저은 자바료네가 나왔다. 웨이터가 이수와 그를 알아보고 힐끔
힐끔 쳐다보고 있었다. 맞은편에 앉은 그녀 회사의 직원들의 눈
길도 이수와 그의 묘한 분위기의 테이블에서 떠날 줄을 모르고
있었다.

　이수는 짜증스러웠다. 사실 이런 일이 있기 전에는 멀리서 모
델인 이 남자를 쳐다보면 마음이 설레기도 했지만 지금은 그에
대해서 적개심과 두려움이 느껴져 아무것도 생각나지 않았다.
특히 오늘은 그의 막무가내 행동이 마치 자신을 미친 여자 취급
하는 것처럼 느껴졌다. 식사를 하는 내내 그녀는 한마디 말도
하지 않았다.

　커피를 마시고 나자 이수는 입을 닦으며 바로 자리에서 일어
나려 했다. 그러나 그는 그런 그녀를 다시 잡아 자리에 앉혔다.
그리고는 커피 잔을 들고는 가만히 그녀를 바라보았다. 그는 그
렇게 그녀를 바라보고 있는 것이 자꾸만 좋아지고 있었다. 하지
만 이수는 그렇게 가만히 그를 바라보고 있는 것이 고통스러웠
다. 그렇게 가만히 그를 바라보고 있으면 자꾸만 그리운 진하가
생각났기 때문이다. 왜 그의 얼굴 속에서 그리운 진하의 영상이
겹쳐 보이는 것일까? 그의 얼굴 속에서 떠오르는 가슴이 아린
진하의 영상 때문에 이수는 이 남자를 쉽게 떨쳐 내버릴 수가

없었다. 하지만 그에 앞에서 바보처럼 눈물을 보이기는 싫었다. 그리고 이제 곧 이지민이 올 것이다. 지민의 앞에서는 언제나처럼 밝은 얼굴을 하고 있어야 했다. 그것이 괴로워 그녀는 도망치듯 식사를 마치고 나가려던 것이었는데 그는 다시 심술맞게 그녀를 붙잡아 앉히는 것이었다.

"그만 먼저 가볼게요."

하고 이수가 부탁하듯 물었다.

"내가 커피를 다 마실 때까지만 같이 있어요. 부탁해요."

이수는 하는 수 없이 가만히 앉아 그가 커피를 다 마시길 기다렸다. 그는 그런 이수를 바라보며 묘한 기분이 들었다. 갑자기 이지민이 온다고 하니 이 게임이 더 재미있어질 것 같다는 생각이 들기도 하고 또 한편으로는 뭔가 알 수 없는 허전한 기분이 들었다.

계산을 마치고 레스토랑을 막 떠나려던 이수는 누군가와 부딪쳤다. 비틀거리는 이수의 몸을 그 사람의 두 손이 얼른 부축했다. 이수는 실례가 되지 않도록 웃는 얼굴로 상대방을 쳐다보았는데, 그녀의 미소는 곧 사라져 버렸다. 이지민이 의아한 표정으로 그와 그녀를 번갈아 바라보고 있었다.

"언제…… 왔어?"

"응, 조금 전에. 그런데 여기서 뭘 하는 거야? 연락 못 받았어?"

이수는 이지민과의 이런 식의 재회를 기뻐할 수가 없었다. 잊어버리고 싶은 간밤의 공포가 다시 되살아나고 그녀의 옆에 서서 지금 이런 상태를 즐기는 것 같은 그의 눈이 더욱 무서워 식은땀이 났다. 이수가 몸을 돌려서 그를 소개하려고 하자 그가 웃으면서 먼저 말했다.

"안녕하세요, 이 사장님. 이번에 사장님 회사와 전속 모델 계약을 맺은 김시일입니다. 실장님께서 어제 패션쇼 수고했다고 점심을 사셔서 함께 하고 나오던 길이었습니다."

"아, 네. 그러세요?"

김시일이 내미는 손을 받아 쥐며 이지민은 어쩐 일인지 웃을 수가 없었다. 악몽처럼 진하의 모습이 떠올라 왔다. 이상한 일이었다. 지민의 손에 축축한 땀이 배어 나왔다.

"우린 그만 가보겠습니다. 다음에 봅시다. 시일 씨, 수고해 주세요."

그는 돌아보지도 않고 떠나는 이수의 뒷모습과 이지민을 물끄러미 바라보았다. 화가 나서 그들을 노려보았으나 금방 그들의 모습은 보이지 않게 되었다. 어머니 김 여사에게 이지민의 아버지가 자신의 집안에 저지른 만행은 귀에 못이 박히도록 들어왔다. 그런 이지민의 집안으로 더 가까이 다가가기 위해 처음엔 이지민의 여동생 이지영에게 의도적으로 접근했었다. 그래서 지영이 이사로 있는 SS패션의 대표모델이 된 것이었다. 그렇게 발버둥 쳐왔는데 예상치 않은 곳에서 운명은 미소를 보내오는 것이었다. 그들의 뒷모습이 사라져 가는 것을 보면서 김시일은 어떻게든 문이수를 이지민에게서 빼앗아오겠다고 다짐했다.

　이수 방의 테이블 위에는 빨간 장미꽃이 한 바구니 놓여 있었고 꽃병마다 꽃이 꽂혀 있었다. 지민이 마음을 쓴 모양이었다. 이수는 선 채 은은한 꽃향기를 맡으며 꽃 저편의 거울에 비친 이지민의 모습을 보았다. 얼굴은 상기되고 눈은 날카롭게 반짝이며 금방이라도 폭발해 버릴 것 같은 모습이었다. 그래도 서울을 떠나올 때의 며칠 동안 어둡고 화난 모습보다는 많이 나아진 셈이다. 어차피 또 그 이야기를 하러 온 것일 테지만……. 우선은 조용한 마음으로 소파에 앉아 지민의 말을 기다렸다.

　"왜 결혼식을 곧바로 하지 않고 약혼식을 계속 고집하는 거니? 이수야, 너…… 아직도 진하를 잊지 못하는 거니? 그래서 이러는 거야? 지난 며칠 전화도 안 받고? 넌 내가 제대로 일도 못한 채 이렇게 쫓아올 거 몰라서 이래?"

　지민은 도저히 참을 수가 없다는 듯이 화를 냈다가는 다시 애써 화를 눌러 참는 모양인지 조용해졌다. 이수가 사랑한 남자는 지민이 아니었다. 지민과의 사랑은 진하와의 사랑이 어쩔 수 없이 끝나면서 우연한 계기로 시작되었다. 이수에게는 진하와의 사랑이 아직 끝나지 않았다는 것을 지민도 이미 알고 있었다. 이수와 지민은 어느새 스물아홉이었다.

　첫사랑 진하를 만난 것은 열여덟 살 때였다. 그리고 스물네

살이 될 때까지 미친 듯 진하를 사랑했었다. 하지만 진하는 어느 날 이수가 그를 사랑하는 마음이 절정에 있을 때 사라져 버렸다. 언젠가는 진하의 얼굴도 잊혀질 날이 오겠지. 아니야, 그 선한 미소, 그 착한 목소리, 그리고 그 사랑의 설렘을…… 아릿하게 아파오는 아픔을 어찌 잊을 수가 있을까……. 결코 잊을 수 없을 것 같았다.

"지민아, 난 아직은 아무것도 약속한 게 없어. 날 그렇게 몰아대지 말아줘. 숨이 막힐 것 같아."

"뭐?"

"부탁이야. 미안해."

"얼마나…… 얼마나 더 기다리면 되겠어."

지민은 이수의 말에 충격을 받은 모양이었다. 자존심이 상처를 입은 것은 하루 이틀이 아니었지만 아직까지도 이수가 자기 곁에 남아 있는 것을 위안으로 생각하고 감사하고 있었다. 이곳으로 올 때는 그저 흔들리는 이수의 마음을 달래고 설득하고 싶었다. 그래서 휴가를 받아야겠다고 생각했다.

아버지 이 회장은 바쁠 때 자리를 비우려는 아들을 향해 이런 때에 무슨 휴가냐며 조금 짜증스럽게 말했었다.

"넌 늘 외국에 나다니지 않니? 이태리에 다녀온 지도 얼마 되지 않았는데 무엇 때문에 또 이태리를 가겠다는 거냐? 또 이수가 속을 섞이는 게냐? 너도 이젠 차라리 결혼을 하려무나."

"파리에 일도 있고 하니 회사 일을 보고 피렌체에 들러서 이수와 함께 돌아오겠습니다. 그리고 곧 결혼이든 약혼이든 하겠습니다, 아버지.”

이 회장은 지민의 괴로움도 모르고 하는 소리였다. 그처럼 반대하는 결혼을 지민이 집에서 나가겠다는 선전포고까지 하고 받아낸 허락이었다. 어머니는 아직도 반대하는 중이었다.

이 회장이 암으로 투병 중이라서 어쩌면 더 쉽게 허락한 결혼인지도 몰랐다. 이제 이 회장의 회사를 실질적으로 물려받아야 할 사람은 이지민이었기 때문이다. 지민은 웃으며 이 회장을 안심시키고 이태리로 떠나왔다. 하지만 언제나 이수와 자신과의 사이는 마치 투명한 유리창이 막고 있는 것처럼 느껴졌다. 빤히 투명하게 들여다보이지만, 금세 손 내밀면 만져질 것 같지만 그 유리창을 절대로 통과해서 잡을 수 없는 사람. 이수는 지민에게 그런 존재였다. 지민은 이수의 곁에 가만히 앉아 지친 눈으로 바라보는 그녀를 자신의 무릎에 뉘이고 부드럽게 머리카락을 쓰다듬어 주었다.

“이수야, 무슨 일이 있었니? 피곤해 보인다. 아파?”

“아니, 그저 좀 지쳤을 뿐이야. 좀 쉬고 싶어서 그래.”

“이수야, 나 내일은 일이 있어. 그래서 넌 좀 심심할 거야. 하루 종일 회의에 참석해야 하거든. 그리고 오늘 저녁에는 이곳의 파티에도 참석해야 해.”

파티란 말에 이수의 안색이 변했다. 그도 참석할 것이라는 생각에 몸에 소름이 돋았다.

"걱정 마. 네가 원한다면 우선은 약혼부터 하자. 응? 내가 부모님들은 설득해 볼게."

"응…… 응, 그래."

저녁 파티엔 많은 사람들로 북적이고 있었다. 이수는 이런 파티를 싫어하는 편이었다. 마치 인형처럼 차려입고 왜 웃는지도 모르며 함께 섞여서 웃어보는 일들. 그런 파티들은 이수를 갑갑하게 했다. 지루해서 몸이 뒤틀리고 있을 때 사람들과 있던 지민이 다가왔다.

"지루하지? 기분은 좀 나아졌어?"

"괜찮아."

지민은 이수가 걱정스러운 듯 쳐다보고 있었다.

"있지, 난 들어가서 옷을 갈아입고 생각난 스케치를 좀 할까봐. 그래도 되지?"

"할 수 없군. 올라가서 조금만 기다려. 곧 끝날 것 같아."

하지만 파티는 끝날 기미조차 보이지 않았다. 지민은 꼭 만나야 할 사람들이 너무 많았다. 결국 이수는 밖으로 나왔다. 그제야 숨통이 트이는 것 같았다.

이수는 성벽을 따라 거닐며 맑은 공기와 피렌체의 불빛이 즐비하게 늘어선 도시의 풍경을 감탄하며 아름답게 바라보고 있었다. 시원한 바람이 도시를 가로지르고 피렌체의 까만 밤하늘의 차가운 별들이 반짝반짝 빛나고 있었다. 상쾌한 공기 때문인지 이수의 마음도 맑아지고 불을 찬란히 밝히고 음악 소리 흥겨운 성을 바라보고 있으니 마음이 즐거워졌다. 그 한순간의 편안함은 정원 끝을 걸어가는 시일을 발견하며 끝이 났다.

시일은 이수를 보지 못한 채 정원을 어떤 금발의 여자와 함께 걷고 있었다. 두 사람의 모습을 보고 이수의 표정이 일그러졌다. 함께 걷던 여자가 뭐라고 하니까 그의 갈색 머리가 여자 쪽으로 기울어졌다. 이수는 두 사람을 따라잡으려고 걸음을 재촉했다. 그가 문득 함께 걷고 있는 여자에게 미소를 지었다. 유머와 매력이 넘치는 웃음이었다. 순간 어젯밤이 떠올라 또 화가 치밀어 올랐다. 상대방 여자가 그에게 미소 짓자 뭐가 그렇게 우스운지 고개를 끄덕이며 웃는 것을 보고 더욱 화가 났다. 이수는 남자의 저런 종류의 미소가 무엇을 의미하는지 잘 알고 있었다. 알 수 없이 화가 치밀어 이수는 자신의 방으로 올라가 버렸다.

이수는 번쩍거리는 실크 드레스를 벗어버리고 찢어진 힙합 청바지에 소매가 없는 흰 티셔츠에 허리는 스카프를 꼬아서 매고는 자신의 편한 복장이 마음에 들어 킬킬거리며 웃었다. 스케치북을 들고는 일층 레스토랑 옆의 조그만 술집으로 들어갔다. 워낙에 나이트클럽, 술집, 커피숍, 여행지, 낯선 곳에 앉아 남을 의식하지 않고 스쳐 가는 느낌들을 스케치하는 것을 좋아했다. 그러다 보면 뜻밖에도 꽤 쓸 만한 디자인을 건지기도 하는 것이었다. 술집엔 파티에 참석하지 않은 사람들이 몇몇 눈에 띄었다.

　테이블에 앉아 병맥주 밀러를 세 병 시키고 스케치북을 펼쳤다. 그녀의 손에 쥐어진 검은 2B 연필이 스쳐 가는 자리마다 그 선은 그 술집 안의 여러 사람들 의상의 포인트를 정확히 집어 그려지고 있었다. 그녀는 가끔씩 맥주병을 들어 한 모금씩 들이키고는 다시 스케치에 몰두했다. 술을 마시면 얼굴부터 열이 나는 이수라 반병쯤 마시자 얼굴이 빨개졌다. 그녀는 얼굴을 식히기 위해 스케치 연필을 귀에 꽂아놓고 손부채질을 열심히 하고 있었다. 그러다 술집 문 앞에 기대서서 얼굴이 빨개져 있는 자신의 모습을 빙그레 미소 지으며 바라보고 있는 그를 발견했다.

　“아니, 저 남자는 왜 또 여기 나타난 거야? 무슨 도깨비 같아.”

　그는 빠른 걸음으로 그녀에게 다가오고 있었다. 무슨 일이냐며 묻는 얼굴로 앉아 있는 이수에게 그가 말했다.

　“잠깐 바람 쐴까?”

　어이없다는 듯 피식 하고 웃던 이수가 말했다.

　“같이 바람 쐬어줄 여자들은 수두룩하잖아요?”

　“질투하는 거야? 아까 그 여자?”

　흥! 하는 얼굴로 일어서는 그녀를 붙잡은 그는 이수를 자신의 차가 있는 곳으로 끌다시피 데려갔다.

　“이 손 놔요. 왜 이래요?”

　그는 자신을 쳐다보는 이수의 겁먹은 얼굴로 손을 뻗어서 그

녀의 입술을 매만졌다. 그의 손길에서 전해져 오는 짜릿한 느낌
을 이수는 얼른 잘라내듯이 그의 손을 툭 쳐버렸다.

"제발 이 손 좀 놓으라니까요!"

"조용 조용 이야기해. 나 귀 안 먹었어요. 무슨 여자가 소리가
그렇게 커요?"

이수의 말은 무시한 채 그는 자신의 차 안에 이수를 태우고
자신도 운전석에 함께 올라탔다. 그는 이수를 곰곰이 바라보았
다. 피렌체에서 열심히 일하는 그녀의 모습은 정말 매력적이었
다. 그녀와 그런 일이 있는 후로 그는 그녀와 함께 작업을 할 때
면 그녀의 행동 하나하나 모두에 신경이 쓰여서 집중을 할 수
없을 때도 있었다. 이수에게 다가가고 싶은데 어떻게 다가가야
할지를 알 수가 없었고, 자신이 평소에 일하던 방식대로 이수에
게 접근하면 순진해 보이는 그녀에게 자칫 상처가 될까 봐 망설
이고 있었다. 복수를 꿈꾸는 자신이 이렇게까지 머뭇거리며 마
음을 졸이다니 자신이 생각해도 어이가 없었다. 하지만 이젠 자
신과 눈이 마주쳤을 때 동그랗게 치뜨는 눈 모양조차도 아주 귀
엽게 느껴졌다. 이수의 행동 하나하나조차 흥미있게 지켜보게
된 것이다.

그는 의식적으로 하루 종일 그녀를 피해 다녔지만 우연히 정
원에서 방으로 올라가는 그녀를 보고는 자신도 모르게 그녀를
기다렸다가 술집까지 따라오게 된 것이다. 이상하게 잠시라도
그녀가 눈에 안 보이면 초조하고 안타까워졌다. 이수 역시 조금

전에 그와 함께 있던 여자가 누구였는지 차츰 궁금해지기 시작
했고, 시간이 갈수록 자신도 그에게 마음을 뺏기고 있는 것이
두려워지기 시작했다.

잠시 달려서 도착한 곳은 피렌체 시내가 내려다보이는, 보기
에도 가슴이 탁 트이는 그런 곳이었다. 밤이라서 그런지 지나는
차도 없었고 무엇보다 하늘에 떠 있는 별들이 눈에 확 들어왔으
며 몇 개의 꼬리를 물고 떨어지는 유성이 바로 눈앞에서 보이는
게 마치 우주 쇼를 하는 것같이 멋있는 곳이었다. 그는 차를 세
운 후 의자를 뒤로 누이고 눈을 감았다.

그는 조용히 자는 것처럼 보였다. 이수는 그를 깨우려고 가까
이 몸을 내밀었다. 하지만 그가 다가온 이수를 확 끌어당기며
그의 품 안으로 안아버렸다. 얼떨결에 그의 품 안으로 쓰러진
이수가 일어나려 했지만 그의 강한 팔이 그녀를 끌어안고 놓아
주지 않았다.

그는 너무 놀라 입을 다물지 못한 채 자신을 바라보고 있는
이수의 입술에 키스했다. 그의 혀가 슬쩍 그녀의 입 안으로 들
어가 무방비 상태인 그녀의 혀를 쓰다듬고 있었다. 갑자기 들어
온 그의 혀를 밀어낼수록 그의 혀는 더 강하게 얽히고 있었고
점점 이수의 몸에서는 힘이 빠지고 있었다. 그는 그녀를 일으켜
자신의 무릎 위에 앉혔고, 부드러운 그녀의 입술로 전해지는 맥
주의 쌉싸름한 맛이 상큼하게 그를 자극했다.

이상하게 오늘 하루 종일 그는 그녀만 보면 이렇게 어루만지

고 싶었고 그녀의 입술을 맛보고 싶었다. 그녀의 옷 속으로 그의 손이 들어오자 이수가 그를 얼른 밀어내고 조수석에 앉으며 조금은 격한 음성으로 그에게 말했다.

"날 갖고 놀 생각은 하지 마세요."

"난 이수 씨를 갖고 놀 생각 없어. 솔직히 난 문이수라는 여자에 대해 알고 싶을 뿐이야."

"난 당신이 내게 왜 이러는지 모르겠어. 당신에겐 나 말고도 목숨 거는 여자들이 많잖아요? 내겐 이런 장난 하지 말아요. 상처받고 싶지 않으니까."

"맹세하는데 내가 좋아한 여자들은 지금까지 한 명도 없었어."

"정말 눈물나게 고맙네요. 나 같은 정신 이상한 여자를 좋아해 줘서 고맙다고 절이라도 할까요? 특이한 것들을 좋아하는 모양이죠?"

"난 지금만큼은 진심이야."

"난 그런 진심 알고 싶지 않아요. 그 사람이 찾을 거예요. 가야 돼요."

이수가 쌀쌀하게 말하자 그는 가만히 이수의 팔을 잡아당기며 물었다.

"기다려. 내가 가자고 할 때 가는 거야."

"왜 그래야 되죠?"

"시작은 그쪽에서 먼저 했으나 끝내는 것은 내가 해. 내가 끝내기 전까지 이 게임은 끝나지 않는 거야.”

갑자기 그가 양손으로 거칠게 그녀의 얼굴을 끌어당겨 입술을 겹쳐 놓았다. 그의 자극적인 향수 향이 이수를 아득하게 했다. 뜨겁고 부드러운 혀가 그녀의 입 안을 제멋대로 헤집고 다닌다. 얼굴을 감싸고 있던 한 손이 목을 타고 아래로 내려갔다. 입술을 떼지 않은 채 그녀의 혀를 붙들고 그가 조수석 의자를 뒤로 뉘었다. 그리고는 이수를 쓰러뜨리고 위로 올라왔다. 그의 손은 어느새 이수의 청바지를 벗겨내고 있었다. 그리고는 그녀의 귓불을 빨며 속삭였다.

“보여줘. 너를 보고 싶어. 나는 너의 모든 것을 볼 거야. 이미 너도 나를 원하고 있어.”

그의 손이 그녀의 스타킹을 벗겨 내리고 다시 팬티를 벗겨 내렸다. 놀라 일어나려는 이수를 잡으며 그는 단호하게 말했다.

“자신있게 나를 원하지 않는다고 말할 수 있어?”

“나…… 난, 당신이 두려워요.”

“나도 네가 두려워.”

“이런 나도 무서워.”

“나도 그래.”

이수의 동그란 눈이 부들부들 떨고 있었다. 그의 손은 천천히 그녀의 허벅지 안쪽을 쓰다듬으며 다시 그녀의 오른쪽 발을 가볍게 끌어당겼고 서슴없이 엄지발가락을 자신의 입 안에 넣고 빨았다.

“아!”

이수의 입에서 신음 소리가 흘렀다.

"그 친구가 그렇게 끔찍하게 좋은가, 이수 씨는?"

그의 예상치 못한 질문에 허를 찔린 것 같았다. 이수는 내리깔았던 눈을 들어 그를 바라보았다. 그의 눈빛은 이수의 눈 안에 머물러 있었다. 깊고 큰 눈, 매끄럽게 내려오는 콧날, 알맞은 크기의 입술, 부드러운 머리카락 아래로 드러난 굵은 목선까지 뜯어보면 볼수록 아주 똑같지는 않지만 진하의 느낌과 닮았다. 어떻게 이 남자는 진하와 이렇게 닮았을까 볼수록 궁금해진다.

"끔찍하게 좋아서?"

이수는 잠시 되묻고는 말없이 그를 잠시 보기만 했다.

"사랑…… 그거 끔찍하게 좋아야만 하는 거 아닐걸요. 그저 오랫동안 지켜주는 사랑이 끔찍해서, 그게 좋아서…… 사랑할 수밖에 없는 사람도 있죠. 그런 말 하는 그쪽은 아직 여자도 없다면서요."

"난 그런 것에 남은 인생 다 걸 정도로 어리석지도 않고, 무엇보다도 난 그 사랑이라는 걸 충분히 믿지 않아."

"그렇군요. 아무튼 앞으로 나에 관한 건 묻지 말아요. 나에 대해서도 알려고 하지 말구요."

이수는 그렇게 담담하게 말하는 그를 바라보며 자르듯이 그렇게 말했다. 그리고 한마디 더 빠르게 붙였다.

"그리고 당신에 대해서도 알고 싶지 않아. 더 이상 얽히고 싶지도 않고요. 어쩌다 나와 잠자리를 함께했다 해서 나를 마음대로 데리고 놀겠다는 생각은 그만둬요."

이수는 그가 놀란 눈으로 무언가를 말하려는 그마저도 가로막았다.

"오늘 밤 이후론 당신과 단둘이서 있는 일이 두 번 다시 없기를 바라요. 다시 만날 일 없을 거예요. 그러니 어서 나를 데려다 줘요, 당장!"

시일은 그 순간 이수의 말에 굉장히 기분이 상했다. 어떤 여자도 그에게 그런 식으로 경멸하듯 말한 적은 없었다. 아니, 어떤 여자도 감히 그를 하룻밤 잠자리 상대 정도로 취급한 적은 없었다. 그것만으로도 그에게는 충분히 충격적이었다. 하지만 그는 밤마다 그의 품 안에서 꿈꾸듯 보여준 그녀의 부드러운 느낌을 기억해 내고는 화를 내려던 것을 그만두고 말았다. 지금 그녀를 화나게 할 필요는 없다고 생각했다. 어차피 그녀를 빼앗는 것이 그의 목적이니까. 기분이 언짢아진 그는 힘껏 엑셀을 밟으며 속력을 높였다. 하지만 다음 순간 두 사람은 뭔가 터지는 듯한 소리와 차의 몸체가 휘청거리는 바람에 깜짝 놀라 차를 세웠다. 이수는 깜짝 놀라 감았던 눈을 동그랗게 떴다. 차는 도로 한가운데 서고 말았다.

“무슨 일이에요?”

“펑크났어.”

“죽을 뻔했잖아요. 제때에 차를 점검했어야지.”

차에서 내린 그가 트렁크를 열었다. 이수도 역시 차에서 따라 내렸다. 하지만 그는 인상을 찡그리며 여전히 종알종알 투덜거리고 있었다.

“이런, 예비 타이어도 펑크가 났는데…….”

그가 조금 놀랐다는 얼굴로 그녀를 쳐다보며 어깨를 으쓱거렸다.

“그럼 예비 타이어도 없단 말이에요?”

“없어요.”

그가 고개를 끄덕이며 대답하자 이수가 화가 나서 펄쩍 뛰겠다는 표정을 지은 채 화풀이라도 하듯 펑크난 타이어를 발로 차며 대꾸했다.

“멍청이! 바보! 여기는 왜 딸려와 가지고! 이제 어떻게 돌아갈 거냐고! 문이수, 너 진짜 제정신 아니구나! 그치! 돌겠네, 진짜!"

그가 주위를 둘러보며 이수에게 물었다.

"그건 지금 나더러 하는 소리야?"

"아마 그렇기도 할걸요."

"내가 멍청이에 바보라고?"

그가 아무 말 없이 이수를 쳐다보았다. 한참을 제자리에서 펄펄 뛰던 이수가 한숨을 내쉬었다.

"걸어가는 수밖에 없죠 뭐."

"걸어가자고? 설마…… 농담이지?"

그가 깜짝 놀란 목소리로 소리쳤다.

"그럼 어떻게 해요? 별다른 방법 있어요?"

"핸드폰으로 사람을 부르면 돼."

"미쳤군요. 지금 여기서 핸드폰이 있으면 뭐 하게요."

이수가 깜짝 놀라 핸드폰을 빼앗으며 말렸다.

"지금 이 시간에 어떻게 누구한테 전화를 해요? 광고할 일 있어요, 지금?"

"조용히 처리할게."

"이봐요, 진짜 정신없는 거 아니에요? 게다가 누구한테 전화를 해요? 지금 지민이가 알기라도 하면 어쩌고요."

"제발……."

그가 참을성있게 화를 누르며 대꾸했다.

"좋아요."

"소문 안 날 거야."

하지만 무슨 일인지 비서는 핸드폰을 받지 않았다. 꺼놓고 있는지 아님 진동상태라 듣지 못하고 있는 모양이었다.

"유감스럽게 아무도 없네."

그들은 할 수 없이 차를 버려두고 그녀의 손을 잡고 깜깜한 길을 함께 걷기 시작했다.

"이렇게 따라오는 게 아니었어. 금세 해결될 것 같더니 잘됐어."

이수가 계속 중얼거렸다.

"그렇게 계속 중얼거리면 피곤하지 않아?"

그가 퉁명스럽게 대꾸했다. 성까지는 아직도 한참을 더 걸어야 했다. 계속 중얼거리며 투덜대던 이수도 지치는 모양인지 조용해졌다. 이수의 드러난 목덜미를 물끄러미 바라보며 한동안 묵묵히 걷던 그가 자신의 재킷을 벗어 그녀를 싸서 안았다. 그리고 이수 앞에서 엎드리며 업히라는 시늉을 하고 있었다.

"공연한 짓 하지 말아요."

그의 뜻밖의 행동에 이수가 놀란 목소리로 말했다.

"난 산을 많이 타서 이 정도 거리는 끄떡없어요. 어서 업혀요."

그가 재촉했다.

"정말 괜찮다니까요."

이수가 완강한 어조로 고개를 저으며 말했지만 그는 그녀의 말에 아랑곳하지 않았다.

"제발 아무 소리 말고 그냥 하라는 대로 좀 해요."

"여자를 업어본 적이 있어요?"

"아니. 이수 씨는 업혀봤구나. 그렇죠?"

"아주 오래전…… 오래전에요."

아주 오래전에…… 사랑하는 진하의 등에 업혀 걸었지. 나를 등에 올리고 두 손을 엉덩이에 받친 채 진하는 천천히 걸었지. 내가 보기보다 무거워 금방 주저앉을 것 같은데도 '남자는 절대로 자신이 사랑하는 여자를 떨어뜨리는 법이 없다'며 끄떡없다고 큰소리쳤지. 난 진하가 힘들어하는 것 같아 부끄러웠지만 더 오래 있고 싶어 '괜찮지? 힘들지 않지' 하면서 어리광을 피웠어. 그랬었는데…… 난 오늘 이 남자의 등에 업혀 있네.

그의 등에 업히며 어둠 속에서 이수의 얼굴이 살풋 웃음으로 반짝였다. 그리곤 하늘을 올려다보았다. 피렌체의 별들이 온통 그녀의 가슴에 쏟아져 내렸다. 그는 행여 그녀가 떨어지기라도 할까 봐 두 팔로 그녀를 단단히 잡아 올리며 업고 걸었다. 그의 넓은 등에서 전해져 오는 땀 냄새. 그 느낌이 무척이나 좋았다. 지난 며칠 시달렸던 이수를 하늘의 별빛만큼 포근하게 감싸주었던 것이다. 이수는 그가 좋은 남자라는 생각이 들었다.

그는 사실 남자로는 나무랄 때가 없는 완벽한 남자였다. 다정하게 보이고 멋있고 매너 좋고 가끔 거친 매력도 있고……. 그의 등에 업혀 가만히 가슴이 설레는 자신을 보며 이수는 고개를 흔들었다. 지민을 생각하면 그런 마음이 들어서는 안 되는데……. 이상하게 마음이 흔들렸다. 하긴 진하 이후로 이수는 한 번도 누군가의 여자가 되어본 적이 없었다. 진하가 사라진 그날, 이수의 심장도 뛰는 것을 멈춰 버렸다. 갑자기 거기까지 생각하자 이수는 부르르 몸이 떨렸다. 그리고는 어젯밤 나누었던 그 열정적인 입맞춤을 떠올렸다. 그의 입맞춤과 함께 다시 진하가 떠올랐다. 분명히 이수에게 입을 맞췄던 사람은 둘인데, 이상스럽게도 그 느낌은 하나였다. 비슷한, 아니…… 거의 같은 느낌이었다.

멀리 어둠 속에서 성이 모습을 드러냈다. 입구에서 이수가 망설이며 말했다.

"투덜거려서 미안해요. 나, 무거웠죠?"

"아무 생각 말고 들어가서 따뜻한 물에 샤워하고 자요."

이수는 조용히 고개를 끄덕이며 어깨에 덮고 있던 그의 재킷을 벗었다. 그의 하얀 와이셔츠는 땀에 흠뻑 젖어 있었다. 덕분에 그의 넓은 가슴이 그대로 드러나 보였다. 단단한 근육질의 가슴과 군살 하나 없이 팽팽한 등줄기가 이수의 시선을 멈추게 했다. 그가 가만히 손을 내밀어 그녀의 뺨을 쓰다듬었다. 조금 전 차에서의 강렬했던 기억이 이수의 뺨을 후끈 달아오르게 했다.

"당신을 내려놓는 그 순간부터 등이 허전해."

그가 슬픈 눈으로 말했다.

“어! 너무 많이 늦었어요. 가볼게요.”

이수가 애써 외면하며 그의 대답을 기다리지 않고 이층 자신의 방으로 성큼성큼 계단을 올라갔다. 아주 짧은 순간이었지만…… 왠지 마음이 아팠다.

다행히 방은 텅 비어 있었다. 이수는 재빨리 침대로 가 이불을 벗겨내곤 눈 깜짝할 사이에 자신이 계속 방에 있었던 것처럼 만들어놓았다. 그리고는 재빨리 샤워를 했다. 샤워 부스 안에 쏟아지는 물줄기를 맞으며 자꾸만 볼을 타고 흐르는 따뜻한 눈물을 씻어내고 있었다. 샤워를 하고 슬립으로 갈아입고 앉아 있는데 지민이 화가 잔뜩 나서는 얼굴이 빨갛게 되어 나타났다.

“이런, 무슨 애들 장난도 아니고. 왜 전화도 안 받아? 찾았잖아. 어디 갔었어?”

“나, 조금 걸었어.”

“그럼 전화도 안 받아? 그리고 전화도 못해?”

“전화를 가방 속에 두고 간 모양이야.”

“그만 해두자. 근데 이수야.”

“응?”

“나…… 여기서 자면 안 되지?”

“미안해.”

이수는 가만히 지민의 손을 잡았다. 처음 지민을 봤던 날처럼 따뜻하고 부드러운 손이다. 처음 진하가 대학에 와서 사귄 친구

라며 인사를 나누라고 했을 때 지민은 손을 내밀어 악수를 청했
었다. 그 후로 몇 번 진하를 만날 때마다 기다리며 앉아 있곤 했
던 교정의 벤치에서 이수는 이지민을 보았고 그럴 때면 그는 금
세 이수에게로 다가와 손 내밀며 악수를 청했었다.

"이수야, 얼굴이 까칠해."

그의 말에 이수는 해바라기처럼 동그랗게 웃었다.

"피곤해서 그래. 돌아가면 나 휴가 줘. 응?"

"그래, 지영이에게 말해 둘게."

"서운해?"

이수의 말에 지민은 부드럽게 미소 지으며 가만히 고개를 저
었다.

"문이수, 너 이상해."

"뭐가 이상해 보여?"

"무슨 일 있었어?"

무슨 일? 무슨 일이 있었냐면, 지민아…… 오래 잊고 지내려
던 그 사람이 생각나게 된 것, 그리고 그 사람과 닮은 어떤 남자
와 꿈처럼 사랑을 나눈 것, 그런데 내 마음에 어느 순간부터 그
사람의 눈동자가 깊이 담겨 있었다는 것…… 왠지 내 가슴에서
그 사람의 눈동자를 몰아내기가 힘들 것 같은 예감이 드는
것……. 난 그래서 지금 바보처럼 이렇게 힘이 들어, 지민
아…….

"오늘 일은 어땠어?"

“왜 그래? 말해 봐, 문이수. 무슨 일이 있어서 그렇게 슬픈 얼굴을 하고 있는지.”

“지민아…….”

이수가 침대 곁에 서서 자신을 내려다보고 있는 지민의 가슴에 머리를 묻자 아무런 걱정도 할 것 없다는 듯 맑게 웃으며 등을 토닥이고 있었다.

“나 빨리빨리 시간이 흘렀으면 좋겠어.”

“그래서 금세 늙어버리게?”

“서른다섯이 되면 우린 어떤 모습이 되어 있을까? 어떨 것 같아?”

“음, 아마 결혼해서 잘살고 있겠지.”

“틀림없이…… 그렇겠지?”

기운없는 이수의 혼잣말에 지민이 이수의 손을 끌어다 쥐고는 입맞추었다.

“반드시 너를 행복하게 해줄 거야. 우리는… 행복할 수 있을 거야.”

“응.”

“이수야.”

이수는 지민의 눈을 올려다보았다. 어느새 눈물이 볼을 타고 흘렀다.

“아무 데도 가지 마. 내 곁에 있을 거지?”

지민의 눈도 촉촉하게 빛났다. 이수는 천천히 고개를 끄덕였

다. 이수의 입술에 지민이 입술을 댔다. 그리고는 가만히 떨어
져 갔다. 잠시 스쳐 간 입술의 온기가 이수의 안에 있던 시일의
슬픈 눈동자를 잠재웠다. 이수는 지민의 어깨에 머리를 기대고
그렇게 잠시 앉아 있었다. 불안함이 사라질 때까지 지민은 편안
히 이수 곁을 지켜주다가 외부에 마련된 자신의 숙소로 돌아갔
다.

그와의 사랑이 환상이라고 생각하니 그 환상이 사라지고 나
면 그의 슬픈 눈동자도 사라질 것이고 가슴의 아픔도 가라앉을
것 같았다. 커피를 마시고 싶은 생각이 간절했다. 잠이 완전히
달아나 버리고 말았다. 이수는 눈을 감고 조용히 누워서 호흡을
가다듬으며 잠을 청했다. 창으로는 푸르스름한 밤 안개를 걷고
달빛이 조심스럽게 벽에 비쳐들고 밖에서는 사람 기침 소리가
들려오고 있었다. 그 어떤 예감은 노크 소리가 되어 들려왔고,
이수의 가슴은 철렁했다. 잠시 망설이고 있을 때 다시 한 번 노
크 소리가 들려왔다. 이수는 문 앞에 서서 졸린 목소리로 물었
다.
"누구세요?"
"나요."
가슴이 철렁해 문을 열어 얼굴을 내미니 그가 말릴 틈도 없이
쟁반에 커피와 빵을 가지고 들어왔다. 얼굴이 헬쑥한 그가 어깨
를 으쓱이며 말했다.

“커피를 마시고 싶을 것 같아서…….”

이수는 아무 말도 하지 않았다. 천천히 실크 가운을 걸치고 침대에 앉아 커피를 따르고 롤빵에 버터와 쨈을 바르는 그를 바라보았다.

“일단 먹어요. 배고프잖아. 그렇지?”

“우리 조금 전에 헤어졌어요. 왜 슬쩍 말을 놓는 거예요?”

“어떻게 생각해?”

“네?”

“지금 나를 어떻게 생각하느냐고 묻는 거야.”

“어떻게 생각하기는? 대체 조금 전에 헤어진 이 남자가 여길 왜 또 온 것인가?”

“나야 뭐. 내가 배가 고파 요기를 하다 보니 이수도 배고플 것 같아서.”

“능청스럽기는…….”

“그러지 말고 말해 봐요.”

“무슨 말을 하라는 거예요? 우리는 만난 지 이제 며칠이 지났을 뿐이에요.”

“이미 알아차렸을 텐데, 내 마음. 알고 지낸 시간이 그렇게 중요한가? 당신에게 내가 마음이 있는 거 알지 않아? 바보라면 또 모를까. 하지만 그런 것 같지는 않고.”

모른 척 그의 눈빛을 애써 외면하며 떨리는 손으로 따라준 커피를 마시고 빵을 막 입에 넣는데, 그가 얼른 그녀의 볼에 입맞추고 곁에 다가앉으며 그녀의 등을 쓰다듬었다. 눈을 흘겨 못하게 말리며 이수는 빵을 입에 물고 생각했다. 또 이 남자가 키스하려고 할 때는 어떻게 하나 하고 마음을 죄었다. 그러면서도 한편으로는 그가 하고 싶은 대로 하게 내버려 두고 싶었다. 한순간이지만 이수도 그에게 안기기를 바라고 있었다. 하지만 금방 이성을 되찾곤 쌀쌀하게 말했다.

"내게 손대지 마세요. 그리고 내 방에 왜 온 거죠?"

하지만 이수가 뿌리치는 그 손길에 그의 자제심이 폭발하고 말았다. 입을 꽉 다물더니 금세 힘 주어 이수의 어깨를 두 손으로 붙잡았다.

"다른 남자에 대한 사랑을 하필이면 나한테 와서 내려놓은 게 실수였어. 너를 들여보내고 난 계속 마음이 허전해서 견딜 수가 없었어. 나를 어떻게 한 거야?"

그는 이수를 와락 끌어당겨 안으면서 말했다. 이수는 그의 품에서 벗어나려고 그의 가슴을 주먹으로 펑펑 때려주고 있었다. 하지만 그녀를 끌어당기는 그의 손에 더욱 힘이 가해져 이수의 작은 몸은 그의 가슴에 안겨 꼼짝도 할 수 없게 되었다. 그녀의 입술에 그의 입술이 내려왔다. 이수는 버둥거리면서 그의 눈을 노려보며 얼굴을 획 돌려 버렸다. 하지만 다시 찾아든 그의 따뜻한 입술에 다시 그의 슬픈 눈을 마주 보고 말았다.

"제발, 오늘은 이대로 돌아가 줘요. 난 밤을 그냥 새더라도 꿈을 꾸지 않을 거야."

“내가 곁에서 지켜줄게.”

그의 손이 그녀 어깨를 어루만졌다. 그의 손이 닿을 때, 이수의 어깨는 잘게 조각이 나서 부서져 내리는 것 같았다. 그가 그녀의 목덜미에 잔 입맞춤을 하며 그녀의 앞가슴까지 내려와 조용히 머물렀다. 그도 그리고는 그런 자신에게 놀랐는지 우뚝 서서 말을 잊고 있었다.

“소리를 지를 거야!”

이수가 입술을 깨물며 말했다. 그가 입가에 자신만만한 미소를 띠며 고개를 끄덕이며 대답했다.

“그렇게…… 해.”

이수는 체념하듯이 눈물을 글썽거리며 다시 그를 바라보며 말했다.

“대체 내게 바라는 게 뭔가요. 왜 그래요. 나 힘들어.”

“힘들게 하려는 게 아니에요.”

“그럼 왜 그래요?”

“그냥…… 보이지 않으면 궁금하고…….”

“뭐가요?”

“그게…… 그러니까…… 또 꿈꾸다가 다른 방으로 들어가면 어떻게 해?”

그는 얼결에 그렇게 말해 놓고는 자신도 놀랐다. 그 말은 사실이었다. 그것이 자신의 진심이라는 것을 알고는 스스로도 놀랐다. 자신은 복수를 위해, 이지민을 괴롭히기 위해 그녀가 필요한 것인 줄 알았다. 그런데 지금 들여다본 자신의 마음이 그렇지가 않았다. 이상한 일이었다. 그는 조금씩 흔들리는 자신의 마음을 바라보고 있었다.

"진심으로 하는 말인가요? 내가 걱정되어서?"

"그런 거 같아. 그러니까 그만 화내고 빵 먹어. 응?"

쨈이 묻은 이수의 입을 닦아주며 시일은 말했다. 이수는 엷은 웃음을 보이며 고개를 끄덕였다. 시일이 커피가 담긴 잔을 이수의 손에 쥐어주었다. 그 잔을 받아 들며 이수는 힘없이 중얼거렸다.

"사랑이라는 거 이상해. 감기랑 많이 닮았어. 언제나 몸이나 마음이 많이 추울 때 찾아오나 봐. 새롭게 몹시 아프고, 앓을 만큼 앓아야 괜찮아진다는데. 그러면서도 아무리 앓고 나도 면역이 생기지 않는가 봐. 뜻하지 않은 때에 불쑥 들어오는 것도 똑같아."

"무슨 말이에요?"

"그냥…… 그 사랑이라는 놈이 처음엔 감기처럼 시작해서는 결국 심장을 못 쓰게 만들어 버려. 부탁이에요. 이쯤에서 그만 둬 줘요."

그렇게 중얼거리며 빵을 뜯어먹고 있는 그녀를 그는 가만히 바라보았다. 그는 아무 말 없이 이수가 빵을 다 먹고 나자 다시 커피를 마시게 하고는 곁에 가만히 앉아 자신의 어깨를 내어주었다. 그리고는 이수가 자신의 어깨에 기대어 잠들기를 기다려

주었다. 이 여자의 사랑을 빼앗음으로서 이지민에게 복수를 하
고 싶은 자신과 누군가를 사랑하다가 심장이 못 쓰게 되어버렸
다는 그녀를 번갈아 가만히 바라보았다.

지민은 유럽 출장의 피로를 이수와 만나서 풀어버리려고 했는데, 엉뚱하게 이수 곁에 있던 그 남자 모델에게 신경이 쓰였다. 그를 처음 본 순간 느꼈던 이상한 감정에 묘한 공포를 느꼈다. 왜 그런지 그와 악수를 나누는 순간 섬뜩한 냉기가 전해져 와 신경을 곤두세웠던 것이다.

여느 때처럼 신 비서가 커피를 가지고 방으로 들어왔다.

"안녕하세요, 사장님. 커피를 준비했습니다."

"김시일이란 모델에 대해 좀 알고 있나? 모델 하기 전엔 뭘 했지?"

비서는 사장이 어떤 뜻으로 하는 말인지 몰라서 지민을 물끄러미 쳐다보다가는 대답했다.

"저, 제가 알기로는 사 년 전에 데뷔한 걸로 압니다. 늦게 데뷔했지만 단번에 뜬 케이스였죠. 사장님께선 자동차 회사만 맡고 계시니 잘 모르고 계셨겠지만 SS패션의 이사님께서 직접 스카웃한 걸로 압니다."

"그래? 지영이가? 하긴 남자로서도, 모델로서도 만족할 만한 조건이니까. 그래도 나한테 의논 좀 하지. 저 하고 싶은 대로만 한단 말이야. 또 무슨 변덕이야."

지민은 담배를 꺼냈다. 담배에 불을 붙이는 손끝이 파르르 떨렸다. 이상하게 지민은 불안한 기분이 들었다. 동생인 지영이 김시일을 마음에 두고 계약을 한 것일까? 지영은 일도 잘하고 능력도 있었지만, 언제나 남자 문제로 오빠인 지민의 속을 썩이곤 했다.

"사장님, 담배는 끊지 않으셨습니까?"

"이수 앞에선 질색을 해서 안 피우는데…… 아무튼 오늘은 좀 피우고 싶군. 아무튼 김시일이라는 모델과 지영이 사이를 좀 알아봐. 나가봐야지."

비서를 똑바로 쳐다보던 지민은 결정한 듯 담배를 내려놓으며 조금은 언짢은 듯 말했다.

"알겠습니다."

성에 도착했을 때 꾸민 웃음이 아니라 진정으로 즐거운 듯이 미소 지으며 맞이하고 있는 이수를 보고 지민은 조금은 놀랐다.

이수는 정말 즐거워하는 얼굴이었다. 이수를 자기 자신처럼 잘 알고 있다고 생각했는데 도대체가 알 수가 없었다. 처음 피렌체에 도착해서 이수가 냉랭한 얼굴을 하고 있는 것을 보고 지금까지 걱정스럽게 생각하고 안타까워하고 있었던 지민이었다. 하지만 하룻밤 사이에 이제 이수는 만족스럽게 밝아 보였다.

"오늘 아침은 기분이 좋은가 보네? 그렇지, 이수야?"

"응, 좋아졌어."

"네 얼굴이 밝으니 나도 좋아."

이수는 쾌활한 목소리로 대답했다. 어젯밤 시일에게 처음 모르던 사이처럼 정리하자고 부탁한 것밖에는 무엇 하나 웃을 만한 일이 없었지만, 차에서 내리는 지민이 피곤하고 지친 듯이 로비로 걸어 들어오는 것이 보였고, 두 사람의 눈이 마주쳤을 때 이수는 이젠 지민을 더 이상 힘들지 않게 하겠다고 마음먹었다.

"떠나기 전에 아침 식사도 하고 같이 산책이라도 하고 가려고 왔어. 곧 돌아가 봐야 하니까. 참, 오늘 저녁에 바이어들이랑 파티가 있는데 괜찮겠어?"

"그래요. 근데 아침만 먹고는 금세 가야 해. 다음 작품 기획회의를 이곳에 디자이너와 하기로 일정이 잡혀 있어요."

식사를 하는 동안도 이수의 얼굴에 분홍빛 웃음이 감돌고 있었다. 지민은 문득 이수가 저런 미소를 지어 보일 때가 언제였었는지를 생각했다. 손에서 자꾸만 땀이 났다. 이유를 알 수 없는 불길한 느낌이 지민의 기분을 가라앉혔다. 진하가 사라지고 부터는 이수가 저런 밝은 웃음을 보인 적이 없었다.

"홍차로 할까? 커피?"

이수가 홍차로 하겠다는 말이 떨어지자 곁에 서 있던 웨이터는 왜건에 놓인 홍차 포트를 집어 들었다.

"지영이는 정말 골칫덩어리야. 어떻게 오빠인 나는 안 그러는데 그 녀석이 그렇게 남자를 좋아하는지. 다 아버지가 오냐 오냐 하신 게 잘못이지."

이수의 눈이 웃음으로 빛나고 있었다.

"영락없는 지민 씨지 뭐. 그 애가 누굴 닮겠어? 욕심 많고 샘도 많고."

이수는 이렇게 중얼거리며 지민의 홍차 잔에 각설탕을 넣었다. 설탕을 싫어하는 이수였으나 홍차에는 각설탕을 언제나 한 개씩 넣어 먹었다. 그것이 홍차 맛을 더 좋게 하는 것처럼 느껴져서 좋았다.

"그래도 이번엔 용케도 오래 견디는데. 남자 친구 없잖아, 요즈음은? 능력도 좋아."

이수는 감탄한다기보다는 약간은 경멸에 가까운 말투로 이야기했다. 사실 이수는 지영을 좋아하지 않았다.

"지영이 정도라면 괜찮은 남자들이 얼마든지 있을 텐데, 어째서 늘 이상한 남자들만 만나는 거지?"

"남자 보는 눈이 후해서 그래."

"음, 동생이라고 편드는 것 좀 봐."

지영은 꼭 한 번 만난 일이 있으나 첫눈에 한심한 여자애라고 생각했었다. 그러나 지민의 앞에서는 마음에 들지 않는 지영이었지만 지민의 앞에서는 전혀 그런 내색을 하지 않고 웃는 얼굴로 그럴 수 있다고 머리를 끄덕이곤 했다.

"지영이가 이번에 새로 남자를 봐둔 모양이야. 알지, 김시일? 몹시 질투심이 강한 애니까 그 친구도 잡히면 고생깨나 할걸?"

지민의 그 말에 이수는 입술을 깨물었다. 잔을 든 손이 파르르 떨렸다.

"지영이가…… 누구하고?"

이수가 갑자기 물었다. 얼굴이 창백하게 변하며 식은땀이 맺혔다.

"응? 거 있잖아, 이수랑 식사했다는 친구. 몰랐어? 그래서 모델로 뽑은 모양인데? 왜 이수가 몰랐어? 지영이는 한 번도 만나지 않는 거야? 같은 회사 안에서도?"

"아직 회사를 옮긴 지 얼마 안 되었고 어머니랑 지영 씨는 나를 좋아하지 않으니까요."

"지영이는 곧 좋아질 거야. 걱정 마. 나만 믿어. 응?"

"글쎄요, 최근에는 그렇지 않은 것 같지만…… 처음 입사할 때부터 나와 한 번을 마주치지 않는 걸 보면 나를 싫어하는 거죠."

"그래? 나는 자주 만난다고 들었는데 아니었어?"

이수는 더 이상 아무 말도 않고 가만히 미소를 띠었을 뿐이다.

"걱정 마, 지영이 저 친구한테 빠졌으면 정신 못 차릴 게 뻔한 일이지! 이수 귀찮게는 안 할 거야."

지민은 친누이인만큼 지영의 성격을 보는 눈은 정확했다. 그는 일행들과 다가오는 시일을 물끄러미 바라보고 있었다. 이수도 그런 시일을 냉랭하게 바라보았다.

"안녕하세요?"

이수는 몹시 화가 났다. 화가 나서 손이 부들부들 떨릴 지경이었다.

"식사를 하러 오신 모양이죠?"

시일은 화가 나서 붉어진 이수의 얼굴을 한참 쳐다보다가 마침내 입을 열었다.

"네. 두 분도 식사 중이셨던 모양이죠?"

지민이 즐거운 듯이 빙그레 웃고 있었다.

"네, 같이 하시죠? 아, 일행이 있으시군요."

이수가 자리에서 일어나 고개를 숙이며 말했다.

"바빠서 가봐야겠어요. 지민 씨, 저녁에 봐요. 준비하고 있을게요."

시일은 쌀쌀하게 찬바람 소리를 내며 사라지는 이수의 뒷모습을 바라보고 있었다.

'누가 보낸 걸까?

핑크 색 커다란 박스 속에서 나온 실크 드레스를 만지며 이수
는 생각에 잠겼다. 바쁘게 일하는 동료들을 둘러보며 이수는 그
날 오후 파티를 위해 지민이 보낸 드레스가 아닐까 생각하고 지
민에게 핸드폰으로 메시지를 보내보았지만 핸드폰을 꺼두었는
지 아무런 답도 없었다. 그 후 그녀는 저녁에 있을 파티를 생각
하며 분홍색이 도는 목선이 너무 과감하게 패어진 이 옷을 입어
야 할지 고민하기 시작했다. 사실 이수는 조그만 편이어서 이런
옷은 자신이 없었다. 하는 수 없이 바쁜 상태로 시간을 보내고
이수는 그 드레스를 입고 저녁 파티에 참석했다. 로마에 일이
있어 갔던 지민은 조금 늦게 전용 비행기로 날아왔고 그래서 이
수는 혼자 먼저 파티장에 들어갈 수밖에 없었다.

"그 드레스를 입으니 좋은데? 난 근사한 말로 칭찬할 줄을 몰
라서 말야."

그는 이수의 아름다운 모습이 믿을 수 없다는 표정을 띠곤 시
끄럽고 어두운 공간을 가득 채운 파티 참석자들을 둘러보며 말
했다. 이수는 그런 김시일을 노려보며 말했다.

"무슨 소리예요? 이 드레스 당신이 보냈어요?"

"한잔하지."

"장난하는 거예요, 지금?"

"아니."

이수는 화난 눈동자를 그에게 고정시키고는 비난하는 듯한
눈빛을 보냈다.

"지영이도 알고 있다면서요?"

그는 천천히 음미해야 할 브랜디를 단숨에 들이켰다. 사실 아름답고 늘 지겨울 정도로 잘하며 따라다니고 있는 지영에게 자신은 아무런 느낌을 갖지 못했다는 말을 예의를 차려가며 말할 방법이 없었다.

"난 관심없는 일이야. 나를 좋아하는 여자를 다 좋아해 줄 수는 없잖아."

"나쁜! 사람들만 없으면 당신, 지금 죽었어."

이수가 이를 갈며 날카롭게 말을 잘랐다.

"난 인기를 먹고 사는 모델이야. 내가 어떤 여자가 나를 좋아하는 것까지 신경을 써야 하나? 그러려면 난 하루 종일 아무 일도 못할걸."

"모든 여자들이 당신에게 빠져서 허우적거릴 거라는 유치찬란한 생각을 하는 모양이지. 당신과의 짧은 관계가 내 안정적이고 지속적인 관계에 대한 위협이 될 거라고 착각하지 마. 난 안전한 사랑을 선택할 거니까."

그는 술잔을 들어 다시 한 번 웃으며 쭉 들이켰다. 그리고 그는 두 번째 잔도 단숨에 비워 버렸다.

"못 그럴걸? 내가 안 보낼 생각이거든. 어차피 문이수에게 안전한 사랑은 없어. 진하라는 남자를 꿈꾸는 위험한 사랑이지. 그렇다면 그 꿈 나랑 계속 꾸지. 난 그것도 상관없으니까."

"미쳤군요."

"결혼할 때도 그런 드레스를 입었으면 좋겠어. 그렇게 날씬한 목선이 드러나는 드레스 말이야."

"다신 상대하지 않을 거야."

"거기서 움직이지 마. 움직이지 말라고 말했어."

이수는 그를 쳐다보지 말아야 한다고 스스로에게 다짐했다. 그럴수록 진하에 대한 집착만 더 커질 뿐이니까. 그의 비웃음 섞인 말들을 떠올리자 그가 이런·자신의 마음을 알아차렸을지도 모른다는 불길한 예감이 들었다. 그와 이곳에서의 나눈 뜨거운 밤을 생각하면 그녀는 신경이 곤두섰다. 사랑에 눈먼 십대처럼 이곳이 낭만적인 피렌체라고 해서 유치한 행동을 했다가는 자신과 지민을 조롱거리로 만들어 버릴 것이다. 앞으로는 좀 더 신중하게 행동해야 한다고 이수는 다짐하고 또 다짐했다.

그녀는 빨갛게 달아오른 얼굴로 술을 마시기 시작했다. 그가 곁에 있는 것이 두려웠다. 쓰러질 것처럼 현기증이 났다.

"문이수를 갖고 싶다고…… 내가 말했던가?"

그는 잔인하리만치 느릿한 말투로 또박또박 끊어 말했다.

"아뇨, 그런 말은 하지 않았잖아. 이렇게 하지 않겠다고 했잖아요."

이수가 격분한 목소리로 울분을 터뜨리며 말했다.

"난 네가 꼭 갖고 싶어졌어. 너를 가져야겠어."

"누구 마음대로?"

이수의 얼굴이 백지장처럼 창백해졌다. 다리가 후들후들 떨려왔다. 그녀는 차마 파티장에 그 누구도 쳐다볼 수 없었다. 그의 마지막 말에 주위는 온통 적막에 빠져들었다. 파티장 안 모두의 시선이 두 사람에게로 쏠렸다. 이수는 걸음을 재촉하며 밖으로 걸어나갔다. 눈물이 쉬지 않고 흘러내려 시야를 가렸지만 그녀는 고개를 애써 치켜들고 자리를 빠져나갔다. 하지만 곧 후회가 되었다. 싸우면 안 되는데, 일이 커지지 않게 하려면 바로 사과하며 그를 다독거렸어야 했다, 달래야 했다. 하지만 도망치는 이수를 뒤쫓아온 그를 보며 그렇게 하려고 생각하니 갑자기 그에 대한 적개심이 치밀어 이수는 도리어 거친 소리를 내뱉고 말았다. 그가 손을 잡으려 하자 팩 뿌리치며 소리 질렀다.

"내게 손대지 말란 말이에요!"

이수는 힘껏 마음먹고 그의 정강이를 걷어차자 그는 아픈 듯 인상을 찡그리며 뒤로 조금 물러났으나 어깨를 손을 놓지는 않았다.

"아프단 말이야!"

말없이 이수를 노려보며 끌어당기는 손에 우악스럽게 힘이 가해졌다. 그리곤 점점 파티장 뒷문 옆 벽으로 밀려갔다. 이수의 몸은 그의 가슴에 끌어당겨지고 꼼짝할 수 없게 되었다. 그녀의 입술을 찾아 그의 얼굴이 바싹 다가들었다. 그의 허벅지가 그녀의 몸에 꼭 밀어붙여졌다. 그가 어깨에서 손을 내리며 이수의 등을 끌어안았다.

"제발…… 하지 말아요."

"사과하지 않겠어, 당신 탓으로 이렇게 되었으니. 당신이 시작한 일이야."

"모르고 그랬어요."

이수는 지친 듯이 중얼거렸다.

"나도 모르게 그런 거예요. 내가 꿈을 꾸며 돌아다니다 방을 잘못 찾아 들어간 거란 건…… 당신이 더 잘 알고 있잖아."

그녀는 입술을 깨물고 조그맣게 한숨을 쉬었다. 그는 미소를 띠고 그런 그녀를 보고 있었다. 그러더니 이수가 채 눈치를 채기도 전에 그는 얼굴을 들이대고 그녀의 입술에 키스했다. 갑자기 두 사람의 기자가 그들이 키스하는 뒤와 바로 옆에서 펑 하고 플래시를 터뜨려 댔다. 금방 무슨 일인가 일어났다는 것을 눈치챈 사람들이 서로 밀어젖히며 뛰어나왔다. 그의 어깨 저쪽으로 특종을 잡아 도망쳐 가는 기자들의 모습이 보였다. 성 밖에서는 이제 막 도착한 지민이 올라오다 파티장에서 일어난 소란스러운 일이 무엇인지 알아보려고 가까이 다가오고 있었다.

[사장님, 지금 이 사장이 계단을 올라가고 있습니다. 기자들은 이미 성을 빠져나갔습니다. 차를 준비시키겠습니다.]

비서의 보고가 귀에 끼워둔 이어폰을 통해서 들려왔다. 그는 더 침착하고 진지하게 그녀의 혀끝을 빨아들였다. 그 북새통 속에서도 길고 위험한 그의 키스는 계속되었다. 결국 그가 원하는 그 순간이 되어 이수의 등 너머에서 지민이 그 걸음걸이도 당당하게 나타나 지금 부둥켜안고 다른 남자와 만인의 시선을 받으며 키스 중인 자신의 약혼녀를 발견하고 경악스러운 표정을 짓는 것을 확인했다. 그 후 그는 너무 놀라 완전히 이성을 잃은 채 쓰러지는 이수를 달랑 안다시피 해서는 지민과 반대편 복도 끝으로 뛰었다.

"이수야! 이수야, 거기 서!"

지민의 고함 소리가 울려 퍼졌고 사람들의 시선도 일제히 그 쪽을 향해 쏠렸다. 이수도 뒤돌아보았다. 지민의 눈이 처참하게 불타고 있었다. 김시일은 그 순간 분명히 확인했다. 고통으로 일그러지는 이지민의 표정을! 기분이 말할 수 없이 묘했다. 입 가에선 작은 웃음까지 흘러나왔다. 첫 번째 한 방을 보기 좋게 날린 기분이었다. 이제 시작일 뿐이라고 그는 생각했다. 하지만 그 순간 이수는 두려움밖에 없었다. 세상에서 연기처럼 사라져 버리고 싶었다. 어떻게 이런 일이…… 어떻게 이런 일이 일어나 니……. 이상해, 진하야. 진하야…….

〈삼우그룹 이지민과 그의 약혼녀가 될 피앙새 문이수, 그 리고 한국 제일의 섹시가이 모델 김시일 삼각 열애!〉

이 기사를 활자화한다면 당연히 흔해 빠진 말의 나열이 아니 라 최고의 스캔들이 될 것이 틀림없다. 그것도 매우 쇼킹한! 가 십연예 기삿거리를 좋아하는 사람들과 연예기자 파파라치들에 게는 안성맞춤의 먹잇감이다. 그는 분명 무서운 감각을 가지고 있었다, 자신의 정보를 슬쩍 흘려줄 만큼. 이수에게 마음이 움 직이고 있는 자신을 깨달았다면 더욱 빨리 이수를 빼앗아와야 한다고 생각했다. 머뭇거릴 필요가 없었다. 이수의 마음이 다칠까 봐 걱정할 겨를이 없었다. 자신이 계획한 일은 이제 시작되었으니까.

이수는 그의 유혹에 빠져 버린 자신이 이상했다. 그의 키스를 받을 때마다 기쁘고 설렌다. 그에겐 뭔가 중독성이 있다, 너무 위험한. 이수는 진하가 사라져 버린 후 지금까지 단 한 번도 남자의 유혹에 마음이 설렌 일이 없었다. 더 이상 그녀의 마음이 끌릴 만한 남자가 나타난 적도 없었고, 곁에 그림자처럼 챙기는 지민보다 더 좋은 남자가 나타나지도 않았다. 진하가 사라져 버린 뒤 이수의 심장도 뛰기를 멈추었고, 이수는 더 이상 뛰지 않는 그 심장을 진하와 함께 묻어버렸다.

그러나 그는 달랐다. 마치 진하 때처럼 마음이 설레었다. 그녀의 냉담한 태도도 그에게는 소용이 없었다. 이수는 이제 진심으로 그가 무서워지기 시작했다. 자신이 야간의 몽유병을 앓고 있어서 정신이 나간 거라고 우겨대기에는 이렇게까지 빠져들고 그에 대해 이렇게 애틋한 마음이 드는 것이 이상했다. 그를 알 수가 없었다. 그는 심심풀이 상대의 하나로 자신을 바라보는 것 같지도 않았다. 그가 여자를 심심풀이 자기 멋대로 사귄다면 그런 여자는 너무도 많을 것이다. 이수는 문득 아까 기자가 찍은 사진이 생각나 얼굴이 붉어졌다. 지금쯤 지민은 어떨까……. 그 열렬한 키스 장면을 목격했으니 이수와 그가 정말로 사랑하는 사이라고 생각하겠지. 차의 시동을 걸고 출발하는 소리에 이수는 문득 제정신이 돌아왔다.

“세워줘요!”

이수는 두 손으로 핸들을 잡은 그의 손을 잡아당기며 소리를 질렀다. 그러자 그가 왼손으로 운전대를 잡고 오른쪽 한 팔로 그녀의 어깨를 꼭 안았다.

“세워요! 난 저 사람에게 가야 해! 이럴 순 없어요!”

“안 돼. 거긴 난리일 거야. 거기에 이수를 보내면 너무 시달려. 그럴 순 없잖아.”

두 사람은 서로 노려보았다.

“당신과 있기는 더 싫어!”

“난 이렇게 이수와 함께 있을 거야!”

그의 눈이 냉정하게 빛나는 것을 보고 이수의 가슴은 뜨끔했다. 너무 차가운 눈빛, 그리고 너무 외로워 보이는 눈빛. 저런 눈빛을 이수는 알고 있다. 이수는 금세 전의를 상실하고 말았다. 차는 그의 생각대로 달려가고 있었다. 멀어져 가는 성을 차창으로 바라보면서 이수는 절망했다. 왠지 위험하기 짝이 없는 이 남자로부터 도망칠 마지막 찬스가 눈앞에서 사라지고 있는 것이었다. 이수는 조용히 앉아 있었다.

“나를 어쩔 셈이죠?”

“결혼하자. 내 여자가 되어주고, 내 아이를 낳아줘. 그리고 행복하게 사는 거야, 남들처럼. 그럼 돼.”

“정말 미쳤군요.”

그는 진지한 표정으로 앞만 바라본 채 운전하고 있었다.

"이상해, 당신이라는 여자 왠지 좋아. 끌려. 왜일까?"

"무슨 말이 하고 싶은 거죠?"

그는 그저 웃고만 있었다. 이수는 드디어 참을 수 없다는 듯 화를 내며 큰 소리를 질렀다.

"당신 말은 이제 듣기도 싫어! 내가 진하에게 연연해하는 것을 이용하는 거라면 그만둬. 너무 가슴이 아프니까."

"그 진하라는 친구와 도대체 무슨 일이 있었던 거야? 무엇이 문이수를 이렇게까지 힘들게 하는 거야? 응? 난 그 녀석이 아니야. 난 김시일이야! 그 녀석처럼 순둥이가 아니라고!"

"그래도…… 난, 저 사람에게 이러면 안 돼요."

"이지민을 말하는 건가, 지금?"

"그래요."

"이지민을 사랑하지 않는다는 거 알아."

노여움이 가득 찬 눈이 이수를 노려보았다. 하지만 그럼에도 불구하고 점점 이 남자에게서 짙게 배어 나오는 의혹을 풀 길이 없었다. 연기처럼 사라져 버린 진하를 다시 찾을 수 있다면……. 아니, 단 한 번만이라도 다시 볼 수 있다면…… 이수는 고개를 무릎에 묻었다.

"그래도 난 저 사람에게 이러면 안 돼……."

아주 오래전에 지어진 듯한 산장은 어둠 속에서 고요하게 서 있었다. 그는 미리 빌려놓은 듯 그 산장에 차를 세우고 트렁크에서 꺼낸 가방을 집어 들고 성큼성큼 걸어 들어가 버렸다. 이수도 포기한 듯 그 뒤를 따라 들어갔다. 전기 불 주위를 벌레와 나방이 어지럽게 날고 있었다. 그는 또 밖으로 나가 차 트렁크를 열더니 커다란 박스를 들고 들어왔다.

“배고프지.”

“안 고파.”

“후회할걸.”

이수는 한숨을 쉬었다.

“나 혼자 먹을 거야.”

“마음대로 해요.”

이수는 어깨를 으쓱해 보이며 놓여 있는 박스를 발로 뻥 찼다. 그런 이수를 재미있다는 듯 물끄러미 바라보던 그가 웃으며 말했다.

“발로 걸어차는 건 잘하는군. 안 그래? 식사 준비가 다 되어도 달라고 하면 절대로 안 돼.”

그가 이수를 무시하고 주방 쪽으로 가려고 하니까 이수가 불러 세웠다.

“뭘 만들 건데?”

“왜? 안 먹는다며? 라면.”

“나도 먹어! 요.”

그가 피식 웃었다.

“보기보다는 먹는 데 약하군. 좋아. 그럼 와서 그릇을 닦으세요, 아가씨. 옆에 서 있든지.”

이수는 뽀로통했지만 아무 말 없이 그의 뒤를 따랐다. 주방에 들어서자 그는 냄비를 씻어 물을 올리고 장난스러운 시선을 이수에게 던졌다.

“라면은 세 개밖에 없는데 이수 씨 많이 먹을 거지?”

“시일 씨 그 능글거림엔 끝이 없나 봐. 장난을 안 치고 그냥 있을 때가 거의 없어. 맞아…… 그러고 보니 그렇구나. 진하도 그랬는데…….”

“그렇지 않아. 난 평상시에는 냉정하단 말이야. 나 봐, 얼마나 무게있어? 장난스러운 건 당신을 볼 때뿐이야.”

“그렇게 생각하는 것도 자기 멋이겠지만, 내가 보기에는 당신은 장난꾸러기에 말썽꾸러기야.”

이수는 모처럼 조그맣게 웃었다. 그러자 그런 이수가 귀여운 듯이 그가 마치 이수의 목을 죄고 싶어하는 것처럼 손을 쥐었다 폈다 했다. 그리곤 곧 이수의 볼을 쥐고 흔들었다. 순간 이수의 표정이 창백해졌다.

“당신은…… 정말…….”

“어, 화났어요? 난 그냥 이수가 귀여워서…….”

“이렇게 날 자꾸…… 미치게 만드는 사람은…… 없었어.”

이수가 미친 사람처럼 혼자 중얼거리며 식탁으로 가서 앉아 버렸다.

“옷을 편한 걸로 좀 갈아입는 게 어때?”

"네……."

이수는 너무나 놀라고 가슴이 두근거려서 말을 계속할 수가 없었다. 그는 이상하다는 듯이 웃으며 다 끓인 라면을 가지고 다가갔다. 그런 그를 바라보며 이수는 생각에 잠겼다.

그가 진하를 어떻게 알게 되었는지는 모르나 그는 분명히 진하를 알고 있었다. 이수가 알게 된 짧은 동안에 시일처럼 진하를 떠오르게 하는 사람도 없었다. 진하는 이수를 놀릴 때의 그의 눈은 장난꾸러기 어린아이처럼 반짝이곤 했었다. 이수가 화를 내며 얼굴이 빨개지는 것을 보고는 더 화나라고 볼을 잡아 흔들곤 했었다. 어떤 때는 목을 쥐었다 폈다. 어깨를 감았다 놓았다. 이수를 너무나 귀찮게 해서 싸우기도 많이 했었다.

너무나…… 닮았어. 이수는 라면을 식으라고 후후 불어 냄비 뚜껑에 담아서 그녀에게 내미는 그의 모습을 보고 인정하지 않을 수 없었다.

"먹어. 맛있겠다."

이수는 냄비를 받아서 라면을 한입 집어넣었다. 그 다음 그가 라면을 한입 먹고는 곧바로 컵에 담긴 물을 한 모금 마시는 것을 보고는 울음을 터뜨렸다.

"어! 왜 그래? 왜 그러는 거야?"

그는 난처한 얼굴을 하고 젓가락에 라면을 들고 있었다. 하지만 곧 그는 고개를 숙인 채 라면을 다시 먹으며 이수를 쳐다보지도 않고 말했다.

"그렇게 싫으면 이거 먹고 데려다 줄게."

이수는 대답이 없었다. 무심코 쳐다보니 그녀는 그의 온몸을 찬찬히 뜯어보고 있는 중이었다. 놀란 듯이 눈썹이 치켜 올라가 있었고 눈에는 눈물이 그렁그렁하고 입술은 부들부들 떨고 있었다. 얼굴을 든 그는 이수를 빤히 보다 기가 막히다는 듯 말했다.

"왜 그래?"

"왜…… 라면을 먹자마자 물을 마셨어요?"

이수는 울먹이며 진지한 표정으로 물었다.

"뜨거워서. 왜? 나 뜨거운 거 잘 못 먹어."

그는 그렇게 중얼거리고 빙그레 웃었다.

"고놈에 눈은 참 크기도 크고 눈물도 많다."

그는 그렇게 말하며 이수를 다시 한 번 들여다보았다.

"울어서 얼굴이 엉망이 되었어. 세수하고 갈래?"

이수는 애써 웃으며 어깨를 추슬렀다.

"아니, 지금 가도 어차피 수습하긴 너무 늦었어. 나, 라면 먹고 내일 갈 거예요."

"그 남자가 난리칠 텐데?"

"어쩔 수 없잖아요."

나방이 날개를 파닥거리며 불 주위를 날아다녔다.

"문을 열어놓았었군? 나방이 많이 들어왔네. 벌레 싫어하지?"

“응. 그거…… 있잖아요. 오늘 갑자기 기자들이 나타난
거…….”

“으음?”

“일부러 그랬지요? 시일 씨가 꾸민 일이죠?”

이수는 그에게 따지듯 말했다. 그는 천만에라고 하는 듯 어리
둥절한 얼굴이 되었다.

“그게 무슨 말이지? 왜 그렇게 생각해?”

“다 좋아요. 하지만 왜 그러는지 솔직하게 말해 줘요.”

“솔직히 말하면? 그럼 용서해 줄 건가?”

“그건, 들어보고요.”

“그 친구가 약혼하겠다는 생각을 바꿔주려고. 이렇게 하지 않
으면 하루아침에 바뀔 사이가 아니라며…….”

“그래서 기자를 부른 건가요? 그 자리에?”

“그런 건 아니고 그저 내 비서가 정보를 조금 준 거지.”

그는 그렇게 말하고는 일어서서 박스에서 와인을 한 병 들고
다시 식탁으로 돌아왔다. 두 개의 글라스에 와인을 따르면서 그
는 말했다.

“난 붉은 와인을 무척 좋아해. 이수는?”

“나도 좋아해요.”

그는 눈가에 장난스러운 웃음을 띠고 눈을 가늘게 뜨고 이수
를 관찰했다.

“그것은 나와 취향이 같다는 뜻?”

이수는 대답하지 않고 잔을 테이블 위에 내려놓았다. 그는 자신의 잔을 부딪치며 미소를 지어 보였다.

"이수는 그동안 어디에 있었을까, 내 눈에 안 보이고?"

"내가 좋아요?"

그는 이수의 옆자리로 다가와 자리에 앉았다.

"이렇게 앉는 것이 좋겠군."

이수의 머리카락을 쓰다듬던 그는 눈가에 주름을 잡으며 다정스런 웃음을 지었다.

"내가 말했던가, 이수가 사랑스럽다고?"

이수의 볼에 붉은 기가 돌았다.

"좋은 뜻인 것 같군요."

그의 눈이 애틋하게 이수를 바라보고 있었다. 이수는 그런 그의 눈빛을 모른 체하며 글라스를 집어 들었다.

"형제가 있어?"

"아빠와 나 단둘이에요."

"아버지는 어떤 분이셔?"

"아버지는 교수님이세요. 그 일을 좋아하세요. 제자들과 함께 연구하는 것을 천직으로 아시죠."

"좋으신 분일 것 같아."

그는 조용히 말했다.

"시일 씨는 어때요, 가족이 모두?"

"난 어머니만 계셔."

“아버지는?”

“어렸을 때 돌아가셨어.”

그는 어깨를 으쓱했다.

“우린 참 많이 닮았네요.”

“당신도 그렇게 생각해?”

“응.”

“솔직히 말해 봐, 내가 그럴듯하지? 괜찮지 않아?”

“피이, 정말 못 말려.”

“그 친구가 부럽군. 그렇게 가진 것이 많으면서 당신을 꼭 붙들고 있으니.”

“그렇게 생각해요?”

이수는 맑고 커다란 눈을 동그랗게 뜨고 생각에 잠기듯이 그를 바라보았다.

“하지만 그 사람이 나 때문에 행복해 보이지는 않는데요.”

“왜? 이수 같은 여자를 곁에 두고 행복하지 않을 이유가 뭐야?”

그는 즐거운 듯이 몸을 이수 앞으로 내밀고 손으로 턱을 받쳤다. 새로운 사실을 발견해서 좋아하는 아이 같았다. 이수는 몸을 뒤로 빼며 조그맣게 웃어 보였다.

“지금처럼 속썩이니까.”

“지금 생각해 봐. 응? 우리가 언제나 같이 있으면 어떨지?”

그는 미소를 띠며 진지하게 말했다. 이수는 조금 무서워졌다.

그와 결혼할 생각은 없었지만 그가 정말 누구인지 자꾸만 확인하고 싶었다. 그가 이수를 바라보는 눈길이 왠지 뜨거워졌다. 아무리 무시하려고 해도 그의 눈빛에 거스를 수가 없었고 자꾸만 빠져들었다.

"결혼하자고 하는 거야, 지금."

"당신에 대해서 난 아직 잘 몰라요."

이수는 그의 눈빛을 피했다. 그의 눈에 장난스러운 표정이 떠올랐다. 그는 손을 내밀어 이수의 턱을 들어 올려 자신의 눈을 똑바로 바라보게 만들었다.

"맞아, 이수에 대해 많은 것을 잘 몰라. 하지만 이건 알아."

"뭘 알아?"

"이수 안에서는 매일매일 외로움이 자라고 있다는 거."

"후…… 그렇게 보여요?"

"응, 이수 안에서 외로움이 나무처럼 매일 자라고 있는 게 보여."

"이상해."

"뭐가 이상해?"

"우리가 만난 지 얼마나 되었다고……."

"내 눈을 보며 말해 봐. 나를 사랑하게 된 거지?"

"이상하군요. 당신의 모든 말에는 마취성이 있어. 내게 최면을 거는 건가요? 나를 사랑해가 아니고 왜 나를 사랑하게 된 거지, 라고 묻는 거죠?"

"너를…… 갖고 싶으니까……."

이수는 그런 그를 눈을 동그랗게 뜨고 노려보았다. 이상하게 그의 그런 말에 반박할 수도, 거부할 수도 없었다. 이수가 조그맣게 힘없이 고개를 저었다.

"먼저 내 침실로 뛰어든 것은 당신이었어."

"또 그 소리! 몰랐다고 했잖아요."

"그 말을 누가 믿어? 내가 너무 매력적이라서 하룻밤 같이 자고 싶었다고 솔직히 말하지?"

이수는 등을 쓰다듬는 그의 손길에 퍼뜩 정신이 들어 다시 그를 빤히 바라보았다.

"이러지 말아요. 놔줘요."

"난 지금 이대로 좋은데?"

그의 입술이 이수의 입술 바로 위에서 소곤거리고 있었고 그의 뜨거운 손은 등을 타고 내려가 그녀의 엉덩이를 가볍게 쓰다듬고 있었다.

"이상해. 이수의 향기에는 마취성이 있어. 내게 최면을 거는 건가? 내게 최면을 거느냐고 말했지? 내가 최면당하고 있어, 지금……."

그는 그녀의 입술에 자신의 입술을 쓰다듬듯 스치며 속삭였다. 그의 한 손이 이수의 허리를 끌어당겼고 그의 혀가 그녀의 입술을 거칠게 열고 들어오며 다른 손이 그녀의 검은 머리를 부드럽게 쓸어 안았다. 두 사람의 몸은 마치 잃어버린 반쪽처럼 꼭 포개어지고, 따뜻하고 부드러운 그의 입술의 움직임은 이수를 정신을 못 차릴 정도의 설렘과 흥분 속으로 몰아넣었다. 이수가 젖은 큰 눈이 빛나는 얼굴을 들었다. 그녀는 행복감을 느

끼면서 조용히 눈을 떴다. 그가 미소 지으며 다시 입술을 부드
럽게 쓰다듬어 왔다. 그것은 여태껏 지민에게는 한 번도 느껴본
적이 없는 느낌이었다.

하지만 이수가 잠깐 느꼈던 행복감은 사라져 버렸다. 그의 키
스가 점점 거칠어지고 그만큼 그녀의 마음속 갈등도 거칠어졌
다. 모르는 상태와 알고 있는 상태의 느낌은 분명히 다르다. 이
래서는 안 된다는 마음과 눈을 감아버리고 싶은 마음이 이수 안
에서 맹렬히 싸우고 있었다. 그의 손 움직임도 빨라졌다. 이수
는 그의 품 안에서 아무 반응도 나타내지 않고 가만히 안겨 그
의 뜨거운 애무를 고스란히 받아들이고 있었다. 그녀는 지금 그
와 자기가 얼마나 위험한 입장에 놓여 있는가를 잘 알고 있었
다. 지민은 이수를 결코 용서하지도, 놓아주지도 않을 것이다.
지금 그녀는 그에게 어떤 이유인지 몰라도 매혹되고 있었다. 점
점 뜨거워지는 몸과 마음을 견딜 수가 없었다. 그는 더욱 거칠
게 그녀의 입술을 탐하고, 그리고 그녀의 가녀린 목덜미를 애무
하고 있었다.

"이유를 모르겠지만…… 너를 갖고 싶어. 미칠 것처럼 갈증이
나……."

그는 진심으로 이수를 원하고 있었다. 전처럼 계산에 의해 끌
어안는 것이 아니었다. 지금 그를 움직이고 있는 것은 처음 시
작과는 좀 다른 것이었다. 여자를 바라보며 단 한 번도 뛰지 않
던 그의 심장이 터질 것처럼 쿵쿵거리고 있었다. 숨결이 빠르고

거칠었다. 그의 손이 부드러운 그녀의 가슴을 어루만질 때, 알 수 없는 어떤 느낌이 막다른 골목 끝으로 그를 끌어갔다. 그의 끈질긴 애무에 이수는 숨이 막힐 것 같았다. 이수가 움직임없이 조용해진 것을 알자 그는 고개를 들었다. 그 눈에는 욕망의 불꽃이 일렁이고 있었다.

"봐, 이수…… 네 몸이 이렇게 뜨겁잖아. 애써 나를 피해 도망가겠다는 생각은 버려."

대답할 겨를이 없었다. 그는 말이 채 끝나기도 전에 다시 키스를 시작했다. 이수는 자신 안에서 싸우는 생각을 그만두고 그의 뜨거운 가슴에 몸을 내맡겼다. 하지만 알 수 없었다. 눈물이 흘렀다. 밑도 끝도 없이 치밀어 오르는 슬픔은 끊임없이 이슬이 되어 볼을 타고 흘렀다. 그런 이수의 눈물을 핥으며 이윽고 그는 이수의 가슴에 얼굴을 묻고 그녀의 향기를 가슴 가득히 들이마시고는 이수로부터 떨어져 누웠다. 눈을 감고 가만히 그녀의 호흡을 느꼈다. 그의 감정은 그가 예상하지 못한 데까지 가 있었다.

"이것 좀 보시겠습니까?"

비서가 노트북을 내밀 때까지만 해도 시일은 그저 정진하에 대한 막연한 생각만 가졌었다. 하지만 자신의 메일로 들어온 〈정진하라는 인물에 대한 기록〉이 올라오면서 그가 놀란 것은 자신과 너무 닮은 정진하 때문이었다.

"대학교 때 사진이랍니다. 안경을 쓰고 머리가 짧고, 어딘가 너무 순해 보이는 구석을 빼면 사장님과 너무 많이 닮지 않았습니까? 그리고 본사에 정 비서가 이 정보의 출처는 밝힐 수 없다고 했지만, 아주 상세한 기록을 보내왔습니다. 습관과 좋아하는 음식, 심지어 홍차에 각설탕을 하나만 넣어서 먹는다는 것과 고등어와 복숭아를 먹지 않는다는 것까지……."

그는 비서의 이야기를 들으며 천천히 일어나 창가로 가 성 아래를 내려다보며 앞으로 흘러내려 헝클어진 머리카락을 쓸어 올렸다. 그는 생각에 잠겼다. 그의 당장의 목표는 문이수를 이지민이 보는 앞에서 가로채는 것이었다. 자신이 지금 보는 것처럼 정진하라는 그 남자와 아주 흡사한 모습을 가졌다면 악마의 영혼까지도 이용할 것 같은 이 상황에서 자신의 영혼을 이용하는 것을 망설일 이유가 없었다. 그 순간 그는 문이수 안에 있는 정진하의 환상을 일깨우고 싶었다. 이수의 뼛속까지 박혀 있는 정진하에 대한 사랑을 일깨워 이지민을 떠나 자신에게로 오게 하는 데 이용하고 싶었다. 그는 그것이 이지민으로부터 그녀를 가장 확실하게 빼앗아올 수 있는 길이라고 확신했다. 그는 문이수를 빼앗을 수만 있다면 기꺼이 정진하가 되어보리라 마음먹었다. 어차피 기억이란 믿을 수 없는 것이었다. 사랑의 기억은 더욱 불확실하다. 시간이 지나면 사랑했었는지조차 의심스러워지는 법이니까……. 엄밀하게 말하면 자신이 정진하가 되지 말라는 법도 없었다. 그도 오 년 전 큰 수술을 하면서 후유증으로 기억의 큰 부분을 잃어버렸다. 지금은 그저 어머니가 들려준 이야기를 토대로 한 단편적인 기억들만이 남아 있을 뿐이었다.

　그는 그녀를 정면으로 마주 볼 수가 없었다. 얼굴이 화끈거리고 가슴이 요동치고 있는 것이 이렇게 눈빛이 떨리고 있는 것을 한눈에 눈치채고 말 것 같았다. 천천히 일어나 나뭇잎처럼 떨고 있는 이수를 달랑 안고는 침대로 데려갔다. 이수는 눈을 감고 있었다. 볼을 타고 눈물이 흘러내리고 있었다. 그러나 그는 이수가 그의 팔에 안겨 이따금 눈을 뜨고 아주 슬픈 눈으로 자신을 바라보고 있음을 알았다. 그는 그녀의 슬픈 눈을 보고 더욱 마음이 동요되었다. 그는 정말로 이수를 갖고 싶어졌던 것이다. 그의 눈에서 자신만만한 위험한 웃음이 떠오르고 있었다. 이태리 피렌체의 한 산장에서 그 누구의 방해 없이 그들 둘만의 위험한 밤이 기다리고 있다는 것을 생각하니 침대로 한 발짝씩 가까워질 때마다 욕망이 커져 갔다. 이수를 기자들에게 노출시킬 때부터, 그리고 낚아채듯 차에 태워 산장으로 데리고 왔을 때부터 그는 이미 이수를 피렌체에서 돌아가기 전에 자기 것으로 만들려고 결심했었다. 그는 이수가 갖고 싶은 것을 더 이상 숨길 필요가 없었다. 이미 이수는 그가 정진하가 아닐까 하는 혼란 속에 빠져들고 있었다. 그는 이수를 가지고 싶은 자신의 마음을 숨기지 않고 있었다. 그리고 이제 이수가 자신의 침실로 뛰어든 지 꼭 오 일째 되는 날이었다. 이수의 마음을 계속 집요하게 공격하는 것을 늦추지 않을 것이다. 그리고 이 밤이 새면 분명히 이수를 자신의 여자로 만들어놓을 것이라고 그는 다짐하고 있었다. 깃털처럼 무게가 느껴지지 않는 이수를 침대 위에 가만히 내려놓았다. 이수의 크고 맑은 눈에 눈물이 가득 매달려 있었다.

"이수야…… 그런 슬픈 눈으로 나를 보면 안 돼. 그런 눈으로 나를 바라보면 내가 아주 나쁜 짓이라도 하고 있는 것 같은 느낌이 든단 말이야."

그런 이수를 내려다보고 그는 장난스럽게 투덜거렸다.

"……."

그러자 그런 그를 물끄러미 바라보고 있던 이수는 더욱 훌쩍훌쩍 울었다. 눈물로 목이 메고 가슴이 터질 것처럼 아파와 숨을 쉴 수가 없었다.

"사랑해."

이수의 귓불을 혀끝으로 가볍게 쓸어 내리고 그는 달콤하게 중얼거리면서 이수의 옆에 걸터앉아 그녀를 그의 넓은 가슴에 끌어당겼다.

이수는 아이처럼 훌쩍거리면서 그의 셔츠에 눈물을 적시며 울었다. 눈물로 젖어 엉망이 되어버린 실크 셔츠의 감촉이 이수의 볼에 닿아 부드럽고 따듯하게 느껴졌다. 그의 가슴이 움직일 때마다 흘러나오는 서늘한 향기는 이수를 아련한 그리움 속으로 몰아 넣었다.

그는 아기를 쓰다듬듯이 흐느끼고 있는 이수의 머리를, 볼을, 그리고 목덜미와 가슴을 쓰다듬기 시작했다.

"이제…… 울지 마. 이수 눈에서 눈물이 흘러내리는 걸 보니 나까지 울고 싶어져. 난 이상하게 이수가 우는 게 아프다."

"난 당신이 두려워요."

이수는 그의 가슴에 얼굴을 묻으며 말했다. 그가 손을 들어 그녀의 볼을 타고 흘러내리는 눈물을 닦았다.

"……쉿. 너를 사랑해. 너를…… 갖고 싶어. 너를 갖고 싶어서, 네가 가진 아픔도 함께 가지고 싶어."

그는 그녀의 드레스를 벗겨내며 그녀의 어깨에 입맞춤했다.

"나도 모르겠어, 왜 눈물이 나는 거지."

이수는 어린아이처럼 코를 훌쩍거리며 조그만 소리로 말했다. 그녀의 눈두덩이 위에 입맞추던 눈물이 볼을 타고 내려 그의 입 안으로 흘러들었다. 짭짤한 맛이 났다.

"짜."

그가 인상을 찡그리며 속삭이자 이수가 푸훗 하고 웃었다.

"울다가 웃으면 거기에 털 난다."

"후훗, 당신이 좋아."

"난 여자 다루는 법을 잘 모르는데."

기운없이 축 늘어져 있는 이수를 안아 올려 그녀의 가슴을 그의 따뜻하고 부드러운 손으로 부드럽게 마사지하며 그는 난처한 표정으로 중얼거렸다. 그의 표정이 귀여워져 이수는 웃었다. 키스할 때면 꼭 안경을 벗었던 진하는 언제나 이수를 안을 때면 능숙하지 못한 자기 자신을 탓하며 꼭 지금 그처럼 난처한 표정이 되곤 했다.

그가 자신의 바지를 벗어 내리며 가볍게 그녀의 입술 위에 포개놓았던 그의 입술로 그녀의 입술을 열고 들어와 그녀의 입 안을 뜨겁게 쓸고 나갔다. 그의 뜨거운 키스는 그녀에게 위안이 되었다. 그는 부드럽게 이수의 몸을 안아 침대에 누이고 눈물에 젖은 얼굴을 그의 입술로 닦아주었다. 이수는 그에게 몸을 붙이고 두 손을 그의 가슴에 대고 그가 하는 대로 내맡기고 있었다. 젖은 와이셔츠 속의 그의 가슴이 숨을 쉴 때마다 힘차게 요동치는 그의 심장 소리가 들려왔다. 그리고 그의 한 손이 이수의 팬티 속으로 미끄러져 들어왔다.

"아……."

이수의 입에서 거친 신음이 흘러나왔다.

"나…… 이젠 너를 보내주지 않을 거야. 문이수는 내 안에 갇혔어."

"아! 안 돼……."

그의 손가락이 이수의 은밀한 곳으로 들어오자 그녀의 신음 소리가 날카롭게 울려 퍼졌다.

그는 더 견디지 못하고 바쁘게 자신을 유혹하는 그녀에게로 빠져들었다. 그의 넓은 가슴 아래에서 이수는 작은 새처럼 갇혀서 파닥거렸다. 그의 허리에 걸린 그녀의 다리가 팽팽해졌다. 강하게 밀어붙이는 그의 힘에 그녀의 몸이 하프의 선처럼 팽팽한 소리를 뱉어냈다.

“네가 좋아……. 이수야, 네가 좋다.”

그가 탄식처럼 뜨거운 그의 일부를 그녀 안에 내려놓았을 때, 그에게 매혹된 이수가 가녀린 새처럼 몸을 떨고 있었다.

“그 사람은 어땠어?”

그의 가슴에 땀에 젖은 머리를 묻고 가쁜 숨을 고르며 눈을 감고 있는 이수의 벗은 등을 쓰다듬으며 그가 물었다. 이수는 그 질문에 당황했다. 눈길을 떨구고 그녀가 머리를 기대고 있는 넓은 가슴에 오뚝 서서 바라보고 있는 그의 젖꼭지를 만지작거렸다.

“많이 좋은 사람.”

“그의 어디가 그렇게 좋았어?”

이수는 조금 망설였으나 그냥 솔직하게 이야기하고 싶었다.

“내겐 첫 마음이고, 첫사랑이고, 첫 남자이고, 그리고 마지막 남자이고 싶었던 사람.”

“마지막 남자이고 싶었어?”

그는 눈을 들고 의아스런 얼굴을 했다.

“응. 왜?”

그는 진지한 얼굴로 이수의 눈을 들여다보았다. 이수가 다시 눈을 감으며 중얼거렸다.

“나는 아직도, 그 사람이 곁에 없다는 것이 믿어지지 않아. 난 그 애가 언제나 내게 주파수를 맞추고 신호를 보내고 있는 것 같아.”

그런 이수를 가만히 바라보던 그가 그녀를 가슴 깊이 당겨 꼬옥 끌어안으며 그 부드러운 가슴에 입술을 갖다 대었다. 그리고는 머리카락을 귀 뒤로 쓸어 넘겨주며 나직이 속삭였다.

"바보……. 이젠 나만을 사랑한다고 말하게 될 거야……."

그는 그녀를 놓칠세라 다시 품에 꼬옥 안고 잠이 들었다. 두 사람은 아주 깊은 잠 속으로 빠져들었고 그 밤 이수는 꿈을 꾸지 않았다.

노크 소리로 잠이 깬 이수는 침대 속에서 기지개를 켰다. 방에는 아침 햇살이 넘쳐 있고, 방문 저쪽 식당에서 그의 목소리가 들렸다.

"일어나요, 잠꾸러기 이수야. 홍차 한 잔 어때?"

가운이 없어 그의 셔츠를 걸치고 방문을 여니 그가 의미있는 시선을 던지며 방 안으로 들어와 들고 온 쟁반을 내려놓았다. 그리고는 그가 창문을 활짝 열어놓았다. 상쾌한 바람이 방 안을 가득 채웠다. 이수는 기분이 상쾌했다. 피렌체에 와서 처음으로 잠을 푹 잤기 때문이리라. 그는 이미 회색 빛의 시원해 보이는 양복으로 갈아입었고 머리를 빗고 수염도 깨끗이 깎은 상태였다. 햇빛이 방 안을 가득 채우자 그 빛 속에서 그는 생기에 넘쳐 빛나 보였다. 그를 바라보고 있던 이수는 문득 그에게 뭐라 말할 수 없는 친근감과 포근함을 느꼈다. 마치 그와 아주 여러 해 동안 같이 살아온 것 같은 느낌이 들었다.

이수가 그를 멍하니 바라보고 있자 그는 이수에게 줄 홍차를 따르고 있었다. 그리고는 자신의 잔에도 따르고는 아주 익숙한 솜씨로 늘 그래 왔던 것처럼 각설탕을 하나씩 넣고 컵을 들고 잘 흔들었다.

"기분은 어때, 잠꾸러기? 어젯밤 내 실력 괜찮았어?"

"어?"

이수는 그의 말을 듣지 않고 있었다. 그가 얼굴을 들자 두 사람의 눈이 마주쳤다.

"컵은 왜 흔들어?"

그는 다시 한 번 그렇게 묻고 있는 이수를 보며 빙긋 웃었다.

"설탕이 녹는 속도에 따라 여러 가지 맛을 느낄 수 있으니까."

이수가 깜짝 놀라 침대에 풀썩 주저앉았다.

"홍차를 그렇게 마시는 사람은…… 단 한 사람밖에 없어……."

그렇게 생각하자 이수는 이상한 기분이 들었다. 다시 한 번 빙그레 미소 짓고 있는 그를 바라보며 그의 손에서 홍차 잔을 받아 마음의 동요를 숨기기 위해서 한 모금 마셨다. 진하도 그렇게 말했었다. 홍차에 각설탕이 녹아들면서 그 맛이 달라지는 것처럼 사랑도 늘 만나고 있어도 시간이 흐를수록, 때에 따라, 그리고 만난 날의 상황에 따라 그 맛이 다 다른 것 같다고. 사랑도 꼭 그런 것 같다고.

눈을 들어 피렌체의 하늘을 바라보았다. 누군가 피렌체에서 가장 아름다웠던 것이 무엇이냐고 물어보면 이수는 그 특별한 하늘빛이라고 대답할 것 같았다. 환한 빛을 머금은 하늘빛. 마치 까르르 웃는 아이의 천진한 웃음 같은 눈부시게 밝은 하늘빛. 내가 도대체 어떻게 된 것일까. 창밖의 파란 피렌체의 하늘을 바라보며 이수는 생각했다. 진하를 잃고 죽을 것 같아 잠시 정신병원에 입원도 했었고, 그렇게 나와서는 딸 하나만 보고 산 불쌍한 아빠 때문에 언제나 냉정한 마음으로 하루하루를 지내왔다.

아빠는 살다 보면 가슴에 맺히는 사람이 있다고 했다. 아무리 풀어버리려고 해도 그대로 맺혀 있는 사람. 아빠에게는 엄마가 그런 사람인 것 같다고…… 그런 사람은 잊어보려고 해도 잊을 수 없다고 했지. 그런 때는 그저 잊혀져 가기를 기다리라고 했었지. 그렇게 잊혀지기를 기다렸지만 이렇게 햇살이 좋은 날은 햇살에 눈이 부시어 눈을 감기만 해도 가슴에 맺힌 진하는 다시 눈으로 올라와 눈물로 맺힌다.

어디 있는 거니……. 어쩌면 진하야, 사랑도 그런 것 같아. 이 사랑 뜨겁게 해야 하는 시간이 있는 것 같아. 홍차에 각설탕이 녹아들면서 그 맛이 달라지는 것처럼 사랑도 달라지는 것 같아. 아직도 돌아올 때가 아닌 거야. 나 아직도 이 사랑 혼자 해야 되는 거니?

홍차를 마신 뒤로는 그가 예견한 대로 이수의 혼란은 계속되었고 사물을 분명하게 생각할 수가 없게 되었다. 이수는 욕실

문을 단단히 잠그고 간단하게 샤워를 했다. 어제 입고 나왔던 드레스로 갈아입고는 커다란 거울에 비친 자기에게 타일렀다.

"이렇게 정신을 놓아버리면 안 돼. 혹시 무슨 이유에서인지 저 김시일이 사라진 진하가 아닐까? 아냐, 그럴 리 없어. 말이 안 되잖아. 미쳤어, 미쳤어. 문이수, 미쳤구나. 너…… 그런데 내가 그를 못 알아볼 수가 있어? 비슷하지만 전혀 달라."

이수는 그렇게 중얼거리면서 방을 나섰다. 그는 주방에 앉아 남은 차를 마시고 있었다.

"우리 오늘은 뭘 할까?"

"이젠 돌아가야죠. 모두 걱정할 텐데……."

우울한 얼굴의 이수가 말하자 그는 조금도 서두르는 기색 없이 빙긋 웃으며 말했다.

"그렇게 금세 울 것 같은 얼굴로? 그러고 가면 뭐라고들 하겠어? 어차피 오늘은 모든 일정을 마치고 시내 관광을 하기로 되어 있잖아. 지금 가도 지민이란 친구의 잔뜩 화난 얼굴만 보겠지. 그러지 말고 우리 바람 쐬러 가지. 이수 씨, 승마 해봤어?"

"몇 번 타보긴 했지만……."

"됐어. 그럼 가자."

이수는 조심스럽게 눈을 내리깔고 잠시 생각하는 중이었다. 하지만 그는 망설임없이 이수의 손을 끌고 나섰다.

"그래도 이런 차림으로 가요?"

"가보면 알아."

언제 울었느냐는 듯 이수는 가는 내내 즐거웠다. 어째서 그처럼 기분이 밝아지는 것인지 알 수 없었지만, 굳이 자신에게 변명을 해두자면 피렌체의 파란 하늘 때문일 것이라고 말해 두었다. 지민이 걱정스러웠지만 걱정은 그때 가서 하기로 했다. 그런 이수에 비해 그는 조용하고 담담한 것같이 보였다. 이수가 음악을 듣고 싶어하는 것 같으면 원하는 곡으로 골라 틀어주고, 목이 마른 것 같다 싶으면 준비해 둔 음료수를 주고, 편히 기댈 수 있도록 머리 부분에다 쿠션을 받쳐 주었다. 운전 중인데도 그는 때때로 옆에 앉아 피렌체의 하늘에 마음을 빼앗긴 이수의 손을 한 손으로 꼬옥 잡아주기도 하였다. 이수는 스스로가 이토록 대담해질 수 있다는 데에 놀라면서도 이젠 두렵거나 하지 않았다. 가는 길에 그들은 작은 레스토랑에 들러 간단한 해물 스파게티로 요기를 했다.

농장은 수도원과 과수원을 지나 언덕에 있었다. 이수는 언덕 아래 펼쳐진 광경을 보고는 탄성을 질렀다. 피렌체의 시내가 한눈에 펼쳐져 있었다. 농장에 미리 도착해 있던 시일의 비서가 두 벌의 승마복을 준비해 왔다. 옷을 갈아입고 나가니 시일이 탄 말이 천천히 걸어왔다. 훌륭한 골격을 갖춘 네 다리와 잘 발달된 가슴, 그리고 튼실한 궁둥이가 말의 건강 상태를 말해 주고 있었다. 말의 빛나는 갈기를 쓰다듬으며 번쩍거리는 승마용 가죽 장화와 사슴가죽으로 지은 승마용 바지를 입은 시일은 아주 훌륭한 기수처럼 보였다. 그는 이수에게 윙크해 보이며 한달음에 낮은 돌담 벽을 뛰어넘었다.

"시일 씨, 말을 아주 잘 타는군요."

"운동은 거의 다 하는 편이니까. 이수는 어때?"

"음, 나도 좋아해요."

이수는 지민에게서 승마를 배웠었다. 지민이 아닌 다른 사람과 말을 타러 오는 것은 처음이었다. 그녀는 가뿐하고 사랑스러운 모습으로 안장 위에 앉아 노련한 솜씨로 말을 다뤘다.

두 사람은 나란히 숲을 향해 말을 달리기 시작했다. 어느새 이수가 시일을 제치고 앞서 나아갔다. 이수는 모처럼 억눌려 있던 마음이 자유로워진 탓에 거칠 것 없이 달리고 있었다. 숲의 끝자락으로 휘돌아가는 모퉁이에서 시일은 조금 앞서 달리는 이수가 걱정스러워 얼른 따라잡기로 마음먹고 속도를 늦추며 말의 긴장을 풀었다가 곧 쏜살같이 달리게 하였다. 시일이 모퉁이를 돌아서자 숨이 멎을 정도로 깜짝 놀라고 말았다.

"이수 씨!"

이수가 타고 있던 말 등에 이수가 없었던 것이다. 시일은 말의 고삐를 당겨 말을 멈춰 세우고 말에서 뛰어내렸다. 가슴이 요동질하며 쿵쾅거리고 있었다. 이수는 숲 언저리에 있는 커다란 나무 아래에 쓰러져 있었다. 낯선 길을 달린 데다가 낯선 말을 무리하게 다룬 탓이었다. 시일은 이수의 맥박을 짚어보고 그녀의 가냘픈 호흡을 확인한 즉시 큰 상처가 없는지 살피기 시작했다. 머리를 살펴보고 팔다리에 골절 부분이 없는지를 살펴보았다. 다행히 크게 다친 것 같지는 않았다. 시일은 셔츠를 벗어 이수의 머리를 받쳐 주었다. 그리고는 곁에 앉아 이수의 팔과 다리를 마사지하기 시작했다.

잠시 후에 이수의 눈꺼풀이 가늘게 떨렸다. 시일은 안도의 한숨을 쉬었다. 그는 이수의 헝클어진 머리카락을 쓰다듬으며 물었다.

"이수 씨! 어때? 움직일 수 있어?"

"아, 괜찮아요."

이수가 시일을 안심시키려는 듯 희미하게 웃어 보였다.

"안 되겠어. 가서 좀 쉬어야겠어. 병원에 가야 할 것 같은데……."

그가 이수를 안으며 걱정스럽게 중얼거렸다. 그러나 이수는 말끔한 얼굴로 그를 빤히 쳐다보았다.

"그 정도는 아니에요. 순간적으로 잠시 정신을 잃은 거예요. 좀 쉬면 괜찮을 것 같아요."

"얼마나 놀랐는지 알아? 살살 걷지 않고 무턱대고 달리면 어떻게 해?"

"화내지 말아요. 아까처럼 기분이 좋아진 게 너무 오랜만이라서 내가 실수했어요."

이수도 웃음을 지우고 말했다.

"다시는 그렇게 달리지 말아. 나랑 나란히 달려. 응? 약속해. 빨리 달리는 건 안 되는 거야."

"왜 그렇게 걱정했어요?"

이수가 장난처럼 물었으나 그는 대답하지 못했다. 그의 이마와 눈썹, 입술과 턱이 차례로 경직되고 있음을 이수는 느낄 수 있었다. 가슴속에 끓어오르는 무언가를 억누르려는 것 같기도 했고, 그 무언가를 아예 드러내 보이지 않으려고 애를 쓰는 것 같기도 했다. 그는 지금 자신도 순간적으로 왜 그렇게 놀라고 두려웠던 것일까 곰곰이 생각하고 있었다.

"걱정했군요?"

그는 대답하지 않았다. 하지만 잠시 뒤에 무뚝뚝하게 화난 사람처럼 다시 물었다.

"약속해, 조심한다고."

"알았어요."

그의 눈빛이 너무 진지해 보여 이수의 고개가 아래로 조금 떨구어졌다.

'이렇게 한 발짝 한 발짝 떼어놓으면…… 그럼 안 되는데. 이대로 꼭 한 발짝만 더 떼어놓으면 난 당신에게로 걷잡을 수 없이 달려갈 것 같아 두려워.'

"가자."

그는 이수를 가볍게 안고 일어섰다.

"걸을 수 있어요."

이수의 말에 대답도 없이 차를 세워둔 곳으로 가고 있었다. 이수는 그런 그의 마음이 느껴져 입술을 깨물었다. 그가 진심으

로 걱정하고 있다고 생각하니 가슴 한 부분이 손톱으로 긁어대
듯 쓰라렸다. 그는 비서가 기다리고 있는 차로 걸어갔다. 비서
가 놀라 문을 열어주자 이수를 먼저 태우고 그도 옆에 앉았다.

"우리 먼저 산장으로 갈 테니 성으로 돌아가 있지."

"네, 사장님."

그는 한참을 시동도 걸지 않고 핸들만 쥐고 있었다.

"나, 많이 놀랐어."

"알아요, 미안해……."

한동안 침묵하고 있던 그가 차를 움직였다.

"이제 안 아파?"

그의 물음에 이수는 가만히 고개를 끄덕였다. 그가 다시 이수
의 손을 찾아 쥐었다. 따뜻했다. 하지만 몸은 여기저기 쑤셔오
기 시작했다. 산장으로 돌아와서도 이수는 그가 해주는 뜨거운
물수건 찜질을 받으며 계속 누워 있어야 했다.

"돌아가야 할 텐데……."

"안 돼. 내일 아침에 가자. 응?"

이수는 걱정스러운 마음으로 뒤척이다 잠이 들었다.

이수가 일어났을 때는 밤이 깊어 있었다. 문 앞으로 다가가서
조심스레 손잡이를 돌렸다. 거실은 여전히 어두웠으나 탁자 곁
에 연한 빛이 보였다. 작은 스탠드였다. 자세히 들여다보니 그
는 소파 위에 길게 누워 있었다. 이수는 그에게로 다가갔다. 그
는 눈을 감고 있었다.

"자요?"

그는 아무런 반응이 없었다. 이수는 소파 아래 무릎 꿇고 앉아 누워 있는 그에게 머리를 기댔다. 눈을 감고 그의 가슴에 기대니 따스한 그의 온기가 몰려들었다.

그의 손이 다가와 이수의 머리를 쓰다듬었다. 이수는 움직이지 않고 그대로 그의 가슴에 기대어 있었다. 그가 몸을 일으켰다.

"일어났어? 배고프지?"

"배는 고프지 않아요."

이수는 고개를 들어 그를 보았다. 한없이 깊은 눈이 이수를 바라보고 있었다. 이수는 일어섰다. 가만히 몸을 숙여 그의 입술에다 입을 맞추었다. 꽃잎이 바람결에 스치듯 짧은 입맞춤이었다. 그가 두 팔로 이수를 안았고 이수도 그의 목을 끌어안고 다시 눈을 감았다. 따뜻하고 부드러운 입술이 만나 오래오래 서로를 확인했다. 그의 입술이 이수의 입술을 벗어나 귀로 왔다. 그의 입술은 목덜미로 내려와 잠시 머무르다가 어깨를 지나 가슴에 닿았다. 그의 입술이 지나가는 곳마다 안타까운 떨림이 이수를 괴롭혔다.

"혼자 잠드는 거 무서워."

"내가 곁에 있을게. 더 자. 응?"

이수가 편안하게 미소 지으며 고개를 끄덕였다.

시일은 잠든 이수를 바라보다가 한숨을 쉬며 일어서 창가로 다가갔다. 피렌체의 아름다운 야경이 펼쳐져 있었다. 처음엔 그저 복수를 위해서라고 생각했던 이수에게 자꾸만 욕심이 생긴다. 이수를 보는 매 순간마다 이성과 욕망과의 싸움에서 갈등하는 자신을 발견하곤 했다. 사랑은 이지민의 집안에 대한 복수를 한 뒤에 해도 늦지 않다고 생각해 왔었다. 하지만 지금 이수를 향한 이 감정은 사랑이라고밖에는 달리 뭐라고 설명할 수가 없었다.

상쾌한 바람과 함께 피렌체의 파란 아침이 밝아왔다. 그가 소파에서 잠든 이수를 침대로 옮겨둔 모양이었다. 그것도 모르고 그처럼 깊은 잠을 자다니 신기하다고 생각하며 열린 창문으로 걸어가서는 창턱에 걸터앉았다. 찬란한 피렌체의 태양이 이수에게 황금빛 아침을 선물하고 있었다. 창으로 흘러들어 오는 초록 숲의 상큼한 냄새가 상쾌하고 시원한 바람에 실려 방으로 들어왔다. 이수는 천천히 침대에서 일어나 샤워를 하고 이수는 다시 그날 성을 나올 때 입었던 드레스를 입었다. 이수가 준비를 마쳤을 때, 노크 소리가 들려왔다.

"자, 이젠 돌아가실까요, 아가씨?"

"그래요."

고개를 끄덕이며 이수가 간단히 대답하자 그는 얼른 웃으며 이수를 감싸 안았다.

"걱정할 것 없어. 내가 곁에 있을 거야."

이수는 창밖으로 이어지는 산, 그리고 그 아래에 피렌체를 바라보았다.

"이수가 무엇을 생각하는지 알아."

이수는 흠칫하며 그를 쳐다보았다.

"응?"

"두렵겠지. 하지만 내가 곁에 있을게. 나만 믿어. 이수는 그러면 돼. 약속해 줘, 내가 하는 대로 같이하겠다고……."

"……."

이수는 두려운 눈으로 그를 바라보았다. 그리고 가볍게 고개를 끄덕였다.

이수가 그가 가까이 다가온다고 느꼈을 때는 이미 그에게 입술을 빼앗기고 있었다. 그의 키스는 어찌나 강력했던지 한순간이었지만 온몸의 피가 거세게 소용돌이치고 심장이 빨려 나가는 것 같아 얼굴이 새빨갛게 물들었다.

"이렇게 갑자기 키스하면 어떻게 해. 립스틱이 다 지워졌어."

그의 얼굴은 금세 장난스러운 웃음이 피어났다. 그가 이수의 손을 잡고 앞서 걸어나가며 살짝 돌아보고 윙크하며 말했다.

"난 문이수를 너무 사랑하게 될 것 같아."

이수는 그런 그를 보며 쓸쓸하게 웃었다.

"눈에 맺힐 만큼……?"

"찾았나?"

"아직……. 그게 드러나지 않는 장소에 계신지……."

"이틀 밤이나 지났는데 어디 있는지조차 모른단 말야! 길목마다 지키고 기자들보다 먼저 찾아서 내 앞에 데려와. 꼭 데려와야 해!"

지민은 눈살을 찌푸리며 차분하게 말했다. 언제나 냉정하고 차분한 지민이었지만 오늘은 어딘가 달라 보였다. 오늘따라 하얀 얼굴이 더욱 창백해 보였다. 그는 돌아오지 않는 이수에 대해 생각했다. 뭔가 자기에 대한 미련이 조금이라도 있었으면 돌아왔을 것이다. 돌아보던 이수의 처연한 눈동자를 생각했다. 이미 자신을 떠나 버린 눈이었다. 단 한 번도 자신을 바라봐 주지 않는 이수 곁을 사 년 동안 맴돌았었고, 잃어버린 사랑 때문에 고통스럽게 망가지는 이수를 잡고 씨름하느라 다시 오 년을 보냈다. 이수에게 자신은 무엇일까.

지민의 손이 꼭 쥐어지며 부들부들 떨렸다.

"오늘 직원들 모두 돌아가는 날이야. 돌아가는 시간에 늦지 않도록 찾아."

식어버린 커피를 마시며 지민은 생각했다. 이미 늦어버린 것들에 대해서. 돌이킬 수 없는 시간에 대해서, 되돌릴 수 없는 시간들은 지민의 삶 속에서 언제나 자신을 옭아매는 덫으로 존재했다. 그럼에도 불구하고 이수를 놓지 못하는 자신의 끈질긴 집착을 보면 확실히 이수는 지민에게 있어서는 덫과 같은 사랑이었다. 지민은 다시 핸드폰을 들고 이수에게 전화를 걸었다. 신호가 가는 것을 보니 이제 겨우 핸드폰을 다시 켠 모양이었다.

[나야, 지민아…….]

"어디야?"

[다 왔어. 성이 보여. 만나서 이야기하자.]

"기자들 기다린다. 다른 장소로 와."

[아니야, 지민아. 나 동료들이랑 함께 마무리하고 돌아가야 돼.]

"이곳으로 오겠다는 거야?"

[응, 도망칠 필요는 없으니까…….]

"좋아, 이수야. 이수야…… 하지만 이것만은 기억해야 돼. 내가 너를 놓지 않는 한 너도 나를 놓지 못해."

[지민아…… 가서 이야기해. 응?]

"좋아, 네가 뭘 하든 오늘까지는 가만히 있을 거야. 하지만 오늘 이후는 안 돼. 기다릴게."

이수는 성 근처에 도착했을 때부터 어쩐지 어수선하다 싶었으나 이제 그 우려는 확실한 것이 되었다. 성 입구에는 오늘 한국으로 돌아가기로 되어 있는 모델 김시일과 문이수를 인터뷰하기 위해 기자들이 모여 있었다. 상황은 확대 해석되고 있었다. 김시일은 민첩하게 기자들을 상대하면서 한 손으로 이수를 껴안다시피 하고 성 안으로 들어갔다. 계속 웃는 얼굴의 그였으나 기자들이 이수를 잡아끌 때는 검은 눈썹을 찌푸리며 인상을 쓰고 있었다. 그가 검은 눈썹을 찌푸리니 깊은 그의 눈이 더욱 매서워졌다. 자신이 준비해 둔 기자회견장 앞에서 기자의 시선도 아랑곳하지 않고 이수의 손을 놓은 김시일은 차분한 눈으로 이수를 빤히 쳐다보았다.

"이젠 늦었어. 신문기자들이 몰려와 우리와 인터뷰를 기다리고 있어. 어떻게 할까? 내가 혼자 들어갈까, 아님 함께 들어갈까?"

"같이 들어가겠어요. 어차피 한 번은 말해야겠죠."

이수는 이런 자리에 서게 되리라곤 한 번도 생각해 보지 않았다.

두 사람이 들어서자 모여든 각국의 기자들은 마구 카메라 셔터를 눌러대고 이수와 시일에게 여러 가지 포즈를 주문하느라 소리를 높였다.

"조금 다정하게 해주세요. 가까이!"

기자들은 마음대로 사진을 찍기 위해서 이수를 그에게 밀어붙였다. 한국과 일본의 기자도 와 있었으며 그들의 질문은 이수도 알아들을 수 있었다. 그는 기자들의 질문에 대해 신중하게 대답했고 어떤 질문은 못 들은 체했다. 이수는 그의 옆에서 새빨개진 얼굴로 아무 말도 않고 앉아 있었다.

"제가 먼저 이야기를 하고 잠시 질문을 받겠습니다. 저는 이 여자를 사랑하고 있습니다. 한눈에 반해 버린다는 것을 믿지 않았었는데…… 이 여자를 보는 순간 나는 숨이 막히는 것 같았습니다. 아직 허락을 받은 것은 아니지만 청혼할 생각입니다. 그리고…… 오늘 부로 제가 D벅스 패션의 대표이사를 맡게 되었습니다. 그동안 어머니이신 김미희 여사께서 키워놓으신 저희 D벅스는 오늘 아침 SS패션을 인수하는 계약서에 사인을 했습니다. 앞으로 저와 우리 D벅스를 지켜봐 주시길 바랍니다. 열심히 하겠습니다. 일도, 사랑도. 감사합니다. 질문하세요."

그의 폭탄선언으로 순간 잠시 조용하던 회견장은 순식간에 카메라 셔터가 터지기 시작했고 기자들의 질문이 쏟아졌다.

이수는 기가 막히다는 듯 그를 바라보고 있었다. 상대 패션회사 대표이사의 아들에 그것도 모자라 오늘 아침 이수가 근무하고 있는 지민의 회사를 인수했다는 것이다. 어젯밤 계속 함께 있었던 이수로서는 배신감과 함께 어이없는 혼란을 느꼈다. 그 동안 기자들이 숱하게 봐온 모델 김시일은 어디로 가버리고, 지 금 그녀 옆에 있는 것은 명실공히 한국의 패션과 미디어 사업을 장악하며 국제적인 기업으로 부상한 D벅스 사장으로서의 김시 일이었다. 그는 냉정하고 명확하게 기자들의 모든 질문에 대답 했으며 얼굴에서는 시종 부드러운 미소를 짓고 있었고 엄격하 고 깊은 눈은 감히 근접하기 어려운 카리스마로 빛났다. 이수는 그가 여기저기서 날아오는 기자들의 질문의 화살을 피하며 실 수없이 응대하는 것을 듣고 있으려니 지금까지 자기가 김시일 이라는 사람을 전혀 모르고 있었다는 것을 깨달았다. 이수가 본 것은 시일의 허상이었고 그에게는 그녀가 보지 못한 여러 면이 숨겨져 있었던 것이다. 그는 결코 정진하가 될 수 없었다.

하지만 어느 정도의 질문이 그에게서 답을 얻자 이수에게 질 문이 날아들었다.

"이지민 씨와는 끝났습니까, 문이수 씨?"

또 다른 기자가 물었다.

"이지민 씨도 두 분 관계에 대해서 알고 있습니까?"

이수는 자신의 얼굴이 더욱 붉어지는 것을 느꼈다. 그 말이 무엇을 의미하는지 이수는 너무나 잘 알고 있었다. 사 년 전부 터 이미 문이수는 자신이 계속 부인했음에도 끊임없이 이지민 의 여자로 소개되어 왔었다.

"아직 모르고 있습니다. 만나서 이야기할 생각입니다."

"두 분이 만난 것은 언제부터입니까?"

하고 누군가가 물었다.

"이곳, 피렌체에 온 첫날부터였습니다."

그 대답에 회견장안의 기자들은 의외라는 듯이 웃었다.

"결혼식 예정은?"

이수는 그런 질문들은 피해 버렸다. 대신 곁에 있는 그가 아주 똑 부러지게 대답했다.

"최대한 빠른 시간 안에 하겠습니다. 여러분들이 좀 도와주세요."

그 대답을 마지막으로 그는 이수를 끌어안다시피 하고 기자회견장을 나와 버렸다. 로비에 서 있던 비서와 보디가드들이 취재를 더 하겠다고 하는 기자들을 저지했다. 우선 두 사람은 시일의 방으로 피했다.

이수가 사용하던 옆방에서는 이지민이 본사로 전화를 걸어 방금 전 김시일이 발표한 기자회견 내용을 확인하고 있었다.

"당신 굉장히 재미있는 사람이네."

이수가 냉랭한 얼굴로 쓰게 웃으며 말했다. 그는 이수에게 미안한 얼굴이 되어 말했다.

"내가 당신이 다니는 회사도 인수하고 사장이 되었다고 달라지는 건 없어. 그저 알다시피 말할 시간적인 여유가 없던 거야. 갑자기 결정된 일이고."

"아니, 나에 대해서 잘못 알고 있어요. 지금 이 순간부터 난 돌아가는 대로 피렌체에서 당신과 나눈 모든 것들을 잊을 거야."

"어떻게 잊어? 이젠 매일 보게 될 테고 언제나 같이 있게 될 텐데."

"그건 당신 생각이지."

새파랗게 화를 내며 이수는 그를 노려보았다. 그는 예의 이수를 놀리는 듯한 장난스러운 눈으로 재미있다는 듯이 그녀를 바라보았다.

"그래? 아까는 당신도 나를 사랑하는 여자처럼 인터뷰에 응했는데?"

그 말에 이수는 입술을 깨물었다.

"빈틈이 없군요. 대체 이런 엄청난 계획은 언제부터 만들어진 거죠?"

그가 입술을 꼭 깨물고 웃음을 참고 있는 얼굴을 보고 있으려니 이수는 더욱 화가 치밀어 올랐다.

"나쁜……."

이수가 입술을 깨물며 말을 끊어버리자 그의 눈에서 다시 그녀를 놀리는 표정이 떠올랐다.

"물론 문이수는 그런 것을 인정하지 않겠지만 말이야. 내가 보기엔 문이수도 나를 사랑하거든."

"나는 당신을 사랑하는 게 아니었어. 진하가…… 진하 때문에……."

그는 갑자기 아무 말도 하지 못했다. 이상하게 그녀의 눈에 맺혀드는 눈물을 보면서도 뭐라 할 말을 찾지 못했다. 왜냐하면 그는 한 번도 누군가로 인해 저토록 절절하게 가슴 아팠던 기억이 없기 때문이다. 그를 좋아했던 몇몇의 여자들은 있었지만 가슴이 아리도록 남겨진 여자는 없었다. 지나고 나면 그뿐이었다. 그러자 섬광이 스쳐 가듯 어떤 실루엣 하나가 떠올랐다. 곱고 투명한 목소리, 잔잔한 울림이 많은 음성을 지닌 여자.

"너를 사랑하고 있어서…… 네가 나를 사랑하고 있어서 난 언제나 마음이 아파……."

그녀의 목소리가 귓가에서 물결처럼 찰랑거렸다. 하지만 그가 생각을 해내려 하자 목소리는 곧 사라져 버렸다.

"내 방으로 가서 준비를 해야겠어. 곧 떠나야 할 테니까."

이수가 그를 잠시 바라보다 돌아섰다. 그런 그녀가 아쉬워 그가 달려가 가만히 안았다. 이수의 숨결이 움직일 때마다 손끝에 닿은 그녀의 가슴이 가볍게 출렁이었다.

"그렇더라도…… 이수야, 너를 보내려니까, 네 등을 보니…… 갑자기 이상하게 마음이 아파. 기다릴게. 같이 돌아가자."

이수의 어깨가 잠시 흠칫거렸지만 그의 팔을 풀고는 아무런 대답도 하지 못한 채 조용히 방을 나갔다. 아직은 어떻게 해야 할지 아무것도 결정하지 못할 만큼 혼란스러웠다. 산장에서 보여준 그의 모습과 조금 전 기자회견을 하던 그의 모습 사이에서 이수는 갈등하고 있었다.

"기다리지 말아요."

이수는 차분히 대답하고 돌아섰다.

"기다릴게! 같이 가자! 응?"

멀어져 가는 이수에게 시일이 간절한 목소리로 소리치고 있었다.

이수는 자신의 방이 나올 때처럼 잠겼나 하고 문을 밀자 쉽게 열렸다. 이수는 깜짝 놀라 고개를 들었다. 지민은 화가 나서 굳어진 얼굴로 이수를 바라보았다.

"여기서 뭐 하는 거야? 내가 너에게 가기로 하지 않았어? 아무튼 다행이군, 떠나기 전에 만나서."

"미안해, 지민아……. 일이 이렇게 되어버려서……."

"아니, 아무 말도 할 필요 없어. 어서 옷을 갈아입어. 나가야 할 테니까."

"싫어."

"싫은 게 뭐야? 그런 말 듣고 싶지 않아."

이지민은 벌떡 일어섰다. 앉은 채로는 도저히 말을 할 수가 없었다. 그는 방문 앞을 서성였다. 가라앉히려 해도 조금 전 기자회견까지 하고 들어오는 그녀에게 화가 나서 눈에 피가 거꾸로 서는 것 같았다.

"너 먼저 가."

"너 정말!"

"그냥 갈 수는 없어. 직원들과 같이 가야지."

"그럴 테지! 문이수는 나 아닌 모든 사람들과의 약속은 잘 지키지? 누구야? 설마 그 녀석과 같이 가기로 했어? 그건 아니겠지?"

"지민아……."

"이젠 여기서의 일은 모두 잊어. 넌 여행 중에 감정에 휩쓸려 실수를 한 거야. 그 녀석과는 이제 끝날 테니까."

지민의 눈빛이 증오와 분노로 무섭게 불타고 있었다.

"지민아, 이러지 마. 내가 나쁜 거 아는데, 나 이상해."

"네가 나쁜 거 알면 그만 해!"

"아니야, 그런 게 아니야."

"그럼 하나만 묻자. 이수 너, 이곳에 오던 그때부터……."

이수가 놀란 듯 꿀꺽 침을 삼키고 말을 돌렸다.

"시간 낭비야, 어서 나가. 직원들과 떨어져서 혼자 돌아갈 생각은 전혀 없어."

"정말 뻔뻔스럽군!"

"무슨 뜻이지, 지금 한 말?"

"어제저녁에 그런 일이 있었는데도…… 조금 전에 그런 기자 회견을 해놓고도……."

"그런 일들이…… 그래, 그런 일이 어쨌다는 거지?"

“너는 수치라는 것 몰라?”

“내가 왜? 내가 왜 너에게 수치심을 느껴야 되는데?”

이수는 지민을 쳐다보았다.

“너, 무슨 마음먹고 내가 이렇게 눈앞에 있는데 여기서 기자 회견까지 하는 거야?”

“그래야 네가 그만둘 테니까. 그만 하자, 우리……. 지민 아…….”

“이것 봐, 여기서 말다툼이나 하고 있을 시간은 없어. 가자!”

“제발 부탁이야! 이제 우리 그만 해.”

이수는 지민의 시선을 피한 채 말을 계속했다. 그리고는 조금 전까지 그와 함께 돌아가야 할지 말지 갈등하던 마음을 시일과 함께 돌아가는 쪽으로 결정해 버렸다.

“나는 너와 돌아갈 수 없어, 다른 사람과 같이 가기로 약속했 으니까. 미안해.”

“듣기 싫다구, 그런 말! 안 들을 거야. 언제까지나 여기서 꾸 물거릴 작정이지?”

“제발 부탁이야. 이제 와서 이러는 거, 그리고 하필이면 네가 힘든 이때 이러는 거 미안해. 하지만 그만 해둬. 응?”

지민은 이수의 핸드백을 집어 들고 거칠게 이수의 팔을 잡았 다.

“듣기 싫다구, 그런 말! 내 말을 못 알아듣겠니? 나와 같이 가 는 거야!”

지민은 이수를 삼켜 버릴 듯 노려보았다. 이수가 두려워 시선을 돌리자 그것을 본 지민은 다시 이수의 손을 잡았다.

"놓아줘!"

이수는 그의 손을 뿌리치려 했다. 그러나 지민은 그녀의 손목을 잡아 가까이 세웠다.

"이수야, 나 굉장히 화가 나. 제발 부탁이야! 시간을 낭비하지 않게 해줘!"

이수는 고개를 돌린 채 몸을 경직시켰다.

"지민아…… 강제로 나를 데려갈 작정이니?"

"천만에! 같이 가자고 부탁하는 거야."

"믿을 수 없어. 너 왜 그러는 거야?"

"너의 편견으로 모든 남자는 다 너에게 언제까지나 순할 것 같겠지만 틀렸어. 나는 지금 너 때문에 죽을 것처럼 화가 나!"

"만일 내가 싫다고 하면?"

"싫다는 말은 하지 않기를 바란다. 그 녀석을 위한다면 그만 둬. 내가 내 여자를 건드리는 녀석을 가만히 두겠니?"

"이야기 좀 해. 어째서 이렇게까지 하려고 하니?"

"왜 어째서라고 생각해? 지금 내게 어째서 이렇게까지 하냐고, 그렇게 묻는 거야?"

지민은 끓어오르는 분노를 깊이 들이마시고 말을 계속했다. 이수는 자신을 제외한 그 모든 사람에게 냉정한 이지민을 알고 있었다. 충분히 그럴 수 있을 것이다. 이수는 갑자기 그런 지민의 모습이 몸서리치게 두려워졌다.

"물론 너를 사랑했기 때문이지. 지금도 사랑하고 있고. 네가 비록 그런 일을 했다 해도 나는 역시 네가 탐나. 너를 포기할 수 없어. 이것으로 대답이 될까?"

"아직도 내가…… 탐나?"

"모르겠어? 이 이상 나보고 무슨 말을 하라는 거지?"

"난 너랑 돌아가고 싶지 않아. 지민아, 날 그냥 내버려 둬. 부탁이야."

"사실은 나 아까 네가 그 녀석과 기자회견을 했다는 걸 듣고도 믿어지지가 않더라. 네가 갑자기 나를 떠난다는 것도 그렇지만, 처음 보는 김시일이란 녀석을 사랑한다니……. 이수야, 너 뭔가에 홀린 거지?"

"그, 그게…… 지민아, 난 그냥 그 김시일이라는 사람이 좋아. 뭐라고 설명할 수는 없지만, 그냥…… 그냥 그 사람만 생각하면 손톱으로 긁어 상처를 내는 것처럼 가슴이 아파."

자꾸만 하얘지는 머리 속을 가다듬으며 이수가 가까스로 대답했다.

"그러니까, 기어이 그 녀석이랑 가고 싶다는 뜻이지? 하지만 이미 늦었어."

"이미…… 뭐?"

"이수야, 그동안은 내가 맘대로 생각해 버렸던 것 같아. 넌 당연히 날 사랑해 줄 거라고, 진하가 없는 넌 나를 떠날 이유가 없다고 생각했어. 어째서 나는 너무도 당연히 그렇게 믿어버렸던 걸까. 네가 좋아하는 녀석은 진하라고…… 네가 진하 외의 누군가를 사랑할 가능성이라곤 단 한 번도 생각해 본 적이 없으니.”

“……!”

“너 이젠 진하는 찾지 않을 거니? 저 녀석이 진하보다도 더 좋아진 거야? 나는 너를 위해서 이제껏 사람들을 동원해 시간과 돈을 쏟아 부으며 진하를 찾아왔어. 하지만 이제 필요없단 거야? 그래?”

갑자기 이수는 말문이 막혀 버렸다. 이제껏 자신이 왜 지민의 곁에 남아 있었는지를 다시 생각했다. 지민이 이수 자신과 함께 진하를 찾아줄 거라는 한 가닥 희망으로 지민의 곁을 서성이던 자신이었다.

지민은 이수의 눈빛이 흔들리는 것을 놓치지 않고 다시 몰아붙였다.

“그리고 너는 우리 가족이나 너희 아버지는 생각도 안 하니?”

가족…… 아버지…… 이수는 그 낱말을 생전 처음 듣는 사람처럼 생경한 느낌으로 되뇌었다. 아버지를 깜빡 잊고 있었다. 아버지의 실망하는 얼굴이 스쳐 지나갔다.

“가족. 아버지…… 진하……?”

“문이수, 너를 정말 이해할 수가 없다! 갑자기 그렇게 모두 잊어버리고 어떻게 저 녀석만을 바라볼 수가 있어? 어떻게 이래?”

지민은 이수가 어이없다는 듯 되물었다. 이수는 반항하던 팔에 힘이 빠지는지 지민을 밀쳐 내던 손을 내려놓고 소파에 주저앉았다.

"지민아……."

지민의 말이 틀린 것은 아니었다. 이수 자신도 진하가 아닌 그 누군가를 사랑할 수 있으리라고는 지금껏 생각해 본 기억이 없었다.

"문이수, 잘 들어! 절대로 안 돼! 알겠어? 넌 나를 두고는 그 어디도 갈 수 없어. 이제 난 절대로 용서하지 않아. 만약 지금 김시일에게로 간다면 난 무슨 수를 쓰든 간에 저 녀석을 그냥 두지 않을 거야. 산산조각 내줄 거야. 저 녀석도! 저 녀석의 회사도!"

창백해져서 바르르 떨고 있는 이수에게 지민이 다가서며 눈을 부릅뜨고 다시 물었다.

"네가 저 녀석에로 가는 순간 이수 너도, 너희 아버님도 모두 힘들어질 거야. 그리고 그 순간부터 진하도 찾지 않을 거야. 알겠니?"

"뭐라고? 그건 안 돼, 지민아!"

대답하며 이수는 이를 악물었다. 무어라 형언할 수 없는 감정들이 한꺼번에 들이닥쳤다.

"지민아."

"왜? 또 할 말이 남았나?"

지민의 목소리는 딱딱하게 굳어 있었다.

"진하를 찾는 걸 그만두면 안 돼. 그건 네가 더 잘 알잖아. 진하는 살아 있을 거야. 무슨 일인가 생긴 거야. 찾는 걸 멈추면 안 돼. 제발, 지민아! 네 친구잖아."

"내가 왜 계속 진하를 찾아야 하지? 나도 친구로서는 할 만큼 했어. 사랑한다고 죽고 못살던 너도 다른 녀석을 좋다고 하는데! 왜! 내가 진하를 계속 찾겠느냐고!"

애원하며 부탁하는 이수를 향해 지민은 분노에 가득 차서 소리를 질러댔다. 이수는 지민의 붉게 타는 눈빛에 공포를 느꼈다. 이렇게 화내는 지민은 처음 보았다. 지민은 제정신이 아니었다. 갑자기 늙으신 아버지의 얼굴이 이수의 머리 속을 스쳐 지나갔다. 언제나 아버지의 속만 썩이던 자신이었다. 죽은 아내를 평생 가슴에 품고 그저 이수 하나 잘되는 것 바라는 아버지, 자신이 사회에 도움이 될 것이라는 생각에 알아주지 않는 연구실만을 묵묵히 지키는 이수의 아버지였다. 그런 아버지가 걱정하며 힘들어하실 것을 생각하니 이수의 눈에 걷잡을 수 없이 눈물이 흘렀다. 그 눈물 속에서 진하의 웃으며 돌아서던 마지막 얼굴이 떠올라 왔다.

'진하를 찾아야 해. 지금까지 진하를 찾아온 지민이 여기서 찾는 것을 그만두면 누가 진하를 찾아주겠어. 처음부터 다시 조사하고 찾는 일을 시작해야 할 텐데……. 그럼 진하를 찾겠다는 희망을 포기하는 것이나 마찬가지야. 그럴 순 없잖아. 갑자기 나타난 그에게 마음이 끌려간다고 그를 사랑하게 되었다고 아버지와 진하를 외면하고 그럴 순 없는 거잖아. 내가 떠나면 지민이도 제정신으로 살아갈 수 없을 거야. 내가 이제 다시 그 사람과 행복하자고 늘 친구로 곁에 있었던 지민을 그렇게 망가뜨릴 순 없어.'

이수는 잠시 그 자리에서 눈을 감고 움직이지 않았다. 미친 듯 소리치며 날뛰는 지민의 앞에서 이수는 속수무책이었다. 두려움으로 울먹이는 목소리로 이수는 지민을 잡고 애원하다시피 말했다.

"잘못했어. 내가 잘못했어. 지민아. 우리 아버지, 알잖아. 가엾은 분이셔. 그냥 둬. 부탁이야. 그리고 김시일 씨도 그냥 모른 척해줘. 응? 내가 잘못 생각한 거야. 그 사람은 아무 잘못도 없어. 응? 부탁이야."

"문이수! 네가 나를 떠나지 않는 이상 아무도 네 곁에서 사라지지는 않을 거야. 모두 안전할 거야. 너만 약속을 지켜준다면 말이야."

"뭐라고?"

지민이 의미있는 눈빛으로 이수의 눈을 들여다보았다. 그 눈빛은 마치 이수를 삼켜 버릴 것처럼 차갑게 번쩍였다. 이수는 갑자기 두려워 미칠 듯 불안한 생각이 머리를 스쳤으나 곧 그 생각을 지워 버렸다. 역시 지민을 사랑하고 있지는 않다고 해도 결코 그래선 안 되는 일이었다. 지금까지 모두 포기한 진하를 혼자서 사람까지 풀어 찾아봐 주고 있는 지민이다. 그런데 도대체 나는 지민을 진정으로 사랑해 본 적이 있을까? 이수는 스스로를 자책했다.

문이 열리고 비서가 들어왔기 때문에 이수는 더 이상 말을 할 수가 없었다.

"준비는 됐나?"

"네, 가시죠."

막 방을 나서다 복도 끝에서 기다리는 시일과 마주쳤다. 그러나 이수는 지민이 그녀의 어깨를 꼭 안고 있는 바람에 움직일 수가 없었다.

"어딜 가는 거요?"

시일이 걱정스러운 듯이 당황해서 물었다.

"유감이지만, 문이수 씨는 당신과 같이 갈 수 없게 되었어. 나와 같이 돌아가야 하기 때문에."

지민의 말에 그는 뜻밖이라는 듯 이수에게 무슨 말인가를 하려는 듯했지만 이내 고개를 돌려 창밖으로 시선을 주었다. 답답한 숨을 고르고 있는 듯 보였다. 그는 이수가 자신에게 이미 마음이 와 있다고 확신했다. 그래서 함께 돌아갈 것이라고 믿고 있었다. 다시 이수를 바라보았다. 이수의 모습은 울음을 참으려는 것처럼 보였다. 그는 간절히 애원하는 눈빛으로 고개를 떨구는 이수를 건너다보며 물었다.

"사실인가, 문이수?"

갑자기 숨을 쉴 수 없기라도 하듯 이수의 얼굴이 빨개졌다.

그의 얼굴을 보자 반가워 금세라도 울음이 터져 버릴 것 같았다. 지민의 말을 부인하고 싶었으나 어깨를 잡은 손에 위협하듯 힘이 가해져 도저히 그럴 수가 없었다. 자칫 그도 위험해질 수 있다는 생각이 이수를 머뭇거리게 했다. 이수는 힘없이 마음에도 없는 대답을 했다.

"네…… 그래요. 미안해요, 무슨 말로 사과해야 할지…….

"괜찮아? 뭔가…… 난처한 일이라도 생긴 것 아니야?"

"아무것도 아니니 비켜주시죠."

지민이 옆에서 대신 대답했다. 그러나 그는 아직도 의심스러운 모양이었다.

"조금 전에는 그렇지 않았는데, 마음이 변한 거야? 문이수, 정말 이 사람과 같이 갈 건가?"

"저어, 나는…….

"그럼 우리는 이만."

이지민이 싸늘하게 말했다. 그가 다가가려 하자 보디가드들과 비서가 그를 막았다.

"시일 씨, 미안해요. 비켜주세요, 네?"

"그야…… 이수가 정말 그걸 원한다면…… 그럼 다시 연락해."

"……."

이수는 그가 주저하면서 비켜 나가는 것을 기다렸다가 지민의 손에 잡혀 복도 끝으로 사라졌다. 그런 두 사람을 보며 시일은 두 주먹을 불끈 쥐었다. 그리고는 핸드폰을 꺼내 들었다.

　[네, 사장님.]

　“서울에 사람들을 대기시켜 둬. 문이수와 이지민이 어디로 가
는지 알아봐.”

　[네, 준비하겠습니다.]

지민의 자가용 비행기로 여행하는 것은 처음이었다. 일반 비행기와는 비교도 안 될 만큼 쾌적한 것이었으나 마음은 조금도 편하지 않았다. 비행기는 회사가 갖고 있는 보잉기 중 하나로서 내부는 응접실같이 꾸며져 있었다. 세계 어느 곳이라도 연락할 수 있는 통신 설비까지 갖추어져 있었다.

"아버지께서 그렇게 독단적으로 회사를 매각하시면 어떻게 됩니까? 아무리 자금 조달이 바쁘다지만 패션 쪽에서는 계속 흑자를 내고 있었습니다."

지민은 SS패션이 김시일에게 매각된 것이 상당히 충격이었던 모양이다. 하지만 회사의 상태도 아버지의 상태도 그리 괜찮은 편이 아니었다. 아버지 이 회장은 암에 걸렸다는 사실에 회사에 나쁜 영향을 줄까 봐 아무에게도 알리지 못한 채 투병 중이었고 회사의 재정 상태도 적자 폭이 커지고 있었다.

비행기에 준비된 요리에도 이수는 거의 손을 대지 않았다. 지민은 그런 이수가 여러 가지로 화가 나서 노려보고 있었다. 그래도 이수가 창밖만 내다보고 있자 지민은 인내에도 한계가 있다는 듯이 성큼성큼 다가와 이수가 앉아 있는 소파의 팔걸이에 걸터앉았다.

"도대체 왜 그러는 거야? 나랑 같이 돌아가는 게 그렇게도 싫어?"

그는 그렇게 말하고는 이수의 입술을 손가락으로 쓰다듬었다 이내 이수의 얼굴을 자기 쪽으로 돌리게 했다. 노여움에 들끓고 있던 지민의 눈이 슬프게 울고 있었다.

"왜 너는 내게만 이렇게 냉혹하니?"

"혼자 있고 싶어."

"너는 내가 농구 게임 중 볼을 넣는데도 진하만 바라봤고, 락카페에서 나와 함께 맥주를 마실 때도 아르바이트하느라고 서빙하고 있는 진하만을 바라보았어. 왜 나는 단 한 번도 봐줄 수가 없었니?"

"알고 시작한 거잖아. 지민아, 내가 잘못한 건 알아. 하지만 그건 억지야. 내가 언제나 진하만 사랑하고 있다는 걸 처음부터 알고 있었잖아."

"만약 그랬다면 너는 내게 아무런 기대도 주지 말았어야 해. 내가 너를 맹목적으로 사랑하게 놔둔 거잖아."

"내가 그렇게 하라고 했어? 너는 그렇게 생각했었니?"

"나는 정말 진심을 다해 너를 사랑하면 언젠가는 나를 봐주리라 믿었어."

망설임없이 지민이 대답했다.

"어리석은 생각이야. 나는 언제나 진하가 아니면 안 되는 거였어."

"너는 그저 주기만 하는 사랑이, 한 사람에게 퍼주기밖에 할 수 없는 사랑이 얼마나 사람을 죽이는지 아니? 사랑받지 못하는 그 사람은 결국 시들어 죽는 거야."

"그럼 이제 그 힘든 사랑 그만둬. 응?"

"네가 나라면 그럴 수 있어? 그게 쉬웠다면 너는 왜 진하를 끝내지 못하는 거야?"

"그래서…… 나보고 어쩌라는 거니?"

"돌아가는 대로 결혼하자."

"안 돼, 지금은 그냥 가만있고 싶어. 우리 문제 다시 한 번 생각해 보고 싶어."

"네가 그 녀석을 좋아하든 진하를 좋아하든 나와는 상관없어."

"너는 언제나 네 마음대로지? 너는 나를 보면 행복하고 가슴이 설레니? 아니지? 너무 오랫동안 늘 옆에서 봐왔으니. 난 가끔은 네가 정말 나를 사랑하는 것일까 궁금해."

이수는 홱 등을 돌렸다. 또다시 자신도 모르게 한숨이 나왔
다. 지민은 이수의 어깨를 붙들었다. 지민의 눈빛이 욕망으로,
그리고 질투로 무섭게 불타고 있었다.

"난 언제나 이럴 수밖에 없어. 왜냐하면 나는 아직도, 그리고
앞으로도 너를 원하고 있으니까. 이유는 어떻든지 말이야. 너는
진하의 감정만이 사랑이라고 하겠지만 나와의 감정도 역시 사
랑이었어."

"지민아……."

"난 그 녀석 따위는 신경 쓰지 않아. 어차피 네가 그 녀석을
사랑한다고 믿지 않아. 넌 그 녀석에게서 진하와 닮은 어떤 모
습을 찾았겠지."

지민은 결심이라도 한 듯이 반항하는 이수의 드레스를 찢어
버리듯 벗기고 두 손으로 그녀의 가슴을 감쌌다.

"녀석 따위가 감히 내 상대가 될 수는 없어. 아무것도 아니야.
내 목숨도 너에게 걸었는데 그 녀석이 내게 걸림돌이 된다면 그
녀석 목숨은 안전하겠어?"

이수는 그런 낯선 지민의 모습에 충격받아 부들부들 떨며 얼
른 몸을 피하고는 두 손으로 가슴을 가렸다. 소파에 길게 누워
버린 몸을 추슬러 올렸다.

"미쳤어?"

"왜? 내가 네 자존심을 손상시킨 결과가 되었나? 하지만 나

도 남자야. 나도 자존심이 있어. 나는 이제 마냥 기다리지만은 않을 거야."

"믿을 수 없어. 지민아, 이럴 생각이 전혀 없는 거 알아. 나 겁주려는 거지? 다만 단순히 내게 충격을 주려는 것뿐이지?"

"그럴까? 만일에 그렇지 않다면 어떻게 하겠니? 만일 내가 강제라도 너를 가지겠다고 한다면…… 그러면 어떻게 하겠니?"

"나는 더 이상 그런 이야기는 듣고 싶지 않아."

지민은 반항하는 이수의 머리를 두 손으로 감싸서 그녀의 입술을 자기 입술로 되돌렸다.

지민의 입술이 거칠게 이수의 입술에 포개졌다. 지금 지민은 아주 짜릿한 스릴을 느끼고 있었다. 이수의 본능적인 거부 반응은 지민을 더욱더 깊은 욕망의 늪으로 끌어들이는 것 같았다. 이수는 언제나 바라보는 것만으로도 지민에게 끝없는 기쁨을 주었다. 이수를 갖기 위해서라면 지민은 언제나 무엇이라도 할 수 있었다. 그것이 자신의 목숨을 내주는 일이라도 기꺼이…….

이수는 두렵고 무서워 걷잡을 수 없이 눈물이 쏟아져 내렸다. 힘으로 누르는 지민을 감당할 수가 없었다. 그처럼 오랜 시간 알아왔다고 생각했던 지민이 무섭게 느껴졌다. 슬픈 눈물 끝에 한 남자가 떠올랐다. 단정하나 세련된 양복을 입은 그는 갸름한 얼굴에 눈썹이 짙고, 사람을 끌어들이는 듯 깊고 강한 눈빛을 지녔다. 좌절이라고는 겪어본 적이 없을 것만 같은 자신감에 가득 찬 입술이 서서히 움직이면서 자신만만한 미소를 그려냈다.

그가 이수에게 조용히 말했다.

"난 문이수를 너무 사랑하게 될 것 같아."

이수는 이대로는 안 된다는 생각이 들었다. 그를 한 번은 더 만나야 한다. 그녀는 문득 자신의 가슴을 애무하고 있는 지민의 머리를 끌어 올리며 애원했다.

"지민아…… 제발 여기선 싫어. 제발……. 네가 하자는 대로 다 할 거야. 약속해."

이수는 있는 용기를 다해 겨우 이렇게 한마디를 하고는 지민의 가슴에 애원하듯 볼을 대었다. 지민은 천천히 이수의 얼굴을 들게 하고 입술을 겹쳤다. 격렬한 키스가 한없이 계속되고, 지민의 두 손이 이수의 온몸을 애무했다. 지민은 얼어붙은 듯 굳어 있는 이수를 안은 채 소파에 앉았다.

"왜? 그 녀석을 가만두지 않겠다고 해서?"

"아니야."

지민은 이수의 가슴을 부드럽게 쓰다듬으며 그녀의 목에 키스했다.

"나는 너를 놓지 않아. 내가 놓지 않으면 넌 영원히 나를 벗어날 수 없어. 그 녀석이 왜 우리 근처에서 맴도는 건지 알아봐야겠어. 먼저 공격을 해온다면 가만히 당할 수는 없겠지. 그리고 난 누구에게도 너를 빼앗기지 않아."

“지민아…… 너는 나를 정말 사랑하니?”

“너 아닌 그 누구도 사랑한 적 없어. 쳐다본 적도 없어.”

이수는 가만히 고개를 돌렸다. 동그란 비행기 창으로 보이는 하얀 구름 속에서 서늘한 눈동자가 떠올라 왔다. 푸른 저 물빛의 맑은 흐름을 닮은 듯 서늘해 보이던 그의 눈빛, 그 눈빛은 분명 진하의 눈빛을 닮아 있었다. 그 깊이를 헤아릴 수 없을 것 같은 깊은 눈빛이, 피렌체에서의 칠 일. 모르는 사이에 그 눈빛은 이수의 마음 속에 사랑니가 되어 자라나고 있었다. 어느새 이수도 모르는 사이에 자꾸만 자라나서는 사랑니가 입 안의 살을 파고들듯이 이수의 가슴속을 파고들어 아프게 만든다. 아프다. 이수의 마음속에 자라난 시일이라는 사랑니는 아프라고, 좀 더 아파야 한다고, 이수에게 속삭이는 것 같다.

생애 첫 사랑니 진하. 그리고 생애 두 번째로 자라기 시작한 사랑니 김시일.

누군가는 마법의 돌이라고도 칭한 그것. 하지만 이젠 뽑아내야 하나 보다, 하고 이수는 생각했다. 하지만 어느새 그 뿌리가 너무 깊어 칼로 독하게 헤집어내야 할 것 같다. 그 사람과 헤어질 때, 그리고 피렌체를 떠나올 때 어쩔 수 없이 이유를 정확히 말하지 못했다. 떠나는 나를 보는 그의 마음엔 아마 서운함과 아픔, 그리고 배신감마저도 남겨졌을 것이다. 어느 쪽이 더 깊었을까. 모든 것을 설명하기 어려웠으므로 나도 입술을 깨물고 돌아섰다는 걸 그는 알까. 아마도 잘 모를 것이다. 피렌체에서

의 칠 일. 애써 그를 향한 내 느낌을 모른 척했던 내가 서글프
다. 피렌체에서 보았던 그는 마치 나의 진하처럼 내가 터벅터벅
그에게로 걸어가면 말없이 무릎을 내어주고 내 머리를 누이고
쉬게 해줄 것 같았는데…… 지친 나, 거기 가만히 기대어 누울
수 있게. 내가 그대로 잠이 들면 그 사이에 그는 내 머리칼을 쓰
다듬어 줄 것 같았는데. 내가 다시 그에게로 갈 수 있을까? 그를
다시 볼 수 있을까?

이수는 지쳐 쓰러져 버렸고 눈을 똑바로 뜨려고 안간힘을 썼
으나 그러나 어느 틈에 잠이 들고 말았다.

이수는 오후 늦게 스튜어디스가 차 쟁반을 들고 들어오는 소
리에 눈을 떴다. 의자를 일으키자 앞쪽 칸막이 벽을 배경으로
지민이 서 있었다.

그는 둥근 창으로 보이는 하얀 구름 층을 내려다보며 무슨 생
각을 하고 있는 것일까.

'내가 잠들어 있는 모습을 얼마나 오랫동안 지켜보고 있었을
까?'

문득 그런 지민이 가엾게 느껴졌다. 지난 시간 언제나 저렇게
서서 그녀를 지켜보고 있었던 지민이다.

"일어났어? 이제 삼십 분 후면 착륙해."

지민이 조용히 말했다.

"저, 나 집으로 가도 되지?"

"아니, 우리 집으로 가. 결혼하면 쓰려고 모두 준비해 뒀어."

"그러면 아버지는?"

"음, 초대하자."

"그러면 오늘 저녁에 아버지를 만날 수 있을까? 걱정하실 거
야."

"아버지는 집에 안 계셔. 이번에 하시는 은을 나노 상태로 만
들에서 섬유에 코팅해서 항균성이 뛰어난 의류를 개발하는 연
구를 하실 거야. 내가 연구비를 지원해 드렸어. 제자들과 연구
팀들과 우리 연구소에 계셔."

"하지만 내게는 그런 말씀 없으셨는데?"

"내가 전해 드리겠다고 말씀드렸지."

"하지만 나는 당연히……."

"아버님은 이미 나를 사위로 생각하시는 거야. 내게 너를 맡
기신 거야."

"하지만 아버지까지……."

"내가 아버님을 볼모로 잡고 있다고 말하는 거야? 너 설
마……."

"아버지가 그런 식으로 회사와 관계를 맺는 게 싫다고 했잖
아. 내가 안 그랬어?"

"내가 도울 수 있을 때 돕는 게 좋은 거라고 생각해."

"그럼 왜? 그걸 하필 내가 없을 때 했어?"

"그런 이야기는 전혀 들으려고 하지도 않았잖아."

"이미 지난 일이니까. 아버지가 받은 연구비로 그 연구만 성공하시면 앞으로는 우리 아버지는 그냥 계시게 해줘. 그리고 그런 연구라면 SS패션이 넘어갔는데 너에게 무슨 소용 있어? 그 사람도 그냥 내버려 두면 안 될까?"

"그래도 하던 연구는 마치셔야지. 패션이 이렇게 될 줄은 몰랐어. 기울어지고 있는 회사였어. 어차피 SS패션은 지영이 회사지. 그래, 우리 회사를 재건할 계약에 서명한 거니까 봐주기로 하지. 다만 너만 약속을 지킨다면 말이야."

지민은 창밖을 내다보며 말을 계속했다.

"지금은 나도 SS패션의 주주니까 투자한 돈이 제대로 회수되기를 바라고 있어. 내 자동차 회사에 투자하는 게 나을 테니까."

비행기가 공항의 진입로에 들어섰다. 구름 속을 내려가자 도시가 보이고 공항 활주로가 나타났다. 그는 안전벨트를 풀었다.

"도착했어."

"나는 집으로 돌아가고 싶어."

이수는 눈물에 젖은 눈으로 지민을 쳐다보았다. 활주로를 달리던 비행기가 멈추고 문이 열린 순간 더운 열기가 한꺼번에 비행기 안으로 몰려들어 왔다. 뜨겁고 건조한 바람이었다. 이수는 저도 모르게 호흡을 멈추었다.

이수가 지민의 부축을 받으며 트랩을 내려가자 검은빛 리무진이 대기하고 있었다. 이수를 먼저 태우고 지민도 차에 올랐다. 냉방장치가 된 차내의 공기에 이수는 안도의 숨을 내쉬었

다. 문이 닫혔다. 운전석과는 유리로 칸막이가 되어 있어 뒷좌
석은 두 사람만의 공간이었다.

"죽을 것 같은 표정 하지 마."

"……."

"이젠 우리 집으로 가는 거야."

삽시간에 공항의 불빛이 멀어지고, 오른쪽으로 도시의 불빛
이 보이기 시작했다. 이수는 두려운 기분을 느끼며 지민을 돌아
보았으나 그 표정을 읽을 수는 없었다.

차의 스피드가 떨어지고 눈앞에 아치 모양의 대문이 나타났
다. 쇠로 된 문에 점점이 박힌 전구의 불빛이 빛나고 있었다. 바
위로 이루어진 담은 집으로 올라가는 동안 끝도 없이 계속되고
있는 것 같았다. 문을 지나자 꽃나무들로 아름답게 꾸며진 정원
에 멈췄다. 저택의 창문에는 모두 셔터가 내려져 있었다. 돌로
꾸민 분수 옆의 대나무가 바람에 흔들리고 있었다. 주위에는 바
람에 흔들리는 낭랑한 풍경 소리 이외에는 아무 소리도 들리지
않았다. 요란하게 장식된 현관의 홀에는 장미 향기가 가득 차
있었다. 집 안에서 일을 도와주시는 아주머니와 젊은 남자 하나
가 뛰어나와 인사를 했다.

이수는 이층에 있는 신혼방의 큼직한 소파에 털썩 주저앉았
다. 높은 천장에 바닥에는 타일이 깔려 있고 대리석 기둥이 있
는 방이었다. 크고 모던한 하얀 침대 외에는 가구다운 것이 별
로 없다는 점이 다른 침실과는 다른 느낌을 주었다.

"어때, 우리 신혼방이 마음에 드나? 피곤할 텐데 샤워하고
쉬지?"

천천히 옷을 벗는 지민의 말에 고개를 끄덕이며 욕실로 들어
선 이수는 눈이 휘둥그레졌다. 탈의실에서 보이는 욕조는 작은
풀만큼이나 컸다. 지민이 수도꼭지를 틀어 순식간에 물을 욕조
에 채우고는 가느다란 커트 글라스의 뚜껑을 열었다. 황홀한 장
미 향기가 욕실에 가득 찼다. 물은 체온보다 약간 찬 정도여서
몸을 담그기에 알맞았다.

이수가 욕조에 들어가 앉으니 물이 어깨까지 찼다. 허브로 만
든 비누를 쓰고 있자니 마치 거품이 이는 물에서 놀고 있는 듯
한 기분이 들었다.

"어때, 기분은 좀 나아졌어?"

이수는 가운으로 갈아입은 지민이 가져다 준 와인을 마시며
몸을 물속에 담그고 가만히 앉아 있었다. 샤워를 마치고 나니
활력이 되살아나는 듯싶었다. 아주머니는 이수가 하얀색 가운
으로 갈아입는 것을 기다렸다가 허브가 든 차를 가지고 왔다.

저녁이 준비되었다고 내려오라 해서 간단하게 하얀 원피스로
갈아입고 식당으로 내려간 것은 늦은 밤이었다. 넓은 대리석 홀
이 있는 거실과 식당에 군데군데 촛불이 은은하게 빛나고 있었
다. 모차르트의 선율이 흐르고 있었다. 이수가 식당으로 들어가
자 온통 분홍 장미로 장식된 식탁을 앞에 두고 지민이 천천히
의자에서 일어섰다. 이수를 감동시키기 위해 이벤트를 마련한

것을 한눈에 알 수 있었다. 다크 블루 니트 차림의 지민은 그의 하얀 피부와 어울려 그 어느 때보다도 더 멋져 보였다. 이수는 왠지 그런 지민이 가여워져 연하게 웃어 보였다.

"이제야 이수도 나를 위해서 조금은 웃는군."

지민이 다가와 이수에게만 들릴 정도로 가만히 속삭였다.

"이제 되었으니 아래채로 내려가 쉬세요."

"네, 맛있게 드시고 행복한 밤 되세요."

아주머니가 인사한 후 아래채로 내려가자 그 넓은 집에는 단 두 사람만이 남아 있게 되었다. 그는 자리에 앉으려는 이수를 붙잡고 입술 끝에 살짝 키스했다.

"사랑해."

"지민 씨가 어떻게 생각하든 나는 상관없어. 이미 내 마음 같은 건 묻지 않기로 한 거잖아. 그러니까 내 마음만은 강요하지 마."

"돌아가고 싶니?"

지민의 어투에는 또다시 질투의 분노가 서려 있었다. 지민은 입술을 조용히 잘근거렸다.

"그렇다 해도 보내주지 않을 거잖아."

"응, 난 이제 너를 가질 테고, 절대로 너를 놓지 않을 거야."

지민이 미소를 지어 보이고 어깨를 으쓱이며 담담하게 말했다. 이수가 갑자기 악의있는 말로 대답했다.

"절대로 내 마음은 가지지 못할 거야. 넌 그동안 내게 쌓아둔 그 모든 사랑도 잃었어.”

“물론 그럴 각오는 했어. 그렇지만 넌 언제까지나 내 곁에 있을 거야.”

잠시 말을 멈추고 이수를 부드러운 눈으로 바라보면서 지민이 대답했다. 그러나 이수는 지민이 겉보기와는 달리 이수에게만은 냉정하지 못하다는 것을 새삼 깨닫고 안도감을 느꼈다. 다만 겁을 줘서라도 이수를 붙잡고 싶을 것이라고 생각했다.

“내 옆으로 와 앉아.”

지민이 옆자리에 앉으라고 하면서 그 자리의 분위기를 바꾸었다. 만찬을 위해 차려둔 음식은 유럽식이었다. 잘 식힌 오브되브르에 스파이스 콩소메가 나왔다. 메인은 야채와 라이스를 곁들인 소고기이고, 디저트는 달콤한 과자와 케이크였다. 피곤해서인지 와인 한 모금을 마시자 취기가 도는 듯했다.

“지민아.”

이수가 슬픈 눈으로 쳐다보았다.

“부탁인데 이수야, 그런 슬픈 눈으로 나를 보지 마. 소용없어.”

지민은 이수의 손을 붙잡으며 말을 중단시키고는 자기 이야기를 계속했다.

“하지만…… 이건 아니야.”

“더 이상 아무 말도 하지 마. 자아, 이제 다 된 거야. 자고 나면 모든 것이 달라져 있을 거야.”

"나 먼저 올라갈게."

신경이 곤두선 이수는 휙 일어나 이층 자신의 방으로 뛰어올라 와버렸다. 계단을 올라가는 이수의 등 뒤에 대고 지민은 절규하듯 소리쳤다.

"너는 왜! 네게 중독되어서 허우적거리는 내가 보이지도 않아? 제발 불쌍하게라도 봐주면 안 되는 거야? 응! 안 되는 거냐고!"

지민이 던진 와인글라스가 쨍그랑 소리를 내며 깨졌다. 이수는 깨어진 잔보다 지민의 절규가 아파서 걸음을 멈췄다. 하지만 돌아보지 않고 그대로 방으로 들어가 버렸다.

얼굴을 씻으면서 문득 거울을 보니 입을 꼭 다문 것이 자기가 보기에도 크게 화가 난 모습이었다. 이수는 답답한 마음에 찬바람이라도 쐴 생각으로 창문을 열고 실크 시트 속에 들어가 불을 끄고 누웠다. 방 안에 감도는 장미 꽃향기는 정원의 바람을 타고 흘러 들어오고 있었다.

"괜찮아, 그 사람은 내일 보면 될 테니까. 자고 나면 지민의 생각도 조금은 달라질 거야. 흥분이 가라앉으면 차분해질 테지."

이수는 쓸쓸하게 혼자 중얼거리며 눈을 감았다. 김시일에 대해서 생각지 않으려 했으나 자꾸 그의 모습만 머리에 떠올랐다. 하지만 생각보다 피곤했는지 자연히 눈꺼풀이 무거워졌다.

어느 틈에 잠이 들었던 모양이다. 이수는 누군가가 침대 위로 올라오는 기척을 느끼고 깜짝 놀라 눈을 떴다. 비명을 지르려는 이수의 입술을 억센 손이 막았다.

"쉿! 내가 잡히기를 바라진 않겠죠?"

귓전에서 시일의 목소리가 났다. 이수의 눈이 동그랗게 커졌다.

"비명을 지르면 안 돼. 그러면 나는 경비에게 내쫓기게 돼. 그렇게 되면 서로가 난처해지지 않겠어?"

이수는 그의 손을 뿌리치고 일어나 얼른 침대 옆의 불을 켜고 그를 바라보았다.

"경비라고요? 여기 경비도 있어요?"

"응, 여기까지 들어오느라고 죽을 뻔했어. 여기서 어떻게 다시 빠져나갈지 걱정이야."

"당신 제정신이 아니군요. 그러다 죽어요."

"그럴지도 모르지."

"도대체 자기가 무슨 짓을 하고 있는지 알아요?"

이수는 실크 시트로 몸을 가렸다. 나이트가운조차 입지 않은 자신을 발견했던 것이다. 이수는 그런 것들은 잊어버리고 갑자기 자신의 침대에 이 사람이 어떻게 누워 있는지가 궁금했다.

"이수야말로 지금 무슨 짓을 하고 있는지 아는 거야?"

"어서 돌아가요."

"그렇게 쉽게 나한테서 도망칠 수 있으리라고 생각했어? 나는 서울에 도착해서 줄곧 당신을 찾아내느라고 죽는 줄 알았어.

가자.”

“위험해요. 당신 미쳤어요?”

그의 두 손이 어느 틈에 이수의 어깨를 붙들었다. 그리고 거리를 유지하려 하는 이수의 저항을 뿌리치고 그녀를 끌어안았다.

“이수는 어째서 모르지? 그런 위험 따위는 이제 나에겐 아무것도 아니야.”

“나를 혼자 있게 내버려 둬요. 내가 여기서 나가면 아버지와 당신이 위험해요. 부탁해요. 가요, 제발⋯⋯.”

“분명히 그럴 거라고 생각했어. 같이 가자. 내가 해결할게.”

그는 이수의 두 팔을 머리 위에 밀어붙이고 빨갛게 된 그녀의 얼굴을 들여다보았다.

“같이 갈 거라는 자신이 없었다면 여기 숨어 들어오지도 않았어. 시간 낭비하지 말자고. 날이 밝기 전에 여기서 나가야 해.”

떨리는 이수의 입술에 그의 입술이 겹쳐졌다. 그는 뜨거운 애무로 이수에게 쓰러진 용기를 부추겨 나갔다. 그의 등을 때리던 이수의 주먹이 어느새 그의 등을 꼭 쥐고 있었다.

“당신이 좋아요, 좋아⋯⋯. 하지만 두려워. 나를 위해서 와준 것만으로 됐어.”

“이수야, 같이 가지 않겠다면 나도 여기서 나가지 않을 거야.”

그냥 돌아갔으면 하는 이수의 희망은 무시되었다. 그리고 이

수로서도 이미 그를 거절할 수 없게 되고 말았다. 이수 스스로
그의 허리를 끌어안았다.

"정말 어떻게 되는 줄 알았어. 당신이 보고 싶어서……."

이수가 그의 가슴에 얼굴을 묻었다. 그가 이수를 안고 창에
걸쳐 놓은 사다리를 타고 내려가기 시작했다. 이수는 그의 품속
에 있었다. 아침에 벌어질 일 같은 건 생각하고 싶지도 않았다.
앞으로 닥쳐올 일도 생각하지 않았다. 이수는 현재만을 생각했
다. 그가 자신을 위해서 어떤 위험도 감수해 주었다는데 말할
수 없이 가슴이 뻐근해지는 것을 느끼면서…….

막상 약혼의 말이 오가자 이수는 아직 지민을 남편으로 생각해 본 적이 없기에 지민의 마음을 짐작하지 못하는 바는 아니었으나 일단 자신의 집으로 도망치고 싶었다.

'내가 방에 없는 것을 알게 되면 지민은 무척이나 놀라고 흥분할 게 틀림없어.'

하지만 도망쳐 창문을 타고 내려오는 이수의 만족감은 그다지 오래 계속되지 않았다. 지민으로부터 도망친다 해도 어디로 피할 수 있겠는가.

막 발이 땅에 닿았을 때였다.

"거기서 뭘 하고 있는 거야?"

갑자기 이수는 입속에 고인 침을 삼켰다. 가슴이 울렁거리고 구역질이 났다. 하필이면 이때 들키다니……. 이수는 비틀거리며 일어섰지만 다리의 힘이 빠져 서 있기가 불안했다.

"거기 서!"

갑자기 부드럽지만 힘있는 지민의 목소리가 들려왔다. 이수는 얼굴을 들었다. 보디가드로 보이는 젊은 남자들이 이수와 시일 쪽으로 무기들을 들이대고 있었다.

"우리 셋이서 만나는 장소로는 안성맞춤인데?"

지민은 굳은 얼굴을 하고 있었다. 남자들이 그에게로 다가섰다.

"아, 안 돼요!"

이수는 얼른 그의 앞을 몸으로 막았다. 하얀 얼굴이 창백해져 파랗게 보였다.

"지민아, 부탁이야. 이 사람은 보내줘."

"이수, 그런 말 하지 마. 같이 나가. 이수는 여기서 나랑 같이 가야 돼."

그는 당황해서 이수를 막아섰다.

"애절한 작별은 다음에 하도록 하지, 김시일 씨."

지민은 분노를 누르며 말했다. 하지만 어딘지 모르게 비꼬는 듯한 차가운 목소리였다.

"기다려, 이지민. 이수에겐 여기가 몹시 불편한 것 같아 내가 집으로 모셔다 드리려고 온 거야."

“김시일 씨, 너무 경솔하군. 당신이 왜 우리 주변을 맴도는지 모르지만 몸조심은 했어야지.”

이지민의 짜증스런 음성이 들렸다.

“나는 이수와 같이 갈 겁니다.”

지민은 폭발할 것 같은 눈으로 시일을 노려보았다. 시일도 그 눈을 피하지 않았다.

“정말 당신, 이렇게 해야겠어? 내 집에 침입한 걸 그냥 좋게 봐주겠다고 하잖아. 뭐 하는 거야. 이 사람 데려가!”

“지민아… 지민아…….”

지민이 이렇게 말하고 돌아서는 순간 이수는 비틀거리며 쓰러지려 하였다. 지민이 당황하며 그녀의 팔을 잡고 안았다.

“괜찮아?”

지민은 얼굴을 찡그렸다. 이수가 시일을 염려하는 것이 몹시 마땅찮은 듯한 태도였다.

“제발 부탁이야…….”

애원하듯 매달리는 이수의 커다란 슬픈 눈에 지민은 생각 끝에 고개를 끄덕였다.

“나 이제 딴생각 안 할게, 지민아. 부탁이야.”

이수는 간청하듯 지민을 바라보았다. 그녀의 큰 눈은 젖어 있고, 입술은 떨리고 있었다.

“문이수, 그러지 마! 같이 가자. 응?”

“이것 봐, 김시일. 이수는 나와 같이 있고 싶어하는 거라고.”

　그래도 시일은 이수에게서 떠나려 하지 않았다. 하지만 보디가드들의 손에 끌려가고 있었다. 돌아보는 그의 눈빛이 지민에 대한 분노로 가득 차 있었다.

　"가시는 곳까지 정중하게 모셔."

　지민은 그렇게 명령하고 이수에게 손수건을 건네주고 다정하게 말을 걸면서 데려가려 했다. 하지만 이수는 시일에게 달려가 작은 목소리로 말했다.

　"이젠 괜찮아, 고마워. 그만 해. 이제 난 됐어. 피렌체에서의 칠 일…… 잊지 못할 거야. 몸 조심해."

　이수의 얼굴은 아직 창백했지만 마음은 많이 가라앉은 것 같았다.

　그럼 전화할 거지? 그는 이수에게 애틋한 시선을 던졌다. 이수의 눈도 마찬가지로 그의 눈을 들여다보았다.

　"이수야, 들어가자."

　이수는 솟구치려는 눈물을 억누르고 그런 기분을 재빨리 떨쳐 냈다. 지민은 미소 지었지만, 시일은 슬픈 표정을 바꾸지 않았다. 그는 천천히 걸어나갔다. 그런 그의 등을 외면하며 이수도 발길을 돌렸다.

　지민은 소파에 앉아 울고 있는 이수를 담담한 눈으로 바라보았다. 손에 들고 있던 맥주병을 내려놓았다.

　"이제 우리 이야기를 좀 할까?"

　이수는 눈물이 맺힌 큰 눈으로 멍하게 지민을 응시했다.

“결혼하자.”

“……?”

무어라 대꾸도 하지 못하고 쳐다보는 이수에게 지민이 다시 한 번 힘주어 말했다.

“결혼해야겠어, 너랑 당장.”

“지민아.”

“그래, 말해.”

“나…… 당분간 어디 좀 가 있으려고 해. 그러니까 날 좀 내버려 두면 안 될까. 그냥 조금만 시간을 줘.”

“너는!”

지민이 큰 소리로 외쳤다. 이수는 움찔해서 입을 다물었다.

“더 이상은 안 돼. 알겠니?”

“너를 위해서도 이건 옳지 않은 일이야. 나는 너를 사랑한 적이 없었으니까.”

이수가 차분하게 대답하자 비웃듯이 입술을 비틀며 자조적으로 지민이 말을 내뱉었다.

“그래? 그렇군. 그런데 그건 나도 알고 있었어. 특별한 일은 아니잖아? 문이수는 나를 한 번도 사랑했던 적이 없으니까.”

지민의 얼굴에 서서히 분노가 피어올랐다. 몸속의 피가 모두 거꾸로 서는 것 같았다. 지민은 이를 갈았다. 조금 전 이수와 시일이 주고받던 눈빛을 떠올리자 피렌체에서의 칠 일이 떠올라 감정은 더욱 험악해졌다. 미칠 만큼 이수가 갖고 싶었다. 왜 저

두 사람을 필사적으로 떼어놓아야 하는지 확실히 알 것 같았다.

"넌 단 하루도 나를 떠나서는 안 돼. 네가 안 보이면 난 견딜 수가 없어. 나도 내가 무슨 짓을 할지 알 수 없어."

그 말을 할 때 지민의 입가에 잔인한 미소가 감도는 것도 같았다. 이수는 더 이상 지민을 자극할 필요가 없다고 판단했다. 그렇게 산뜻하고 단정했던 남자가 집착 때문에 비정상적으로 일그러져 가는 모습을 바라보기가 힘겨웠다. 게다가 지민에게 스치는 미소마저도 불길하게 느껴졌다. 울음이 차 올라 목이 타 들어가는 것만 같았다. 이수는 독하게 울음을 삼켰다.

"미안해, 나도…… 시간이 필요해. 마음을 정리할 시간 말이야."

"고작 피렌체에서의 그 며칠이…… 너를 이렇게 만들어놓은 거야? 대체 저 녀석 어디가 그렇게 좋은 거야?"

"나…… 저 사람을 사랑하는 것 같아."

"뭐라고? 다시 말해 봐!"

"저 사람 때문에 마음이 아파."

"이수야…… 이수야!"

다가오는 지민의 목소리가 분노로 떨려 나왔다. 지민의 눈빛은 분노로 이글이글 타올라 금방이라도 무슨 일을 저지를 것만 같았다. 이수는 입술을 깨문 채 고개를 저었다. 지민의 그런 무서운 얼굴을 보는 것만으로도 금세 눈물이 핑그르르 돌았다. 이수의 눈앞으로 조금 전 돌아보던 시일의 얼굴이 흐릿하게 떠올라 왔다.

"너, 정말 그 녀석을…… 죽일 셈이니? 내가 못할 것 같아?"

지민의 그 한마디가 굳게 결심했던 이수의 마음을 산산이 부서뜨렸다. 눈물을 떨구어낸 이수에게 노여움으로 붉게 젖은 지민의 눈빛이 칼날이 되어 다가왔다. 그 칼날들이 이수의 가슴을 함부로 그어댔다. 너무 아파서 다시 눈물이 차 올랐다. 그 순간 이수는 지민의 그 말이 결코 그냥 해보는 말이 아니라는 것을 느낄 수 있었다. 지민은 떨리는 손으로 이수의 턱을 치켜들어 자신의 타는 눈빛을 분명히 볼 수 있도록 하고는 또박또박 잘라 말했다.

"만약 결혼해 주기만 한다면, 나는 얌전하게 굴고 이수에게 간섭하지 않겠어."

"그렇게까지 해서 나랑 결혼하고 싶어?"

지민이 갑자기 밝은 얼굴로 말했다.

"내가 간섭하지 않고 얌전히 있겠다고 말하잖아. 그 이상 무얼 해주길 바라니? 네가 싫다고 해도 넌 결국 하게 될 거야."

이수는 웃었다. 결혼한다는 것에 대한 환상 같은 것은 이미 없었다. 진하가 아닌 이상 누구라도 마찬가지라고 생각했었다. 어차피 결혼은 해야 할 테고, 그동안 지민은 너무 많이 기다려 왔다. 계속 미뤄왔던 결혼이다. 시일의 일이 아니어도 계속 결혼을 서두르던 지민이다. 그러니 지민이 이번만큼은 결코 물러서지 않으리라.

"결혼⋯⋯."

이렇게 중얼거리던 이수는 입을 다물었다. 지민이 꼭 쥐고 있는 자신의 손을 가만히 내려다보았다.

"나랑 결혼하는 게 두렵니?"

이수는 고개를 저었다.

"두려운 게 아니고, 난 결혼 같은 건 하고 싶지 않아. 생각해 보지도 않았어."

"그럼 지금 생각해. 그리고 결정해. 그게 모두가 안전해지는 길이야."

"그 사람을 그냥 내버려 둬. 부탁이야. 응?"

이수는 견디기 힘든 침묵 속에서 지민의 말을 초조하게 기다렸다.

"고려해 보도록 하겠어. 아니, 결혼만 하겠다면 약속하지. 그런데 왜 그렇게 그 녀석을 걱정하는 거야? 그 녀석은 저의가 있어서 우리에게 접근한 거야."

지민이 생각에 생각을 거듭한 후에 이렇게 말했다. 이수는 겨우 한숨을 돌리며 말했다.

"나도 잘 모르겠어. 하지만⋯⋯ 그냥 그 사람에게서 진하의 향기가 나."

"그만둬. 진하는 산에서 죽은 거야. 시체를 찾지 못할 뿐이지. 이수는 당장 결혼할 생각이 없었겠지만, 난 결혼할 거야. 우리 이제 결혼하자. 응?"

"나는 아직 결혼할 마음의 준비가 되어 있지 않아."

"마음의 준비 같은 것은 이제 더 이상 필요 없어. 모든 준비는 내가 해. 넌 그냥 있으면 돼. 그냥 이대로 이 집 안에 있으면 되는 거야."

지민은 조바심이 났지만 이대로 물러서면 안 될 것 같았다. 이수가 영영 도망쳐 버릴 것 같았다.

컵 속의 맥주가 점점 줄어들었다. 이윽고 이수는 낮게 한숨을 쉬었다. 이제 와서 이 모든 것을 되돌이킬 수는 없을 것이다. 괜스레 시일만이 다칠 것이다. 그 순간에 지민의 얼굴에도 밝은 웃음이 돌았다.

"결심했어?"

지민이 이수를 보았을 때, 이수는 한숨을 쉬며 눈은 내리깐 채 고개만 끄덕이고 있었다.

"그럼 내 청혼을……?"

지민의 눈이 감격해서 부르르 떨었다.

"정말 고마워!"

"난…… 정말 좋은 아내가 될 자신이 없는데."

이수는 당장 눈물이 쏟아질 것만 같았다.

"당장 아버님을 찾아뵙자!"

이수는 좀처럼 대답을 못했다. 꿈인 것만 같다. 두려움이 파도처럼 밀려왔다. 하지만 잠시 후 제정신이 들자 얼른 대답했다.

"지금 당장?"

"시간 끌 필요가 있나?"

지민이 활짝 웃으며 어깨를 움츠렸다.

이틀 뒤 이수는 아직은 지영과 김시일이 함께 인수인계 절차를 밟고 있는 회사로 출근했다.

디자인실에 들러 작업 중인 영주에게로 다가갔다. 영주는 이수와 같은 대학을 나온 제일 친한 친구였다. 영주는 낡은 에이프런을 두르고, 물감 묻은 손으로 팔레트에 물감을 짜서는 세필로 꼼꼼하게 그림을 채워 나가고 있었다.

"안녕하세요? 안녕, 영주야?"

"야! 문이수!"

이수도 캐드 앞으로 다가가 이태리에서 가져온 샘플들을 꺼내놓고는 스케치해 온 자료들을 보면서 컴퓨터의 모니터를 들여다보며 다양한 문양과 칼라를 만들어낸다. 그런 이수를 이해할 수 없다는 듯이 한참을 바라보다가 도저히 못 참겠던지 영주는 붓을 내려놓고 곁에 있는 수건으로 손을 닦으며 다가와 이수의 어깨를 툭 쳤다.

"괜찮아?"

"괜찮지 않으면?"

"넌 괜찮니? 하여간 특이해. 눈이 있으면 이 신문 좀 봐라, 괜찮은가. 왜 하필이면 또 이 회사 사장이 될 김시일이니? 그 사람

지영이 애인이라며?”

“야, 넌 회사에서 지영이가 뭐니? 누가 듣겠어.”

이수가 다른 자리에서 일하고 있는 디자이너들의 눈치를 보자 영주도 찔끔한다.

“그래, 이사님이 새로운 사장한테 필이 꽂혔다는 소문이 자자했는데, 너랑 결혼하고 싶다고 발표까지 했으니 오죽하니?”

“다 끝난 일이야.”

“뭐? 끝난 일? 무슨 소리야, 이게?”

“나중에 이야기하자. 일해야지. 참, 너 시장에 네 거 짝퉁이 쫘악 풀렸어.”

이수가 가져온 블라우스를 꺼내놓자 영주는 보지도 않고 팽개쳐 버리고는 흥분한다.

“이러니! 젠장! 그림 덮어버려야지. 죽어라 그리면 뭐 하느냐고! 뼛골 빠지게 그려봤자 만날 이 모양인걸!”

영주는 제자리로 돌아가 다시 그림을 그려보려고 하지만 울화가 치미는 모양인지 물통에 붓을 넣고는 신경질적으로 흔들어댄다.

“이것들이! 젠장! 베끼려면 제대로나 베끼지! 이게 뭐야! 조잡하기는!”

이수가 다시 모니터에 몰입하려고 하는데 전화기가 울렸다. 전화를 받아 드니 지영이었다. 사장실로 와달라는 말을 남기고 전화를 끊었다. 조금은 긴장한 채 이수는 사장실로 갔다.

“축하해요, 언니.”

지영이 이수의 손을 잡으며 말했다. 이수는 미소로 답했다. 지영의 곁에 서 있는 시일은 냉랭한 얼굴로 얼어붙은 듯 서 있었다.

“……네.”

“근데 신혼여행은 어디로 가는 거예요? 무슨 큰 비밀이라고 오빠는 안 가르쳐 주는 거 있죠.”

이수는 곁의 지민을 돌아보았다. 이수도 아직 구체적으로 알지 못하고 있는 일이긴 했다. 신혼여행이야 굳이 가지 않아도 되지만 지민은 특별한 계획이 있다고 했었다.

“비밀이야.”

지민의 말을 지영이 키득키득 웃으며 받았다.

“오빠는 좋아 죽겠다는 얼굴이네? 사실 시일 씨와의 기사를 보고 얼마나 놀랐는지 알아요? 시일 씨도 그렇고 생각을 바꾼 건 잘한 일이었어요. 나 언니 안 봐주려고 했는데…… 오빠 때문에 겨우 마음 바꾼 거예요.”

어색한 자리라 볼이 빨갛게 달아오른 이수의 어깨를 지민이 끌어당겨 안았다. 그리고 활짝 웃으며 말했다.

“난 언제나 우리 이수에게 꼼짝 못하지.”

지영은 까르르 넘어가고 이수는 그의 타는 듯한 눈길을 피하며 고개를 숙였다.

“참, 오빠, 잠깐 나 좀 봐. 서류 확인할 게 있어.”

지영이 지민을 데리고 방으로 들어가자 이수와 둘만 남겨졌
다.

"이젠 말해 줘. 궁금해. 넌 그냥 장난이었어? 피렌체에서의
칠 일간의 추억으로 끝내는 거야? 애들처럼 여행하다가 장난한
거였어?"

"미안해요."

그는 새치름해서 쳐다보는 이수 손을 잡아 창 쪽으로 이끌었
다.

"봐."

유리창 너머로 파란 하늘이 펼쳐져 있었다. 하늘엔 흰 구름이
흘러가고 있었고 도시는 뿌연 안개 속에서 조용히 서 있었다.

"……미안해요."

"미안하긴 뭐가 미안해? 뭐가 미안하냐고!"

그가 소리를 높이자 이수는 짐짓 명랑한 목소리로 대꾸했다.

"당신은 내게 소중해."

"소중하다니, 이렇게 엄청난 남자와 결혼해서 근사한 곳에서
첫날밤을 보내겠다는데… 나는…… 내가 어떻게 소중한 사람이
되지?"

"이렇게 되어야 모두가 좋아. 이제 우리 제자리로 돌아가 모
르던 사람처럼 지내요."

그의 다음 말을 기다리며 이수는 다시 시선을 피했다.

"내 눈 보면서 말해 봐, 문이수. 정말이야? 그럼 행복할 것

같아?"

"우리도 그러자. 영화처럼 여행에서 만났다가 여행이 끝나면서 헤어지는…… 그런 해피엔딩이고 싶어."

슬픔을 깊이 감춘 그의 눈을 올려다보며 이수는 가만히 속삭였다.

"죽는 날까지…… 나 없어도 행복할 수 있어?"

"……응."

"난 안 그래."

"응……?"

"약속할 수 있어, 나만 사랑하겠다고? 네 마음을 내게 줘. 너를 데려올 거야."

"그런 약속 못해. 잊어요."

그가 이수를 끌어안았다. 이수도 그의 가슴에 얼굴을 파묻었다.

"함께 있을 때…… 행복했어. 우리 둘이 함께 있을 때 그게 내가 태어나 가장 행복했다는 거 알았는데…… 그러니까 이수야, 우리 내내 함께 있자. 우리 같이 있자. 나, 너 지킬 수 있어."

목이 메어서 이수는 아무 말도 하지 못했다. 다만 그에 품에 더 파고들었다. 그런 이수를 그가 꼭 숨이 막히도록 품어 안았다. 그의 품에서 이수는 아주 조그만해져서 그의 주머니 속으로 들어가고 싶었다. 잠시 눈을 감았을 때 두 사람은 함께 피렌체의 밤거리를 걸어가고 있었다. 눈 감고 머물렀던 순간이 찰나의

꿈과도 같아서 이수는 자신과 아직 그녀를 안고 있는 그를 번갈
아 내려다보았다. 감긴 눈을 천천히 뜨며 그를 밀어냈다.

"그 사람 오겠어."

그러나 못 들은 척 이수를 끌어당기는 바람에 그에게로 다시
돌아섰다. 그가 팔을 내밀었다.

"이리 와."

이수는 그의 깊은 눈을 들여다보았다.

"나는 너 안 보내. 알았어, 문이수?"

"피곤해 보여."

그는 대답없이 엷은 미소만 지었다.

"잠도 못 자는구나."

"지금 내 여자가 도망간다는데 잠이 오나?"

이수는 그의 얼굴을 들여다보았다.

"문이수, 이제 누가 뭐래도 내 여자니까 내가 방법을 찾을
게."

느닷없이 차 오른 눈물이 이수의 눈앞을 흐리게 만들었다.

"그래요. 나 당신 여자니까…… 내 마음은 두고 가. 마음
은…… 나 아무 데도 안 가는 거야."

눈물을 삼키려고 더듬더듬 중얼거렸지만 기어이 뺨으로 흘러
내렸다.

"이수야."

그가 이수를 숨기듯 껴안았다. 이대로 그와 함께 도망간다면

하고 이수는 생각했다.

"이수야!"

막 문을 열고 들어서던 지민은 그 자리에 얼어붙은 채 시일의 품에 안겨 울고 있는 이수를 쳐다보았다. 지영 역시 그들을 쳐다보고는 어깨를 축 늘어뜨렸다.

"정말 두 사람에게 실망했어."

"……지민 씨."

"나는 이 결혼을 인정할 수 없습니다. 이 여자도 원하지 않는 결혼이고."

시일이 이수를 한 팔로 감싸 안은 채 지민을 노려보며 말했다.

"건방지게 굴지 마. 가자, 이수야."

지민은 끓어오르는 분노를 억누르기 위해 이를 악물고 말했다. 지영은 비틀거리며 책상에 기댔다.

"설마 했는데……."

지민은 이수의 손을 잡아끌곤 비웃음을 머금고 시일을 노려보았다. 이수는 고개를 숙인 채 바닥만을 내려다보고 있었다.

"지영이 너도 저 녀석 말에 흔들리지 마."

지민은 떨고 있는 동생을 어두운 눈으로 바라보고는 돌아섰다.

"그만 돌아가. 내 잘못이야. 내가 어지러워서 쓰러지는 바람에 일으켜 세워준 거였어."

이수는 지민에게 거의 애원하다시피 말했다.

"분명히 이 결혼은 못해."

시일이 피하지 않고 말했다. 이수는 얼굴에 땀방울이 맺힌 채 지민을 문밖으로 끌어당겼다. 지영은 그 기사가 진짜일 거란 건 꿈에도 생각지 못했던 터라 충격이 심했다. 그저 두 사람의 기사를 가십거리로 생각했었다.

"사람들의 생각이 모두 시일 씨와 같을 수는 없는 거예요. 포기해요. 우리 오빠는 문이수를 놓지 못해요. 문이수는 우리 오빠에게는 전부야."

"문이수가 나타나기 전에는 나도 그렇게 생각했어, 왜 여자 하나 때문에 저럴 수 있나. 하지만 이젠 내게도 문이수가 전부야."

지민은 이수가 왜 그렇게 순식간에 자신을 배신하고 시일에게 빠졌는지 비로소 깨달았다. 바로 조금 전 시일의 저런 태도 때문이었을 것이다. 아무것도 생각하지 않고 모든 걸 걸어버리는 무모함. 그런 순수한 무모함이 진하를 닮아 있었다. 이수는 그런 시일의 매력에 그녀도 모르게 빠져들고 있었던 것이다. 이수는 지민의 손에 끌려와 차에 타자 호흡이 눈에 띄게 흐트러졌다.

"그 녀석의 거짓말이 우릴 파멸시킨 거야."

"아니, 지금이라도 네가 날 놓아주면 되는 거야. 너는 왜 내 생각은 듣지 않는 거야?"

　이수가 슬픈 얼굴로 반박했다. 지민은 그녀의 말에 움찔했다. 그녀가 지민을 그렇게 신랄하게 비난한 건 처음 있는 일이었다. 그녀는 잠시 후 차분한 목소리로 다시 말했다.

“나는 이 결혼 하고 싶지 않아.”

지민이 당황해서 얼굴을 찌푸렸다.

“넌 언제나 날 팽개칠 핑곗거리만 만드는구나.”

"**어**머! 아가씨, 축하드려요."

아주머니가 현관문을 열며 반가워했다.

"네⋯⋯."

아주머니의 축하 인사에 대해서도 이수는 따뜻한 말을 건넬 수가 없었다. 마음이 착잡했다.

"아주머니, 거실로 커피 좀 갖다 주세요."

지민은 무뚝뚝하게 말했다. 아주머니가 주방으로 들어가자 이수는 지민을 두고 거실로 들어갔다. 이 거실에는 정이 들지 않는다. 이수의 취향대로 화사하게 꾸며진 거실이었지만 지민과 마찬가지로 조금도 포근함을 느끼게 하지 않는다.

도대체 자신이 이제 와서 왜 지민과의 결혼을 그처럼 망설이는지 알 수가 없었다. 어차피 지민을 열렬히 사랑하기 때문에 결혼을 하려고 한 것은 아니었다. 진하 외에 그 어떤 사람도 사랑할 줄 모르니까. 처음 이수가 지민의 프러포즈에 승낙한 것은 지민의 변함없는 사랑에 마음이 움직였기 때문이다. 하지만 그 사랑도 시일의 등장으로 그 강렬했던 피렌체에서의 칠 일과 함께 더불어 죽고 말았다.

지민이 이수를 따라 곁에 다가와 앉았다.

"오늘 밤 장인어른께서 저녁 식사하러 오실 거야. 우리 결혼 날짜 잡았다고 말씀드렸어. 연락은 드려서 알고 계시지만, 전화로만 알릴 일이 아니라고 생각해. 그리고……."

커피를 기다리면서 지민이 말했다.

"아버지께서 좋아하시겠네."

이수는 입술을 깨물었다.

"그러실 테지, 쭉 이수와 내가 결혼하기를 바라셨으니까."

지민의 표정이 어두워졌다. 그는 커피 마시기를 포기하고 작은 컵에 위스키를 따랐다. 이수는 그런 그를 놀라서 바라보았다.

"이 시간에 벌써 위스키를 마셔?"

지민의 슬픈 눈이 이수를 힐끗 쳐다본다.

"왜? 안 되나?"

"그러지 마."

이수는 어깨를 움츠렸다.

"그렇게 말할 줄 알았어."

그는 위스키를 단숨에 들이마셨다.

"네가 이렇게 냉담하고 차가워진 이유가 뭐지? 물론 난 진하를 그리워하는 것은 이해했어. 하지만 어째서 그 다음이 내가 아닌 김시일인 거야? 응? 넌 내가 남자로는 안 보이는 거니?"

"……."

지민은 울화가 치민다는 듯이 이수를 노려보았다.

"나도 그렇게 둔한 놈은 아니야. 네가 나를 사랑하지 않는 건 알아. 그러나 김시일에게 놀아나 문이수가 이렇게 변할 줄은 상상도 못했어."

"정말 왜 이러니? 저녁에 아버지 오시라고 했다면서……."

지민은 이수의 어깨를 거칠게 붙잡고 자기 쪽으로 돌리려고 했다. 이수는 뿌리쳤다. 그 바람에 곁에 세워둔 꽃병에 그녀의 손이 부딪쳐 두 사람의 발밑으로 소리를 내며 깨졌다.

"너 정말……."

"정말 어떻다는 거지?"

지민은 눈을 가느다랗게 뜨고 이수의 입술을 응시했다. 이수는 얼른 뒤로 물러앉았다.

"자신의 약혼녀가 잠깐만 눈을 돌리면 다른 곳을 보는데 넌 어떻게 하겠어, 그럼?"

사무실에서 시일에게 안겨 있다가 지민에게 들켜 버린 일이 생각나 이수는 얼굴이 화끈 달아올랐다.

"그만둬, 네가 나를 놓아주지 않는다면 다 끝났어. 이제는…… 다시 안 만날 거야."

"기다리셨지요? 차를 가지고 왔어요."

아주머니가 쟁반을 들고 거실로 들어오다가 깨진 꽃병을 보고 우뚝 멈춰 섰다.

"치워주세요. 차는 침실로 가져가서 마시겠어요."

"미안해요, 아주머니……."

"걱정 마세요. 올라가세요."

아주머니는 깨진 꽃병의 파편을 줍기 시작했다. 지민이 커피가 담긴 쟁반을 들고 이층 침실로 먼저 올라갔고 이수도 자리에서 일어섰다. 하지만 현기증이 심해져서 제대로 서 있을 수도 없어 풀썩 쓰러져 버렸다. 그녀는 아득해지는 정신을 붙잡으려고 애쓰다가 길을 잃고 어두운 무의식의 터널 속으로 빠져들어 갔다.

✽

학원 옥상에 막 열여덟 살 생일을 맞은 이수가 앉아 있다.

흐린 하늘에서 빗방울이 이따금 툭, 툭 땅으로 떨어져 내렸다. 단발머리의 이수는 검은색 티셔츠에 바짓단이 너풀너풀한 청바지를 입었다. 크고 동그란 눈에는 쌍꺼풀이 뚜렷하고, 곧게 내려온 콧날 밑으로 적당한 크기의 입술은 야무지게 다물어져 있다. 무언가에 화가 난 것도 같고, 볼이 실룩거리며 곧 터져 나올 울음을 간신히 붙들어맨 것도 같은 표정이다. 꽃을 소재로 한 그림 엽서를 붙잡고 두 주먹을 불끈 쥐고 있다.

"진짜 재수없어. 재수없는 세상이야. 이깟 엽서 보내면 뭐 해? 딸 생일날 미국에서 엽서나 보내는 아빠 진짜 재수없어!"

누군가 옥상의 문을 열고 나온다. 이수 또래의 남학생이다. 비장한 표정을 지은 그 남학생은 이수 곁으로 천천히 걸어왔는데 그 발걸음이 마치 대사를 치르러 오는 장군의 그것 같았다. 이수 바로 앞까지 다가온 그 애는 키가 몹시 크다. 이마에 돋은 여드름 몇 개, 얌전한 머리에 단정하게 입은 교복, 그리고 안경까지 딱 범생 스타일이다.

그 애가 이수를 내려다봤다. 이수는 그 애를 올려다봤다. 그 애는 아주 여려 보이고 순한 얼굴을 지녔다. 그러나 검은빛 피부와 짙은 눈썹 아래의 깊은 눈이 고집이 셀 것 같아 보인다. 그 애가 이수를 보며 싱그러운 미소를 짓는다. 그 애의 미소는 붉어진 볼을 타고 입가를 맴돌다가 가지런한 치아를 드러내는 선명한 웃음으로 바뀐다. 이수가 그 애에게 물었다.

"야, 너 왜 웃어?"

"문이수, 생일 축하해."

그렇게 말하며 그 애가 손에 든 작은 상자를 내밀었다. 그 상자는 노란 포장지로 포장되어 있다. 아무렇게나 포장지를 쭉 뜯어 열어보니 빨간 삐삐가 들어 있다.

"너 진짜 웃기는구나? 개그 하냐? 이게 웬 주접이야?"

"호출기야. 두 개 샀어. 너 하나, 나 하나. 나 언제나 대기 중이야. 내가 너한테 나를 선물로 주는 거야. 문이수, 우리 사귀자."

이수에게로 건너오는 그 애의 목소리는 떨리고 있지만 차분하면서도 친밀하다.

"응? 뭐 이런 게 다 있냐? 야, 범생이! 너 내 이름 어떻게 알았어? 너 지금 나한테 작업하냐? 하하핫!"

"응, 나 그거 하는 거야. 작업."

이수는 다른 여자 애들은 사용하지 않는 반말에 말투도 거칠었지만, 이수를 행해 응이라 대답하며 환하게 웃었다. 그리곤 이내 그 애는 이수 앞에 무릎을 굽히고 앉았다. 이수의 시선이 놀라서 그 애에게로 옮겨간다.

"난 문이수가 하라는 대로 뭐든 다 할 거야. 나랑 사귀자. 나 너 1학년 때부터 쭉 지켜봤어. 고 3이니까 이제 내가 너랑 쭉 같이 있을게."

이수가 비쭉이 웃으며 또 묻는다. 좀 더 다정하고 친근한 목소리다.

"야, 또라이. 이름이 뭐냐?"

"나 정진하, 정진하야."

"알아, 정진하! 너 재수없게 줄기차게 전교 일등 하는 범생이잖아. 기막혀. 너 지금 나한테 입시 스트레스 푸냐?"

"아니, 나 너랑 같은 대학에 가고 싶어서. 나 너랑 같이 공부해서 같은 대학 가고 싶어서 그래."

이수는 얼른 말하지 못했다. 지나치게 자신있어 보이는 그 애의 얼굴과 나지막한 목소리, 환한 미소 때문이다. 이수의 볼이 연한 분홍빛으로 달아오른다. 하지만 앞에 있는 그 애가 싫다거나 위협적이라 느껴지진 않는다.

"그러서? 그럼 너 지금 일어나서 나한테 키스해 봐."

"뭐?"

진하의 눈이 동그랗게 되자 이수는 더욱 자신만만하게 재촉했다.

"어서, 범생아. 뽀뽀 말고 키스해 보라고."

말해 놓고도 이수는 조금 쑥스러웠다. 그래서 키득키득 흘러나오는 웃음을 감추고 진하가 무릎을 툭툭 걷어찼다.

"진짜?"

"응. 진짜지, 그럼."

"정말 한다."

진하는 벌떡 일어나 이수의 어깨를 잡고 고개를 숙였다. 담담한 듯하지만 진하는 사실 무척이나 떨렸다. 이수는 고개를 들고 약간 놀란 듯 그 애를 쳐다봤다. 그 애의 입술이, 여전히 떨고 있는 그 애의 입술이 천천히 다가와 이수의 입술 위에 머물고는 다시 수줍게 떨어졌다. 이수는 짧게 안도의 숨을 내쉬었다.

"야, 범생이! 그게 키스야?"

"왜 여기 혼자 앉아 있니?"

이수의 어깨에 손을 얹은 채로 그 애가 물었다. 이수는 선뜻 대답하지 못하고 머뭇거렸다.

"몰라도 돼."

"오늘 저녁 사줄게."

"그래? 싸구려 사주면 죽는다."

"뭐 먹고 싶은데?"

"피자."

"피자면 되는 거야?"

이수가 고개를 끄덕이자 진하도 씨익 웃는다.

"나는 수학이 싫어."

이수가 간신히 거기까지 풀었을 때, 진하가 다가와 이수의 연습장을 집어 들었다. 진하는 선생님으로는 무서운 편이 아니었다. 언젠가 이수가 머리에 쥐가 난다고 책상 위에 머리를 대고 엎드려 있었을 적에도 진하는 가만히 어깨를 토닥여 주고 지나갔을 뿐, 재촉하지 않고 기다려 주었다. 그래서 이번에도 이수는 진하의 너그러움을 기대했으나 기대는 조금 빗나갔다. 진하는 이수가 대충 끄적여 풀어놓은 문제를 빨간 색연필로 채점을 해서는 틀린 숫자만큼의 문제를 더 내어주었다. 그리고는 다시 자기도 문제집에 빠져 문제를 풀어 나가고 있었다. 이수는 지우개를 쥐고 무언가로 얼룩진 상 위를 공연히 빡빡 지워댔다. 지우개 가루가 가득 모이자 일부러 진하의 문제집 위로 후우! 하고 불어댔다.

"장난꾸러기!"

문제 푸는 데 집중해 있던 진하는 웃음을 터뜨렸다. 얼른 다가와 이수를 등 뒤에서 끌어안아 꼼짝 못하게 만들고는 손가락으로 마구 간질였다.

"아악! 간지러워, 범생이!"

"왜? 수학이 싫으니? 너무 재미있는데?"

그렇게 덧붙이곤 다시 이수를 상 앞에 끌어 앉히고 공책을 펴주고는 연필을 쥐어주었다. 그것으로 끝이었다. 진하는 다시 문제집 속으로 빠져 버렸다.

사실 이수의 성적은 그다지 좋은 편은 못 되었다. 가까스로 중간 반에 끼어들어 왔을 뿐이다. 엄마가 일찍 돌아가시고 연구하느라 늘 바쁜 아버지는 이수를 언제나 혼자 내버려 뒀다. 별로 끔찍하게 사랑받지 못한 이수에게 진하의 사랑은 산소 같았다. 거칠었던 이수는 진하를 만나면서 다시 숨을 쉴 수가 있었다. 수와 논리와 체계에 갇힌 끊임없는 반복이 이수에겐 맞지 않았으나 성적이 오를 때마다 기뻐하는 진하를 위해 정말 열심히 공부했다. 공부는 주로 진하의 집과 이수의 집에서 일주일씩 돌아가며 했고 부모님들도 서로 잘 알고 지내게 되었다.

그날은 수능이 얼마 남지 않았고 모의고사 중이어서 이수의 집에서 밤을 새워 공부하고 있었다. 이수의 아버지는 세미나를 위해 부산에 가고 없었고 두 아이들만이 공부하고 있었다. 진하는 설명을 하다 말고 가끔 이수를 쳐다보며 푸식 웃어댔다. 연신 까불거리는 이수를 보며 어이없다는 듯한 웃음이었다. 이수는 큰상 밑으로 발을 뻗어 진하의 다리를 건드려 놓고는 놀라서 쳐다보는 진하에게 혀를 날름거려 보였다.

"우~ 범생아, 어때? 나 섹시하지?"

진하는 책과 공책과 필통을 가지런히 챙겨놓고 일어나 거실로 나갔다.

"야! 범생아, 어디 가?"

"찬물 가지러 간다."

"찬물은 왜?"

"우리 섹시한 이수! 찬물 먹고 속 차리라고!"

"야! 범생이, 나 떡볶이 먹고 싶어."

"알겠어요, 섹시한 이수님."

진하는 이내 앞치마를 두르고 프라이팬에 고추장을 풀기 시작했다. 이수는 날름 뛰어가서 커다란 진하의 등 뒤에 매달린다.

"범생아, 나 요기 아파!"

"어디?"

진하가 프라이팬에 주걱을 내려놓고 뒤돌아서서 이수의 포동포동한 귀여운 얼굴을 내려다본다. 이수는 입술을 조금 내밀고 이마를 손가락으로 가리킨다.

"머리 아파!"

"요기?"

진하가 이수의 이마에 가볍게 입맞춘다. 이수가 생긋 웃는다.

"됐어?"

진하가 피식 웃는다. 이수가 다시 얼굴을 찡그리며 자기의 볼을 가리키며 말한다.

"요기도 아파!"

"어디? 요기?"

진하가 다시 이수가 가리키는 볼에 쪽 소리가 나게 입맞춘다. 이수가 다시 까르르 웃는다.

"이제 됐지?"

"아이! 아니야! 요기는 진짜 많이 아파!"

이수가 몸을 배배 비틀며 자기의 입술을 가리킨다. 진하가 피식 웃으며 이수의 볼을 살짝 꼬집는다.

"여우 같은 문이수! 그런 건 대학 합격증 받는 날 하자고 그랬지? 그날 꼭 함께하고 다음날 우리 결혼하자? 응?"

"진짜?"

이수가 새끼손가락을 내민다. 진하가 새끼손가락을 마주 걸고 흔든다.

"문이수…… 나, 정진하는 기쁠 때나 슬플 때나 건강할 때나 병들었을 때나 이수와 영원히 함께할 거야."

이수의 볼 위로 따뜻한 무언가가 번졌다. 이수는 진하가 그대로 자신에게 흡수되고 있는 느낌이었다. 그리고 그 느낌은 이수의 볼을 타고 내리는 눈물과 함께 서서히 그림자처럼 젊은 그들의 영혼 속으로 스며들었다. 진하는 손을 내밀어 이수의 볼을 닦아주었다.

"사랑해, 진하야……. 나 혼자 버려 두고 가면 안 돼."

원래 여자에게는 아무런 관심도 없는 지민이었지만 가끔씩 무슨 심술보가 터지는 건지 대학에 와서 사귄 진하와 이수가 찰싹 붙어 다니는 데는 비위가 뒤틀렸다. 오늘이 그 발작 일어나는 날 중 하루인지 지민은 캠퍼스에 들어서자 팔짱을 끼고 앞서 가는 이수와 진하를 발견하고는 서서히 차의 속력을 줄이며 두 사람에게로 다가갔다. 지민은 창문을 내리고 물어보았다.

"이제 가냐? 타라."

그러자 이수의 얼굴에는 환한 웃음이 떠올랐다.

"어, 지민 씨! 이제 와요? 우리는 이렇게 팔짱을 끼고 걸어다니는 게 더 좋아. 먼저 가요. 그렇지, 진하야?"

진하는 하얀 바지에 파란 커플 티셔츠를 입고 이수의 가방까지 메고 있었다. 안경을 쓰고 있는 진하의 텁수룩한 머리를 살살 쓰다듬으며 이수는 까르르 웃었다.

"니들 너무한 거 아니야? 너무 붙어 다닌다."

비쩍 마른 별 볼일 없는 계집애라고 생각하려고 노력해도 이상하게 강의 시간에도 웃는 이수의 모습만이 눈에 보였다. 지민은 비위가 상한 듯 창문을 닫으며 쌩하고 가버렸다.

진하와 이수는 그런 지민을 보고 대수롭지 않게 웃었다.

"진하야, 우리 일요일에 놀이동산에 가자. 응?"

"안 돼. 나 산악반에서 치악산에 가기로 했어."

"지민이가 회장으로 있는 그 산악회? 언제 가입했어?"

"이번에. 나 지민이랑 친하게 지내고 싶어. 이수야, 너도 사랑하지만 지민이도 좋은 친구야. 알지?"

이수는 진하의 진지한 얼굴을 바라보았다. 이수는 곧 밝은 표정으로 까르르 웃으며 손뼉을 짝짝 치며 말했다.

"그럼 나도 산악반에 들어가서 지민이하고 친구 하지 뭐."

진하는 그런 이수를 못 말린다는 듯 볼을 꼬집어 흔들었다.

"아휴! 문이수를 누가 말리겠냐?"

"야! 아파! 오! 탱탱한데?"

이수는 진하의 엉덩이를 툭툭 치며 놀려댔다.

"문이수, 너 까불래? 너 어젯밤에 이를 득득 갈더라."

"거짓말! 야! 정진하, 너 거기 안 서?"

이수는 저만큼 달려가는 진하를 잡겠다고 깔깔거리며 캠퍼스를 달려갔다.

그리고 일요일에 그들은 셋이서 늘 함께 산악회와 어울려 산에 오르곤 했다. 그러던 4학년 어느 날이었다. 설악산으로 3박

4일 여행을 가기로 했는데 갑자기 진하는 교수님 연구 자료를 준비하느라 바빠서 함께 가지 못하게 되었다. 지민과 함께 다녀오라고 등을 떼미는 진하 때문에 이수는 하는 수 없이 산악반 친구들과 함께 설악산을 올랐다. 내설악에서 외설악으로 타고 나오는 그 길은 고단했다. 비가 뿌리고 있었고, 거의 대부분이 층계식 돌길인 설악산 등정은 쉬운 일은 아니었다. 늦어져 하루를 야영을 하고 다음날 진하 대신 산악반 대장이었던 지민이 내미는 손을 잡고서 산을 오르고 내리고 하다 외설악으로 내려왔을 땐 거의 모두 지친 상태였다.

저녁을 먹고 회식을 한 뒤에 지민이 너무 취한 것 같아서 이수가 숙소로 부축해서 데려가고 있을 때였다. 지민이 숙소로 가던 길에 속이 울렁거린다고 잠시 쉬자고 해서 근처에 벤치에 앉았다. 전날 내린 비 때문이었는지 공기가 유난히 좋았다. 별이 보석처럼 흩뿌려져 있었고 모두 땅으로 내려오는 것 같았다. 지민은 술기운에 힘이 든지 이수의 어깨에 기대어 하늘에 수없이 많았던 그 별을 보며 중얼거렸다.

"이수야…… 너는 진하가 아니면 이 세상 남자는 남자로도 안 보이지."

"그렇지 뭐."

"그래, 나는 왜 저 하늘에 별처럼 많은 여자 중에 꼭 안 되는 여자를 사랑하는 걸까."

"무슨 소리야? 너 연애하냐? 오~ 이지민. 연애하는 모양이네!"

“맞아, 나 좋아하는 여자가 있는데…… 아직 말도 못 꺼내봤
어.”

“아휴! 멍청한 놈! 그게 말이 되냐? 너 사랑도 싸움이랑 똑같
아. 딱 잡고 맞짱 떠볼 거면 해보고, 아니면 꼬리 딱 내리고 말
고. 싸울 거면 싸우고! 말 거면 말고! 그거면 되잖아. 안 그래?
이제 가자. 난 또! 요즘 왜 빌빌댄다고.”

이수는 지민을 부축해서 그의 숙소 앞에다가 데려다 놓았다.
그리고는 옆방으로 들어가려고 했다.

“여기까지 데려다 줬으니까 내 책임 다 한 거야. 잘 자라!”

“잠깐만.”

방문을 열고 방으로 들어가려는 이수의 팔을 지민이 잡아당
겼고 졸지에 이수는 지민에게 덥석 안겼다.

“뭐 하는 짓이야? 너 주정하냐? 맞고 싶냐? 좀 때려주리?”

더 이상은 안 통한다고 생각했는지 지민은 입술을 꽉 깨물며
용기를 내며 떨리는 목소리로 말했다.

“나, 나…….”

뭐라고 말하려고 하는 지민의 얼굴을 바라보다 이수는 고개
를 흔들며 지민의 머리 뒤통수를 한 대 딱 치곤 이렇게 말한 후
방으로 획 들어가 버렸다.

“됐어, 됐어. 생각 안 나면 말하지 마. 너 술 취하면 자는 게
약이야.”

여의도 꽃나무마다 가득한 벚꽃들이 흐드러지게 피어 있고, 그 벚꽃 길을 팔랑거리며 빨간 풍선 하나가 나풀거리며 뛰어간다. 화사한 꽃무늬 원피스를 입은 긴 웨이브 머리의 이수가 빨간 풍선과 노란 장미 한 다발을 들고는 사람들 사이를 기웃거린다. 많이 뛰어다녀 가슴이 물결쳐 거친 숨소리를 낸다. 진하가 사라지고 없다. 이수는 찾기를 멈추고 주변을 둘러본다. 스쳐 지나가는 사람들, 다정하게 팔짱을 꼭 끼고 걸어가는 연인들……. 드디어 이수는 울먹거리기 시작했다.

"진하야! 진하야, 어디 있어?"

눈을 동그랗게 뜨고 두리번거리다가 다시 훌쩍거리기 시작했다. 진하를 잃어버렸다는 생각에 숨이 턱턱 막히고 그 자리에 주저앉아 버릴 것 같았다.

"이수야! 이수야!"

저쪽 길 끝에서 다 녹아버린 아이스크림을 들고 진하가 뛰어오고 있었다.

"진하야! 진하야!"

이수는 풍선도, 장미도 다 팽개치고는 진하의 목에 매달렸다.

"바보처럼! 문이수, 어디 갔었어? 얼마나 찾았다고, 바보야! 그 자리에 가만히 있어야지! 놀랐잖아."

"어디 갔었는데……."

"어, 아이스크림 사고 있는데 지민이 온다고 핸드폰이 왔어. 그래서 데리고 오느라고……."

"나는 네가 안 오기에 찾아다녔는데 없잖아. 놀랐어! 죽을 래!"

"알았어, 알았어. 다시는 안 그럴게."

이산가족들처럼 부둥켜안고 있는 그들을 몇 발자국 뒤에서 지민이 바라보고 있었다.

＊

눈을 뜨자 침대 머리맡에 지민이 지키고 앉아 있었다. 어느새 어두워져 밤이었다. 이수는 눈을 깜박였다. 뺨으로 도르르 흘러 내리는 것은 눈물이었다. 베개도 축축이 젖어 있다.

이수의 젖은 볼을 닦아주며 지민이 다정하게 물었다.

"또 꿈을 꿨어?"

이수는 말없이 고개를 돌렸다.

"뭐 좀 줄까?"

"물……."

언제나 진하를 찾아 헤매는 꿈에서 깨어나 가슴이 답답해져 숨을 쉴 수도 없는 채로 흠뻑 젖어 있는 베개를 만질 때마다, 마 르지 않고 여전히 두 볼에 흐르는 눈물을 닦을 때마다 고통스런 진실과 대면하듯 가슴이 아파 숨을 쉴 수가 없었다. 오 년 전 산 으로 떠난 뒤 사라져 버렸지만 언젠간 꼭 틀림없이 돌아오리라 는 꿈을 갖고 살았다. 진하를 찾을 거라는 간절한 꿈. 그러나 시

간이 흐를수록 진하를 찾지 못하는 게 아닐까 하는 불안은 더욱
짙어졌다.
　차가운 물을 마시고 자리에 다시 누웠다. 마침 일요일이니 날
이 밝으면 진하네 집에 가봐야겠다고 생각하면서.

아침 식사를 마치고, 거실에 나와 앉아 차를 다 마실 때까지도 시일의 어머니는 아무 말도 하지 않은 채 그저 생각에 잠겨 있었다. 그는 더는 궁금해서 못 참겠다며 그의 어머니에게 물었다.

"하실 말씀 있다면서요?"

"너랑 조용히 이야길 하고 싶어서……."

"무슨 말씀이세요?"

"시일아, 넌 그동안 쭉 엄마 말을 잘 들어주고 있었지. 넌 좋은 아들이었고, 앞으로도 그럴 거야. 너에게 계속 엄마가 빼앗긴 회사를 다시 찾아야 한다고 강요하고 있어서 미안하긴 했지

만, 그래도 넌 지금까지 아주 잘해주어서…… 내가 언제나 고맙
고……."

"회사도 찾았잖아요. 어머니, 이제 시작이에요. 그들은 그 죗
값을 받을 거예요."

"네 아버지가 그렇게 쉽게 무너지지 않았더라도 우리가 이렇
게 되지는 않았을 텐데……. 문이수라는 아가씨 말인데……."

"네?"

"너랑 어울리지 않는 것 같다. 만나지 않았으면 좋겠구나."

"어머니, 아시잖아요, 제가 여자들에게 관심없는 거. 이런 감
정 문이수가 처음이에요. 제가 알아서 하겠습니다."

"안 돼, 시일아. 생각해 봐라. 우리가 패션 회사를 인수한 것
도 모자라 약혼녀까지 빼앗으면 지민이 가만있겠니? 그 애를 만
만하게 보지 마라. 무서운 사람이야. 절대 만만하게 봐선 안
돼."

"그렇다면 싸워야겠지요. 그 집안도 어머니의 한과 아버지의
죽음도 책임을 져야 할 테니……."

김미희 여사는 입을 다물었다. 가슴의 한. 시일이 굳이 그렇
게 풀어 말했지만 그게 무얼 의미하는지 물론 알아들었던 것이
다.

"이수 씨는 어떻게 아셨어요?"

"내가 너에 대해 모르는 게 어디 있니?"

"언제 아셨어요?"

"지난번 네가 피렌체에 있을 때 들었다."

순간 시일의 가슴이 툭 내려앉았다.

"혹시…… 정진하에 대한 파일을 보내준 게 어머니셨어요?"

"무, 무슨 말이니?"

"죄송해요, 어머니. 그럴 리가 없을 거라 생각하면서도 정진하에 대한 너무 자세한 기록이고 출처를 모르겠다고 하니 어머니가 가지고 계셨던 게 아닌가 생각했었어요. 그럴 리가 없겠죠. 어머니가 정진하라는 사람을 어떻게 아시겠어요. 참, 아버지한테 다녀오신 거 알아요. 함께 가서 뵙지 못해서 죄송해요. 하지만 이수 문제는 제가 알아서 하겠습니다. 그러니 너무 걱정 마세요."

"그렇게 하마. 하지만 부탁이다. 시일아, 넌 우리 가족의 한을 풀어줘야 해. 응? 다른 생각 하지 마라. 응?"

"안 잊어요, 어머니."

"그래, 엄마는 너를 믿는다. 절대 경거망동하면 안 돼. 신중해야 된다. 알겠니?"

"걱정 마세요, 어머니. 우리 싸움은 이제 시작입니다."

웃으며 시일을 돌아보던 김미희 여사가 그의 손을 꼬옥 잡았다. 그건 백 마디의 말보다도 더 위로가 되는 말이었다.

이수는 삼 개월 만에 진하의 집 대문을 정겹게 바라보고 서 있었다. 진하의 부모는 모두 이수와 진하가 다녔던 대학의 교수님이었다. 대문을 미니 열려 있었고 안으로 들어서자 은숙이 어디를 가려는 듯 나서다가 이수를 보고는 화들짝 놀라 가방을 떨어뜨렸다.

"어머니."

"아휴, 깜짝이야! 너 웬일이야?"

은숙은 놀라서 말을 잇지 못했다. 이수는 뭔가 이상하다고 생각했다.

"어머니, 어디 가세요?"

"응. 그래, 들어오너라. 커피라도 줄게."

"네, 제가 탈게요. 어머니, 어머니 출장 갔다가 옷 몇 벌 샀어요. 어머니 입으시라고요."

이수가 쇼핑백을 내놓고 주방으로 커피를 타러 갔다가 식탁 위에서 묘한 것을 발견했다.

식탁 위에 놓인 쇼핑 봉투 안에 마치 병원으로 가져가는 듯한 물건들이 들어 있었다. 그중 몇 개의 수건은 〈백산요양원〉이라는 파란 글씨가 선명하게 새겨져 있었다.

"어머니, 이게 뭐예요? 누가 요양원에 입원하셨어요?"

갑자기 화들짝 놀란 은숙이 뛰어와 쇼핑 봉투를 방으로 가져다 놓았다.

"먼 친척 아주머니가 입원을 해서……."

"네에."

"너 이제 여기 오지 마라."

“어머니, 그게 지금 무슨 소리세요?”

이수가 놀라 어머니를 쳐다보았다.

“너한테는 아무 말 안 했나 보네? 지민이한테 몇 번 전화가 왔었어. 너 왔다 갔냐고 묻더구나. 나 불편하다. 이제 널 볼 이유도 없고.”

이수는 아무런 말도 할 수 없었다. 가슴이 답답해진 때문이었다.

“어머니, 제가 조심할게요.”

“결혼 날짜 잡았다고 아버님 뭐라고 하셔? 좋아하시지?”

그렇게 말하고 나서도 서운한 빛을 감추지 못하는 은숙을 보며 이수도 얼마간 가만히 앉아 있었다.

“가거라. 응?”

“왜, 진하 보고 싶어서 그러세요?”

“아니야.”

“그럼 제가 불편하세요?”

“그렇구나. 언제 결혼식이지?”

“아직 한 달 남았어요, 어머니.”

“그래…… 아무튼 결혼하면 이제 진하는 잊어라. 진하도 그걸 원할 거야.”

이수는 뭔지 다른 날과는 다른 석연치 않은 은숙의 얼굴을 똑바로 쳐다보았다.

“이수야, 왜 그러니?”

"어머니, 저 진하 씨처럼 느껴지는 사람을 만났어요."

"뭐……?"

"정말…… 진하 씨 같았어요."

"뭐라고? 아냐, 그럴 리가 있니? 아니야."

"어머니, 진하 씨가 살아 있는 것 같아요."

"아니래도 그러는구나."

"어머니는 어떻게 그렇게 확신하세요?"

"아니래도 그러는구나. 어서 가봐라. 나도 나가봐야 하니까."

이수는 뜻밖에 은숙의 냉대에 완전히 탈진한 모습으로 진하의 집을 나왔다.

은숙은 인사를 하고 나가는 이수를 잡지도, 배웅하지도 않았다. 소중한 보물을 지키듯 이수가 사 온 쇼핑 봉투만 감싸 안고 앉아 있었다. 현관문과 대문이 차례로 닫히고 난 후에야 은숙은 울음을 터뜨리며 통곡을 했다.

시일은 가끔씩 머리가 아팠다. 병원에서 그가 깨어났을 때는 한 조각의 기억도 남아 있지 않았다. 염색공장을 시찰하다가 일어난 폭발사고였다고 했다. 죽음 끝에서 살아 나와서인지 기억이 한 조각도 남아 있지 않았다. 하지만 몸은 별로 다친 데 없이 말짱했다. 운동도, 공부도, 회사 일도 처음부터 다시 배웠다. 그는 모두가 깜짝 놀랄 만큼 빠른 속도로 재기했다. 처음엔 지영을 흔들어 무사히 패션 회사를 인수하고 김미희 여사가 미국에서 재혼한 제레미의 자금을 끌어들여 지민의 자동차 회사를 빼앗고 그 다음은 삼우그룹의 모태인 삼우상선을 인수할 예정이었다. 그러면 게임은 끝나는 것이었다. 지민을 흔들고 교란시키기 위해 고심하던 중에 잡은 줄이 이수였다.

이십구 년 전 동대문에서 염색공장과 패션을 가진 시일의 아버지에게 이제 막 새로 시작한 삼우패션에서 찾아왔다. 염색공장과 기술이 없었던 삼우패션은 납품을 받겠다고 해놓고는 몇 번의 거래 후 의도적으로 결재 대금을 미뤘고, 사채업자를 내세워 자금을 돌려 막게 한 뒤에 부도를 유발시키고, 그 사채업자를 통해서 회사를 빼앗아 버렸다. 그 충격으로 시일의 아버지는 염색공장에서 자살의 길을 선택했다. 그때 아직 결혼식도 올리지 못했던 김미희 여사의 뱃속에는 아기가 자라고 있었다. 아기 때문에 따라 죽을 수 없었다고 김미희 여사는 늘 말해 왔다. 시일의 아버지가 죽고 회사가 넘어가고 이 년이 지나서 보니 삼우패션의 짓인 걸 알았고 김미희 여사는 유복자로 태어난 시일과 함께 아버지의 복수를 위해 전부를 걸고 발버둥 쳐왔다. 몸을 파는 일 외에는 안 해본 일이 없는 김미희 여사였다. 직원들을 모아 동대문에서부터 다시 시작해서 오늘에 이르렀다.

"약혼녀를 빼앗기고 제정신일 놈은 없을 줄 알았는데…… 어떻게 된 게 흔들리는 건 나야."

시일은 식은 커피를 마시다가 핸드폰을 집어 들고는 1번을 눌렀다. 이수의 번호로 신호가 가고 있다. 이수의 조용한 목소리가 들려온다.

[네.]

“어디야?”

[진하 집에 갔다 오는 길이야.]

침묵이 잠시 통화를 끊어놓았다. 그 침묵 속에서 그는 아픔을 고스란히 느꼈다.

“응. 나 오피스텔에 있어. 와줄래? 보고 싶어.”

[우린 어제도 봤어요.]

“나 요즘 내내 이수 생각만 하는 거 아니? 그리고 너 본 거 스물네 시간이나 지났어요. 그거…… 너 못 보는 거, 나한텐 고문이야.”

[……바보네. 기다려요. 어디로 가면 돼요?]

“여기 여의도 J오피스텔 1003호. 이수야, 이수야?”

[응? 기다려. 나 여기 여의도야. 금세 가.]

이수도 감정을 억누르지 못한 채 숨도 쉬지 않고 말했다.

“나 지금 너무 좋아서 가슴이 막 터질 것 같거든? 어떡하지? 어떡하지, 이수야?”

[시일 씨.]

“응?”

[나 가면 밥 하라고 하는 거 아냐?]

“아냐, 이수가 보고 싶어. 오면 아무것도 하지 말고, 움직이지도 말고 가만히 앉아 있어. 내가 다 할게. 알았지?”

[응, 알았어.]

이수가 올 때까지 그는 감미로운 기다림으로 마냥 행복했다. 그리움, 그리고 희망이 뒤섞인 한숨을 내쉬면서 그는 조그마한 욕실에 들어가 면도를 하기 위해 거울 앞에 섰다. 그러다가 문득 그는 손을 멈추고 거울을 들여다보았다. 그리고는 슬프게 웃었다. 그의 깊은 눈이 젖어 반짝인다.

"김시일! 사랑에 빠져 열아홉 살짜리처럼 정신을 못 차리는구나. 물불을 못 가리는 건 이지민이 아니라 김시일 너야."

하지만 그것도 잠시뿐 욕실에서 나온 그는 온통 들뜬 표정이었다.

벨이 울리고 문을 열자 이수가 서 있다. 그는 이수를 소중한 보물 다루듯 조심스레 끌어안으며 데리고 들어왔다.

"이제야 숨을 쉴 것 같아."

이수는 그런 시일을 슬프게 바라보았다. 진하도 이수를 잠시라도 못 보면 숨을 쉴 수가 없다고 언제나 말했었다. 이수는 진하의 산소라고.

"그게 무슨 말이야, 이제야 숨을 쉴 것 같다니?"

"세상 모든 사랑하는 남자들의 마음을 이제 알 것 같아."

"갑자기 웬?"

그가 하려는 말이 어떤 것인지 이수도 알고 있었다. 그녀 자신도 느끼고 있었으므로.

"이젠 하늘이 두 쪽 난다 해도 문이수를 아무 데도…… 못 보내겠어."

"그럼 나 김시일의 주머니 속에서 살아야겠네?"

농담하듯 그렇게 흘려 말하면서도 이수는 가슴 한쪽이 싸하게 아파왔다. 그는 대답 대신 이수를 더욱 깊이 품어 안았다. 이수는 천천히 다가가 그의 입술에 입을 맞추었다. 혀끝으로 맛을 보듯이 처음엔 아주 부드럽게 쓰다듬고, 다음엔 아주 달콤하게 핥아주고, 그리고 마지막엔 타는 듯이 더 깊숙이. 핸드폰이 울자 이수는 화들짝 놀라 욕실로 달려가 전화를 받았다.

"어, 지민아. 나야. 어디야?"

[골프 끝나고 식사 중이야. 어디 있어?]

"쇼핑 좀 하고 있어. 아, 나 물건값 내야 돼. 끊어."

핸드폰 폴더를 닫으며 이수는 자신의 거짓말에 웃었다. 전화를 끊자 시일이 얼굴을 내밀고 어이없다는 듯이 웃어 보였다. 이수가 그를 나무라는 시선으로 샐쭉하게 흘기자 시일이 말했다.

"손님, 십만 원 되겠습니다."

이수는 한순간 어이가 없다는 듯한 표정을 지었다가 곧 깔깔거리고 웃었다. 두 번 다시 만나지 않으리라 마음먹었던 이 사람, 그런데도 보고 있으면 이렇게 좋다.

"어서 무엇이든 만들어줘요, 맛있게."

"재료라면 냉장고와 주방에 있어요. 무엇을 만들어 드릴까요?"

망설이지 않고 그가 대답했다.

"아니, 뭐 굳이 해준다니까. 되도록이면 스파게티 같은 것이 좋겠어."

"어! 그건 내가 잘 못하는데?"

그가 당황하며 말했다.

"애개! 그러면서 뭘 할 줄 안다고 폼은 다 잡고! 쳇!"

이수는 그런 그를 보고 깔깔거리며 비웃었다. 그는 아이들처럼 삐쳐서는 눈을 치뜨고 이수를 바라보았다.

"환자는 영양 섭취가 제일인데, 이대로 가다가는 영양실조로 죽을지도 몰라."

이수가 이마를 짚으며 텔레비전에 나오는 개그맨들처럼 긴 속눈썹을 가련하게 깜빡거렸다. 분명히 이수의 안색은 좋지 않았다. 그러자 그가 애교를 떠는 듯이 미소를 지으며 말했다.

"많이 아파? 재료는 충분해. 그런데 미안하지만 스파게티 만드는 거 옆에서 알려줘. 내가 만들게. 부탁해도 괜찮을까요, 아가씨?"

이번에는 그의 매력적인 미소를 무기로 삼을 작정인가 보다. 이수는 생긋 웃었다. 우아한 입술이 달콤한 미소를 띠고 호소하고 있었다. 이수는 그런 그가 귀여워 얼른 시선을 돌렸다. 사무실에서라면 카리스마로 똘똘 뭉쳐서 호령을 하겠지만 지금 이수 앞에서 애교를 떠는 그의 이런 태도에는 약해질 수밖에 없었다. 이런 때에는 주방으로 사라지는 것이 상책일 듯싶었다. 이수는 어깨를 으쓱해 보이고 욕실을 나왔다.

양파와 양송이를 얇게 썰어 다른 재료와 함께 스파게티 소스를 만들었다. 그리고 깨끗한 무늬가 있는 접시에 삶은 면을 얹고 소스를 끼얹었다. 식탁 전체를 하얀 식탁보로 덮고, 거실 꽃병에 꽂힌 장미를 잘라 몇 송이 물 컵에 꽂고, 그런대로 먹음직스러워 보이는 스파게티 접시를 옮겨놓으니 근사한 식탁이 되었다.

"이야~ 이수는 요리 솜씨도 제법인걸."

이수는 시일의 칭찬에는 아무 말 없이 커피메이커에 커피를 내리기 시작했다. 그리고 식탁에 앉아 그가 아주 맛있게 스파게티 먹는 모습을 바라보았다.

"이수는 안 먹어?"

"어서 먹어. 맛있어요?"

"응. 매일 이렇게 이수와 함께 식사했음 좋겠다."

깊은 슬픔으로 인해 어두워진 눈으로 그를 바라보며 이수가 힘없이 말했다.

"난…… 다시는 당신을 만날 수 없어요."

"나는 그럴 수 없어."

그가 가라앉은 목소리로 다시 말했다. 고통스러운 표정이 그의 눈에 나타난 걸로 보아 그녀가 무슨 말을 해도 듣지 않을 것 같았다. 그의 얼굴에는 오히려 노여움이 나타났다.

"너무 늦었어."

그리고 그가 빠르고 담담하게 말했다.

"몰라? 이제 이수와 나는 만나고 만나지 않고를 선택할 수 있는 기회가 없어. 우리 두 사람이 서로를 너무 간절히 원하고 있으니까. 더 이상 아무것도 두려워하지 않을 거야."

"우리는 이러면 안 돼."

그녀가 가는 소리로 울먹이며 속삭였다.

"나는 더 이상 이수가 그 사람에게 가도록 놔두지 않을 거야."

"미쳤어요?"

이수가 숨을 헐떡이며 말했다.

"난 이수가 무엇 때문에 그러는지 모르겠어. 왜 그렇게 그 녀석에게 꼼짝 못하지? 그 녀석이 불쌍해서 마음에도 없는 결혼을 하려고 하는 거야?"

그가 답답해서 죽을 것 같다는 표정으로 거칠게 말했다.

"그 사람은 아주 오랜 시간 내가 힘들 때 내 곁에 있었어."

"그런 건 몰라. 알고 싶은 마음도 없어. 하지만 우리 둘은 이제 언제나 함께 있을 거라는 건 알아. 이지민이나 정진하라는 사람들은 이수 과거의 사람들이야. 과거는 과거일 뿐이야."

그녀는 지민의 덫에 걸린 채 그의 포로가 되어 있는 듯한 느낌이었다. 무엇이 이렇게 그를 거부할 수 없게 만드는 것인지 알 수가 없었다.

그는 뜨거운 커피까지 만족스럽게 마시고 컵을 비우자 어린

아이처럼 소파 앉아 있는 이수의 무릎 위에 머리를 두고 누웠다.

"착하네. 시일 씨는 어떤 아이였어?"

"어머니가 그러시는데, 아버지가 안 계신 빈자리를 혼자 다 채우는 꼬마 어른이었대."

"아버지가 일찍 돌아가셨어요?"

"응, 내가 뱃속에 있을 때. 참, 이수 불편하겠다. 옷 좀 갈아입지?"

"내가 갈아입을 옷이 있을까?"

이수의 말을 기다렸다는 듯이 그는 침실에 있는 작은 장롱을 가리켰다.

"제일 윗서랍에 있어."

이수는 조금 망설이다가 장롱 앞으로 가 서랍을 열었다. 먼저 눈에 띈 것은 얇은 면으로 된 하늘색 남자 잠옷이었다. 너무 클 것 같고 모양도 환자용처럼 생겨서 편하지 않을 것 같았다. 그러나 아무리 서랍을 뒤져도 적당한 것이 없었다. 할 수 없이 그걸 입고 침실에서 나온 이수를 보고 그는 배꼽을 잡고 웃었다.

"하하핫! 꼭 포대자루에 빠진 것 같아. 하하핫!"

"몰라! 나 벗을 거야."

"아아, 그래. 그래, 귀여워. 귀여워! 그러지 마. 이리 와. 이리 오래도."

어깨를 으쓱하며 달래는 듯한 투로 그가 말했다.

“정말 그렇게 이상해?”

이수가 눈을 동그랗게 뜨고 묻자 그는 고개를 가로저었다.

“아냐, 예뻐. 문이수가 뭐든 입어봐라, 내 눈에는 다 예쁘지.”

이수의 입이 약간 일그러졌다. 진하도 언제나 저렇게 말하곤 했는데……. 점점 다가오는 느낌은 있는데 확증도, 물증도 없었다. 얼굴도 진하의 수더분하고 얌전한 얼굴과는 너무 분위기가 다르다. 이수는 아주 꼼꼼히 시일을 뜯어보았다.

“그렇게 보여?”

“아주 훌륭해.”

그는 고개를 끄덕이며 다시 이수를 소파에 앉히곤 그녀의 무릎을 베고 누웠다. 그의 얼굴을 이수는 가만히 쓰다듬었다. 방금 면도를 한 듯 얼굴이 아직 촉촉해 보였다.

“이렇게 하고 한잠 자게 해줄 수 없을까?”

“다리 아프겠는데, 머리가 너무 무거워서.”

“우리 침대에서 좀 쉬시는 것이 어떨까?”

이수는 갑자기 온몸에 피로를 느꼈다. 감기가 오는 것인지 피곤하고 나른한 몸으로 하루 종일 차를 운전하고 다녔더니 피곤했다. 뜻밖에도 이수는 말없이 순순히 침실로 갔다.

그는 놀라서 이수를 따라가 이수가 침대에 몸을 앞으로 내밀고 시트를 잘 펴거나 베개를 탁탁 털거나 하는 것을 재미있게 보고 있었다. 이수는 그런 그의 시선과 눈이 마주쳤다.

“문이수, 결벽증있나?”

"아니, 어떤 여자가 잤을지도 모르잖아."

"조금만 더 했다가는 의부증있는 줄 알겠는걸."

그의 말에 이수는 얼굴이 빨개졌다.

"희망에 부응하지 못해서 죄송합니다."

기분 좋게 침대에 들어간 이수는 따라서 침대로 올라오려는 시일을 불러 세웠다.

"시일 씨는 소파에서 쉬어. 나 두 시간 뒤에 깨워줘. 요즈음은 하루도 편한 잠을 자지 못했어."

그는 대답하지 않았다. 애들처럼 침대 전체가 진동할 만큼 힘껏 발을 구르며 침실을 나섰다. 그가 그렇게 행동하는 것을 처음 본 이수는 웃음이 나서 죽을 것 같았지만 모른 척 참고는 눈을 감았다.

그는 소파에 털썩 주저앉아 열려 있는 침실 문으로 잠든 이수를 바라보았다. 그녀는 아마 기분이 울적해서 그런 그의 행동으로라도 위안을 받으려 했을 것이다. 그렇다 해도 그의 마음은 가라앉지 않았다.

사실 대부분의 여자는 그가 웃는 눈으로 의미있게 바라보기만 해도 몽롱해지고 만다. 그러나 그녀는 모른 척 혼자 침실에서 자고 있었다.

"대부분의 여자는 나의 매력에 단번에 녹아들고 마는데."

그가 투덜대며 말했다.

"정신 나간 여자만 만난 모양이지."

그렇게 퉁명스럽게 말하며 이수의 감은 눈이 웃었다.

"이수는 속물 같은 남자를 보는 사람처럼 나를 무서워하고 있어."

"그것 보세요. 김시일은 머리가 좋고 맹렬하게 일은 잘하지만, 여자에겐 결코 좋은 남자가 되지 못해. 여자는 이럴 때 그냥 조용히 자는 걸 원하는 거야."

"알았어, 여우야!"

결국 그는 소파에 누워 눈을 감았다.

그가 다시 눈을 떴을 때 이수는 가고 없었다. 침대 위에 이수가 입었던 잠옷만이 단정하게 개어져 있었다. 방은 어두워져 있었다. 갑자기 집 안이 텅 빈 것처럼 허전해졌다.

초인종 소리에 지민이 뛰어나와 직접 문을 열었다. 이수는 차분하게 미소 지으며 지민을 바라보았다.

"늦었어. 일찍 들어온 모양이네."

"어디를 다녀오는 거야?"

"……."

"어디를 다녀오느냐고 묻고 있잖아."

"술 마셨어?"

술 냄새에 속이 몹시 울렁거려 이수는 물었다. 지민은 소파로 가 풀썩 앉았다. 이수는 그런 지민을 그냥 두고 이층으로 천천히 올라가고 있었다. 지민이 소파에 앉아 양주병을 들고 막 따르려다 그냥 올라가 버리는 이수를 향해 외쳤다.

"언제까지! 언제까지 그 녀석에게 오락가락할 거야? 내가 그 녀석 가만 놔둘 줄 알아? 문이수! 이제 나 정진하도 안 찾을 거야. 너를 위해서 지난 오 년을 찾아왔는데……. 내가 이렇게 나오면 나도 안 찾아!"

이수는 잠시 계단 위에 멈춰 서 있었다. 그리고 휘청거리는 다리에 힘을 주며 애써 담담히 말했다.

"넌…… 안 그럴 거야. 진하는 네가 사랑하는 친구였어."

"하하하! 그렇겠지. 문이수는 내가 정진하를 찾아내기를 바라고 내 옆에 남아 있는 거니까! 안 그래, 문이수? 너에게 난 그 이상도 그 이하도 아니지. 안 그래?"

이수는 난간을 꼭 잡고 천천히 계단을 올라가고 있었다.

이수는 그렇게 모든 것이 석연치 않았지만 되돌리기에는 너무 늦었다고 체념했다. 시일의 오피스텔에서 마지막 만남을 가지고 돌아와 삼 주일이 흘러갔다. 시일이 미친 듯 그녀를 찾았지만, 이수는 시일과 진하가 동일인물이 아닐까 하는 생각의 끈에 대롱거리며 매달려 핸드폰도 꺼둔 채 자신의 침실에서조차 자주 내려오지 않았다. 회사가 그에게 넘어간 뒤로 지민은 이수를 직장에도 못 나가게 했다. 지민은 일찍 퇴근해서 이수의 비위를 맞춰보려 노력했고 집 안에서는 너무 잘했지만 거기까지였다. 그날 이후 이수는 외출도 지민의 허락을 받아야 할 정도였다. 숨을 쉴 수가 없었다. 스트레스 때문인지 속도 몹시 울렁거리고 어지러웠다.

그날, 이수가 막 목욕을 하고 나오자 현관벨이 울렸다. 아주머니는 저녁 준비를 하느라 식당에 있었고 시간이 일렀으므로 천천히 목욕을 하고 나오는 참이었다. 지민일 거라 생각하면서 젖은 머리를 타월로 감싸고 가운을 걸친 채 맨발로 현관으로 나갔다. 하지만 밖에 서 있는 사람은 뜻밖에도 지영과 시어머니 되실 지민의 어머니였다.

순간 이수는 숨을 들이켰다.

"어, 어머니…… 언제 돌아오셨어요?"

"어제 오셨어요. 언니, 들어가도 되죠?"

"네, 물론이에요."

이수는 들릴락말락한 작은 목소리로 말하고 길을 비켰다.

지민의 어머니는 무서운 표정으로 거실로 들어왔다. 몸에 잘 맞는 네이비 블루의 슈트에 위험할 정도로 높은 검은 벨벳 하이힐을 신은 지민의 어머니 모습은 평범한 여자들과는 달랐다.

"무엇을 드시겠어요? 식사 준비도 하고 있는데요."

무슨 말부터 해야 할지 몰라서 이수는 우선 이렇게 물었다. 샤워를 막 하고 나온 자신의 모습도 여간 신경에 거슬리는 게 아니었다. 지민의 어머니는 긴 소파에 걸터앉으며 고개를 가로저었다.

"괜찮다. 그나저나 넌 옷이 어째 그 모양이니?"

자신의 옆자리를 가볍게 두드리며 딸 지영을 앉힌 지민의 어머니는 그 말을 듣고 급하게 이층으로 올라가려는 이수를 잡았다.

"아니, 됐다. 그냥 여기 좀 앉아라. 내 이야기는 길지 않을 테니."

망설여지기는 했지만 옷을 갈아입을 때까지 기다리게 할 수도 없었다. 이수는 할 수 없이 지민 어머니의 말대로 앉았다. 지민의 어머니가 자신을 자세히 쳐다보는 바람에 이수는 얼굴을 붉혔다.

"어째서 내가 만나러 왔는지 알겠지?"

"네?"

"나는 어제 파리에서 돌아와 깜짝 놀랐어. 결혼 날짜를 잡았다고? 나도 모르게? 아니, 모델인지 그 녀석이랑 기자회견까지 하고 뻔뻔스럽게 어떻게 여기 들어와서 이러고 있어?"

"죄송합니다."

"죄송? 그게 아니라 속으로 쾌재를 부르고 있지? 지민이를 네 마음대로 주물러 댄다고! 꼴도 보기 싫다. 당장 나가라. 결혼은 꿈도 꾸지 마! 내가 있는 한 어림도 없어. 어디 너 따위가 내 집에 발을 붙이려고 해?"

"저, 나가더라도 지민 씨하고 이야기라도 하고 돌아가겠어요. 어머니."

"그래, 나갈 마음은 있고? 애가 이래요. 지영아, 봐라. 애 지민이랑 결혼할 마음조차 없는 애야. 네 오빠만 미쳐서 그러는

거지. 나가라. 짐은 집으로 보내줄 테니 나가. 지민에게는 내가
이야기하마. 어서?"

"엄마……."

지영이 말렸지만 지민의 어머니는 막무가내였다. 이수는 천
천히 이층으로 올라가 옷을 갈아입고 짐을 챙겼다. 오히려 마음
은 편했다. 작은 가방을 들고 내려오니 지영과 지민의 어머니가
지켜보고 서 있었다.

"언니, 집에 가 계세요. 오빠가 오면 당장 난리를 치며 달려갈
테니. 아셨죠?"

지영은 저도 모르게 한숨을 쉬었다.

"넌 왜 쓸데없는 소리를 해?"

"아니에요. 어머니, 앞으로는 이런 일은 하지 않아요. 만일 지
민 씨가 찾아온다 해도 다신 만나지 않겠어요. 괜스레 우유부단
한 저 때문에…… 죄송합니다."

"이수야, 넌 내 아들 사랑하지 않는 거지? 나는 너에 대해서
지민 이상으로 잘 안다고는 할 수 없지만 어느 정도 알고 있다
고 생각한다. 돌아가라. 그리고 네 갈 길 가. 나는 지민이도, 너
도 불행하길 바라지 않는다. 알겠니?"

이수의 얼굴에서 핏기가 가셨다. 그녀는 바싹 마른 입술을 혀
로 적시고 나서 겨우 입을 열었다.

"네, 안녕히 계세요."

대문을 나서서 오랜만에 보는 자신의 차에 오르고 시동을 거

니 문득 어디로 가야 할지 막막했다. 다 잊고 다시 시작하고 싶었다. 문이수도, 누구도 아닌 그저 낯선 여자로 다시 시작하고 싶었다.

오랜만에 자신의 아파트로 돌아와 가방을 내려놓고 보니 할 일들이 너무 많은데 막상 움직이기가 싫었다. 시일에게 전화를 걸었다. 그는 곧바로 달려왔다.

차가 지나갈 때, 길가에 양쪽으로 늘어선 가로수 잎들로부터 바람 소리가 들렸다. 연한 잎들은 후두두 차창으로 달라붙기도 했다. 비가 오려는 모양이었다. 너무 더워서 비가 오기는 와야 했다.

핸들을 쥔 그의 옆얼굴은 이상하리만치 차분해 보였다. 이수는 가만히 앉아 라디오를 틀고 음악을 듣다가 문득 생각난 듯 그를 쳐다보았다. 운전을 하고 있는 동안의 그는 침묵 속을 헤엄쳐 가는 것처럼 차갑게 가라앉아 있었다. 라디오에서 흘러나오는 노래는 언젠가 들어본 듯한 음성의 남자 가수였는데, 곡들은 대체로 어둡고 슬픈 느낌이었다. 이수는 그가 가는 대로 가만히 내버려 두었다.

그가 차를 멈춘 곳은 바다가 한눈에 바라다보이는 작은 동네였다. 달려오던 도로에서 왼쪽으로 틀어 들어간 곳에 별장 같은 하얀색 작은 집이 나타났는데, 그 입구에 차를 세웠다. 집보다는 소박한 주변이 오히려 푸근한 느낌을 주었다. 그가 이수의 손을 잡아끌었다. 그리고 겨우 처음으로 입을 열었다.

"일찍도 오셨군. 못 볼 줄 알았는데 이렇게 나타나니 섭섭한데."

작은 집 대문 앞에서 이수가 물었다.

"여기가 어디야?"

"내가 어릴 때 자란 집. 작지?"

"응."

하하, 그가 환하게 웃었다.

"들어가자."

이수는 괜히 부끄러워서 고개를 숙였다. 의외로 그는 이수를 나무라지도, 화내지도 않았다.

낡았지만 깨끗하게 꾸며둔 집 안쪽으로 들어가자 이번에는 이수가 물었다.

"어머니가 고우신 분이신가 봐요?"

"음. 왜?"

"집 안에 물건들이 아주 오래된 것들이네요."

"맞아. 아버지와 살던 때 그대로 다 놔뒀어. 우린 이 집을 빼앗겼다가 다시 찾았거든."

그가 대답을 짧게 끊었기 때문에 이수도 입을 다물었다. 그는 커피와 주스를 가져와 마룻바닥에 놓인 작은 상 위에 내려놓았다. 그 상 위에는 어린 시절의 시일 모습인 듯 귀엽게 웃고 있는 꼬마의 사진이 놓여 있었다. 이수는 커피 잔을 들어 올린 그의 손을 바라보다 다시 그 사진을 물끄러미 바라보았다. 그의 눈이 창밖을 내다보고 있었다. 이수도 주스 잔을 들었다. 주스를 다 마시기를 기다려 그가 이수를 일으켜 세웠다.

"우리 걷자, 이수야. 햇빛도 보고……."

"응."

두 사람은 손을 잡고 천천히 풀이 삐쭉삐쭉 돋은 돌 계단을 내려갔다. 돌 계단을 다 내려가니 바다가 보였다. 바다의 짠 냄새보다 햇볕에 달아오른 모래사장에서 올라오는 냄새가 더욱 강했다. 바람이 지나며 이수의 목덜미를 간질였다.

"이제 안 돌아갈 거지?"

"하지만……."

이수는 침을 꿀꺽 삼켰다. 그리고 다시 말을 이었다.

"그렇다고 해도 사정은 무엇 하나…… 변하는 건 없어요."

"변하지 않는다는 말인가. 이수는 지민이라는 그 남자에게 미련이 그렇게 많아?"

"그렇지 않아요."

이수가 정색을 하며 말했다.

"그러면 이지민을 두려워하고 있군. 그렇지."

"그게 무슨 상관이 있나요?"

"관계가 있고말고. 이것 봐, 문이수. 나는 너를 사랑하고 있어. 그러니 네가 두려워하는 이유를 알아야 하잖아."

"그냥, 아무것도 묻지 말아줘."

"혹시 그 일 때문인지도 모르겠군."

"그게 무슨 뜻이야?"

"정진하가 사라진 일……. 그렇지?"

그녀는 그의 눈을 들여다보며 조용히 고개를 젓고 있었다.

이수는 가만히 시일의 눈을 들여다보다 작은 한숨을 내쉬며 입을 열었다. 이수의 눈에는 끝없는 절망감이 비쳤다.

"시일 씨, 어느 날 갑자기 당신의 전부였던 사람이 산에 갔다 오겠다고 나가서 다시는 돌아오지 않았다면 당신은 어떻게 하겠어요? 정말 형체도 없이 연기처럼 사라져 버렸다면 말이죠. 당신이라면 어떻게 했겠어요?"

"아마 미쳐 버렸겠지. 지금 내가 이수 때문에 미쳐 버릴 것처럼……."

"아무도 진하를 찾아주지 않았어. 산을 수색하고 타고 간 자가용을 수배하고, 그래도 흔적도 없었어. 경찰은 포기하는 눈치였고, 진하의 부모님들은 하나밖에 없는 진하를 잃었기에 쓰러지셨죠. 내가 부탁하고 매달릴 수 있는 곳은 지민이밖에 없었어요. 지민이는 진하와 가장 친한 친구였으니까……."

"내 생각에 이지민은 별로 그 친구를 찾고 싶지 않았을 거야."

"그렇지 않아. 지민이는 지금까지도 사람을 시켜 진하를 찾고 있어요. 계속 보고를 받고 있어. 그건 내가 알아. 나는…… 나는 정말 진하가 죽었는지 살았는지라도 알아야 해. 그렇지 않으면

단 하루도 편하게 살 수 없어. 진하를 찾지 않고 이대로 살아간
다면 내겐 하루하루가 고통이야. 진하를 잃어버리던 날부터 나
도 죽은 거야.”

그녀의 두 눈에서 눈물이 흘러내렸다.

“내가 이수와 같이 그 친구를 찾아볼게. 약속해. 그러니
까…….”

“그러니까…… 뭔가요?”

“내가 이수과 함께 그 친구도 찾아보고, 그리고 이수도 지켜
주고 싶어. 그러니까 내 곁에 있어. 가지 말고 나랑 같이 있자.
응?”

“그런 말 할 거라면 날 볼 생각 말아요! 집에 갈래. 당신도 지
민이랑 똑같아. 아, 뭐가 뭔지 뒤죽박죽이야. 난 오늘 다시 복직
해서 일을 할 수 있도록 해달라고 여기 온 건데……. 뭐라도 하
지 않으면 난 계속 머리가 아플 것 같아서…….”

이수는 그의 옆을 지나 앞서 걸어갔다. 그는 뛰어가 이수의
팔을 잡았다.

“이대로 가게 할 수는 없어. 내가 그런 말을 하지 말았어야 했
을지도 모르지. 하지만 이수가 이렇게 예민하게 받아들일지 몰
랐어. 난 다만 이수가 혼자 아파트에 있는 게 너무 불안해
서…… 정말이야.”

“이 손 놔줘요.”

그는 놀란 듯이 자신의 두 손을 들어 올렸다. 그리고 잠시 이

수의 화가 나 떨고 있는 눈을 들여다보다 그녀의 긴장한 어깨를
붙잡았다.

"그러지 말고 생각해 봐. 그 친구가 이수를 그냥 아파트에 두
겠어?"

"아니, 그렇지 않을 거야! 지민이를 나쁘게 만든 건 나야. 그
사람도 원래 그렇지는 않았어. 내가 나빠."

그녀는 격렬한 어조로 말하고는 그에게서 떨어져 나왔다. 그
녀의 마음은 한동안 거의 잊고 살았던 장면 하나를 떠올리고 있
었다. 진하를 잃고 이수가 슬프게 울부짖으며 지민에게 매달리
자 지민은 가장 사랑하는 친구조차 찾아주지 못하는 자신을 탓
하며 형편없는 놈이라고 자학하던 고통스러운 모습이었다. 이
수는 얼어붙은 듯 창백한 그의 얼굴을 찬찬히 바라보았다. 결코
지민이 이수에게 나쁜 사람은 아니었다. 요즈음 김시일로 인해
회사 경영은 압박받고 이수까지 김시일을 사랑한다고 하고 있
으니 지민이 제정신이 아닐 것이었다. 이수는 돌아서 냉정하게
말했다.

"갈래요. 택시 타고 가면 돼. 따라오지 마."

"가지 마, 제발. 이수야, 지금 이렇게 날 떠나면…… 난 내일
부터 이수에게 전화하지 않을 거야."

그가 협박조로 말했다. 하지만 이수는 아무 말도 않고 모래사
장을 몇 발자국 더 걸었다.

"지금 가면 우린 이걸로 끝이야. 이렇게 보내고 가슴 졸이며

걱정하고 싶지 않아. 제발 이수야……."

그녀는 그 말에 얼어붙듯 멈추어 서고 말았다. 그는 뛰어가 그녀를 두 팔로 감싸 안았다.

그녀는 모든 의지를 동원해 그에게 저항하려 애썼다. 하지만 내부의 깊은 곳에서부터 서서히 긴장이 녹아 내리기 시작했다. 나는 이 남자를 원해. 그와 함께 있기를 원하고, 그와 사랑하기를 원하고……. 무슨 이유인지는 알 수 없으나 이렇게 원하고 있는데…….

그는 천천히 그녀를 뒤로 돌려 자신을 마주 보게 했다. 그러고는 그녀의 볼을 아주 부드럽게 어루만졌다.

"겁먹었잖아, 그냥 가버릴까 봐."

그녀가 이유를 알 수 없는 바보 같은 눈물을 쏟아내자 그는 억눌린 신음과 함께 그녀를 끌어안았다. 그녀는 터져 나오는 흐느낌을 참으면서 이미 중독되어 버린 그의 익숙한 체취를 마음껏 들이마셨다.

"당신을 사랑하는 게 두려워. 무서워서 그래. 이렇게 아니라고 해도……."

"나는 아무것도 두렵지 않아. 나는 이수가 나를 사랑하기 시작했다는 것을 믿어."

그녀는 훌쩍거리면서 말했다. 깊고 슬픈 그의 눈이 그녀의 눈과 마주쳤다.

"나, 우리 집에 가서 자고 싶어."

그녀는 불안한 어조로 중얼거리듯이 말했다.

"그래, 오늘은 데려다 줄게. 그렇지만 곧 돌아와야 돼. 그리고 기운 내야 돼. 응?"

집에 도착했을 때는 밤이었다. 시일이 돌아가는 것을 보고 이수는 아파트로 올라왔다. 이수의 휴대폰이 진동으로 울려댔다. 그녀는 전화를 받지 않고 아예 전원을 꺼버렸다. 분명 지민이었을 거야. 그녀는 휴대폰을 가방에 집어넣고 청소를 계속했다. 집을 너무 오래 비워두었다.

청소를 대충 끝낸 이수는 갑자기 느낀 허기짐에 전화로 피자를 주문했다. 머리를 손가락으로 대충 빗어 스카프로 묶고 옷도 편한 티셔츠와 반바지로 갈아입었다. 그러고는 시일에게 전화를 걸어 어디쯤 가고 있는지 물었다.

[응.]

"어디 있어?"

[말하면 화낼 거잖아.]

"여기 있구나?"

[거봐. 걱정되니까 조금만 지켜보고 갈게.]

"……나 지금 피자 시켰는데 같이 먹을래?"

[오케이! 지금 올라갈게.]

끔찍한 하루를 보낸 후라 그의 환한 목소리는 이수를 따스하게 만들었다.

이수는 전화를 끊고 나서 새삼스레 익숙한 주변의 풍경을 둘러보았다. 그래, 나는 지난 오 년 너무 지루하고 재미없게 살아왔어. 그렇기 때문에 평소의 원칙을 버리고 피렌체에서 탈선을 하고 만 거야. 마치 기차가 레일 밖으로 나가 버린 것처럼……. 물론 내 병도 한몫을 단단히 했지. 내가 심적으로 약한 상태에 있었기 때문에 그가 내 눈에 진하로 들어온 거야. 피렌체로 떠나기 전 그곳에 가면 일단 뭔가 색다른 일, 모험이 되는 일, 상식을 뒤집는 일을 해봐야 한다고 생각한 것이 원인이야. 이제 금세 모든 것이 괜찮아질 거야. 내일은 아버지만 모시고 오면 되겠지. 그리고 이젠 모두 잊고 새로 시작하고 싶어. 처음처럼……. 아, 아버지는 너무 순진한 게 탈이야. 무슨 연구가 그렇게 중요하다고. 지민이 주는 연구비는 받으셨을까.

이수가 이런저런 생각을 하고 있을 때 현관벨이 울렸다. 그녀는 시일일 것이라고 생각하며 문을 열었다가 놀라 뒷걸음치고 말았다.

"지, 지민아!"

지민은 그녀가 당황한 틈을 타서 문을 밀고 들어와 순식간에 이수의 손목을 끌고 거실 소파에 앉혔다. 지민은 그녀에게 화가 나 어쩔 줄 모르겠다는 듯 바라보고 있었다.

"우리 어머니가 나가라니까 아주 얼씨구나 했어?"

지민이 특유의 느릿한 말투로 말했다.

"난 이제 이런 싸움을 계속하고 싶지 않아, 지민아."

"옷 갈아입어. 가자!"

"난 옷을 입지 않을 거야, 지민아. 너를 따라 집 밖에 나갈 생각이 없거든."

이수의 목소리는 떨리고 두 뺨은 붉어졌다.

"듣기 싫어! 그럼 그냥 가!"

"이미 말했잖아요. 도대체 왜 이렇게 끈질기게 구는 거야? 난 지쳤어. 우리 이제 그만둬. 나 그만 할래."

"너 지금…… 뭐라고 그랬어? 지금 나랑 헤어지자고 그랬어?"

지민은 거칠게 소파에 앉아 있던 이수를 일으켜 세웠다. 그녀는 순간적으로 온몸을 긴장시켰지만 곧 거칠게 떨면서 그에게 기댔다. 그녀는 제대로 서 있을 수 없을 정도로 다리에 힘이 빠져 휘청거렸다. 지민은 마치 가슴을 한 대 맞은 것처럼 아파 얼굴을 찡그리며 고개를 들고 가슴 깊이 심호흡을 했다. 거친 소리가 저절로 입 밖으로 새어 나왔다.

"이런, 젠장! 방금 뭐라고 말했어?"

지민은 이수가 순순히 포기하고 자신과 함께 신혼집으로 돌아가길 간절히 바랐다. 이곳을 향해 오는 내내 이수가 용서하지 않을지도 모른다고 생각했다. 하지만 이수의 얼굴을 보았을 때 어떤 말도 그녀에겐 의미가 없다는 것을 깨달았다.

"제발…… 이수야, 이러지 마. 가자."

지민이 손을 잡아끌자 그녀는 당혹감에 이마를 찡그리고 서 있었다. 그때 전화벨이 울리자 그녀는 주저앉아 비명을 질렀다.

"제발! 그냥 돌아가! 나는 다시는 거기 가기 싫어! 싫다고!"

지민은 이수의 눈가에 맺힌 당혹스런 눈물의 의미를 이해하기 위해 천천히 숨을 골랐다. 하지만 충격으로 온몸이 떨렸다. 그가 너무나도 어렵게 가지려던 여자를, 지난 오 년 동안 공을 들여 이제 겨우 가질 수 있나 했는데 눈앞에서 모두 엉망이 되어버렸다. 지민은 언제나 눈앞에 이수를 놓고도 속에서 일어나는 불꽃 같은 욕망을 차마 강제로 채우지 못하고 굶주림으로 허덕였다. 그 긴 시간은 지민 에게는 고문과 같았었다. 하지만 김시일…… 그 녀석이 피렌체에서부터 나의 인생에 등장한 지 이제 겨우 한 달 반이 지나고 있는데……. 그렇게밖에 되지 않았는데 그는 이미 이수의 모든 감정 체계와 감각을 완전히 뒤죽박죽으로 만들어 버렸고 이제 눈앞에서 이수를 낚아채 가고 있었다. 정말 두려운 일이었다.

지민은 마음을 가라앉히려고 애쓰며 한 손을 그녀의 머리에 놓고 위로하듯이 어루만졌다. 그때 전화기의 자동응답기가 켜지면서 시일의 경쾌한 목소리가 침묵을 뚫고 흘러나왔다.

[이수, 뭐 해? 왜 전화 안 받아? 화장실에 있어? 지금 피자 배달 아저씨 올라갔어. 나도 올라갈게. 커피 줘.]

그녀는 놀란 듯 고개를 들고 지민을 밀어냈다.

"뭐야! 문을 미리 열어둔 거야?"

잠시 후 지민이 들어올 때 열어둔 문을 열고 피자를 든 시일이 들어서다 두 사람을 보고는 깜짝 놀라 피자를 떨어뜨렸다. 이수를 붙들고 고함을 지르던 지민은 김시일을 노려보고 인상을 찌푸렸다.

"뭐야? 네 녀석이 여긴 왜 왔어?"

시일의 눈에서 불똥이 튀었다.

"그 손 내려놓지 못해?"

"뭐야! 이 새끼가! 너 오늘 죽을래?"

지민이 먼저 주먹을 날렸으나 시일의 주먹이 더 빨리 지민의 턱을 날렸다. 쓰러진 지민에게 시일이 다가가 지민의 팔목을 잡아 비틀어 소파에 주저앉혔다. 지민은 커다란 소파에 처박혀 버둥거렸다.

"이 여자에게 한 번만 더 손대면 아주 죽여 버린다. 꺼져!"

시일은 지민의 손을 밀다시피 해서 놔주었다. 지민은 입술이 터진 얼굴을 으그러뜨리며 시일에게 소리쳤다.

"너, 이 새끼! 가만 안 둘 거야!"

지민이 주먹으로 탁자를 내려쳤다. 탁자는 와지근 소리를 내며 한쪽이 무너졌다.

"말로 해라, 이지민!"

지민은 이수를 한번 노려보고는 그대로 나가 버렸다. 그녀는 기진맥진해 몽롱한 정신으로 나가는 지민을 지켜봤다. 다리가 후들거렸다. 그녀는 자신도 모르게 털썩 주저앉았다. 그러자 그가 피자를 가져와 이수 옆에 내려놓았다.

"배고프지?"

그가 중얼거렸다. 이수는 이 마당에 그렇게 장난스럽게 말하는 그가 고마웠으나 속이 울렁거려 식욕이 전혀 나지 않았기 때문에 고개를 가로저었다.

"졸려…… 아, 왜 이렇게 졸린지 모르겠어."

그녀는 그의 무릎 위에 누워 잠긴 목소리로 웅얼거렸다. 그는 그녀를 단숨에 안아 올리곤 무뚝뚝하게 말했다.

"바보같이 내 말 안 들어서 이게 무슨 꼴이야? 가자, 가서 실컷 자. 내가 이수가 원하는 건 다 들어줄게. 그 친구도 찾아오고, 아버지도 모셔오고. 응?"

가끔씩 싸움을 하거나 일을 할 때의 거친 태도에도 불구하고 그는 정말 남자다운 매력을 가지고 있다고 이수는 시일의 품에 안겨 엘리베이터를 타며 생각했다.

"나는 아무래도 피렌체에서 시일 씨에게 마음을 빼앗겼나 봐."

"괜찮아, 이수의 영혼을 빼앗진 않을 거니까. 하지만 그것만 빼고는 이수가 갖고 있는 모든 걸 빼앗을 작정이야. 모든 슬픈 기억들도 말이야."

그의 품에 안겨서 이수는 멍한 머리 속으로 뜻 모를 그 말들을 전해 들었다. 하지만 연결이 되지 않았다. 이수는 한숨을 내쉬며 깊은 잠 속으로 빠져들어 갔다.

이수는 천천히 눈을 떴다. 시일의 오피스텔인 모양이었다. 몸이 아주 후텁지근했다. 그녀는 불빛 아래 앉아 조용히 책을 보고 있는 그의 그림자를 쳐다보며 천천히 자리에서 일어났다. 그녀가 헝클어진 머리를 쓸어 넘기고 있는데 조용한 음악 소리가 들려왔다. 진하가 좋아하던 모짜르트 교향곡 21번이었다.

"나, 많이 잤어?"

그녀는 그에게 조금씩 다가가며 몸을 떨었다. 그가 들고 있던 커피가 든 컵을 건넸다. 그녀는 떨리는 손으로 컵을 움켜잡고 얼굴이 저절로 찌푸려질 정도로 쓴 커피를 조금씩 마셨다.

"에스프레소."

"응. 이수도 좋아해?"

"아니, 진하가 좋아했지."

"이수 머리 속엔 언제나 그 진하로 가득 차 있구나. 그렇지?"

"어쩔 수 없어, 내가 숨을 쉬는 동안은. 숨을 쉴 때마다, 들숨과 날숨이 교차되는 그 찰나에도 진하는 나와 함께 있는 거니까……."

오렌지 불빛 속에서 그의 잘생긴 얼굴이 딱딱하게 굳어졌다.

"그 진하라는 친구는 참 좋겠어. 다른 차 줄까? 몸이 안 좋아 보여. 아프지?"

"배고파."

이수의 말에 시일이 어깨를 으쓱하고는 주방으로 가더니 잠시 후에 쟁반을 들고 와 그녀에게 건넸다. 이수는 토스트기에 구어놓은 빵과 치즈, 감자를 으깨어 만든 과일 샐러드를 보자 갑자기 스스로도 놀랄 정도로 식욕이 느껴졌다. 그녀는 접시를 들고 허겁지겁 음식을 먹었다. 그리곤 다시 픽 웃어버리고 말았다. 분명 몸이 이상하기는 이상했다. 잠시 후 접시를 깨끗이 비우고 커피도 마지막 한 모금까지 다 마신 이수는 그제야 그를 보며 희미하게 웃었다.

"무지하게 배고프잖아. 고민도 먹어가며 해야지, 원."

먹고 나서 누우려 하는데 갑자기 작은 떨림이 이수의 온몸을 흔들더니 등과 팔에 소름이 돋아났다. 이수는 이상하다고 생각하며 고개를 갸웃거렸다.

"왜? 아직도 안 좋아? 열이 있구나?"

이수는 다시 자리에 누워 그를 바라보았다.

"아니야, 너무 피곤해서 그럴 거야."

신경 쓸 거 없어. 이수는 속으로 생각했다. 지민 때문에 너무 힘들어서 그럴 거야. 이제 여기에 왔으니 괜찮아질 테지.

"아, 나…… 자고 싶어……. 왜 이렇게 자꾸만 졸린 거지."

시일은 걱정스럽게 이수를 내려다보며 침대 곁에 앉아 있었다.

다음날 새벽 몸을 움직이려던 이수는 심한 통증을 느꼈다. 새벽이 가까웠는지 방 안의 어둠이 한결 연해져 있었다. 근육이 경직된 느낌인데다 온몸이 욱신거렸던 것이다. 가까스로 자리에서 일어난 이수는 말없이 세안용품이 든 가방에서 칫솔을 꺼내 들고 욕실로 가 간단하게 세수를 했다. 그만 자고 일어날 생각이었는데 이수는 너무 아파 제대로 서 있을 수조차 없었다. 몸을 움직이기가 어제보다 더욱 힘이 들었다. 몸은 여전히 뜨거웠고 살갗에 와 닿는 공기는 놀랍도록 서늘했다. 으슬으슬 몸이 떨려왔다.

"감기가 걸렸나?"

이수는 소파에서 잠든 시일을 잠시 바라보다 다시 침대 속으로 들어가 자버렸다.

잠시 눈을 감았다 떴다고 생각했는데 어느새 아침이었다. 잠에서 깨어난 이수가 제일 먼저 느낀 것은 어느새 들어와 곁에 누워 있는 그의 체온이었다. 이수는 그의 팔을 베고 그의 가슴 속에 갇힌 채였다. 등에 닿아 있는 그의 가슴은 규칙적으로 미세하게 흔들렸다. 그의 다른쪽 팔은 이수의 몸을 꼬옥 둘러 안고 있었다. 그가 깨지 않도록 조심하면서 이수는 몸을 일으켜 앉았다. 그러나 그에 의해 다시 그의 품속으로 끌려 들어가 파묻혔다. 이수는 피식 웃었다.

"더 자도 돼."

그가 이수를 안은 팔에 힘을 주며 말했다.

"목 말라. 물 좀 마시고 올게요."

"누워 있어. 내가 갖다 줄게."

그가 이수를 안았던 팔을 풀며 일어났다. 이수는 시트를 목까지 끌어 올렸다. 가운을 걸치고 거실로 나가는 그의 모습을 이수는 행복하게 바라보았다. 그가 생수를 가져왔다. 이수는 그 물을 달고 시원하게 마셨다. 물을 마시는 이수를 이번에는 그가 흐뭇한 눈으로 보았다.

"목 많이 말랐었구나."

"응."

"이제 더 자."

"안아줘."

그를 똑바로 쳐다보며 이수가 말했다. 그가 팔을 크게 벌렸다. 이수는 시트를 밀쳐 내고 무릎걸음으로 기어 그의 품으로 들어갔다. 품으로 들어온 이수를 그가 안았다. 그의 다리 위에 걸터앉은 채로 이수가 다시 말했다.

"이렇게 말고……."

그가 이수의 눈을 빤히 들여다보았다. 들여다보며 그는 눈으로 묻고 있었다. 마치 고요한 속삭임처럼. 그러나 그의 눈은 이미 이수의 마음을 읽어버린 듯했다. 그렇게 말해 놓고는 이수는 괜스레 부끄러웠다. 그래서 그의 시선을 피해 목을 끌어안으며 대답했다.

“안아줘, 따뜻하게……”

그의 얼굴이 웃음으로 온통 환했다. 부신 눈을 깜박이다 다시 눈을 감는데 그의 목소리가 들렸다.

“우리 착한 이수.”

얼굴 가득 환한 미소를 머금고 그가 속삭이듯 말했다.

“몇 시야?”

“9시.”

“정말? 깨우지 그랬어?”

“하도 곤히 자길래.”

“언제 일어났어?”

“한 시간쯤 전에.”

그가 이수의 이마에 흘러내린 머리카락을 쓸어 올려주었다.

“피곤하지?”

이수는 고개를 끄덕였다. 온몸엔 아련한 몸살 기운 같은 게 여전히 묻어 있었다. 그러나 지치지 않고 나른하게 기분 좋은 느낌이었다. 그가 소리없이 웃었다.

“왜?”

“자는 동안에 더웠어?”

"응, 조금. 왜?"

이수는 자신을 들여다보며 자꾸만 웃는 그를 의아한 표정으로 쳐다보았다.

"문이수 이불 다 걷어차더라. 알아?"

이수는 그제야 상황을 파악했다. 얇은 시트자락이 저 아래로 흘러 내려가고 보니 잠결에 잠옷을 벗어버려 지금껏 그에게 맨몸을 그대로 드러내 놓고 있었던 것이다. 이수는 베개 속에 얼굴을 파묻으며 엎드렸다. 시일은 그런 이수가 귀여워 못 견디겠다는 듯 웃어댔다.

"야아! 뭐야."

엎드린 채로 이수는 발을 동동 굴렀다. 그런 이수를 그가 감싸 안았다. 그리고 이수의 등에다 입을 맞추었다. 그의 입술이 닿는 곳마다 간지러워 이수는 모처럼 즐겁게 깔깔거리며 웃었다. 그러다 가슴이 아파오며 눈물이 났다. 눈물을 눈치챈 그가 이수의 얼굴을 앞으로 돌려 눕혔다.

"왜? 슬퍼? 갑자기 울고 싶어?"

그의 장난스러운 물음에 이수는 글썽이는 눈에다 억지로 웃음을 담고 끄덕여 보였다.

"이젠 아무것도 걱정하지 마. 내가 이수를 지켜줄게."

손으로 이수의 볼에 흐르는 눈물을 닦아주며 그가 말을 이었다.

"걱정하지 마."

그러나 이수는 여전히 속눈썹에 눈물을 매달고 누워 그를 올려다보았다. 좀처럼 그 깊이를 알 수 없는 눈과 자존심이 배어 있는 코와 오만하리만치 강해 보이는 입술. 너무 아름다운 시일을 바라보면서도 이수는 두려웠다.

"알았지?"

이수는 고개를 끄덕였다. 그러자 그의 입술이 천천히 속눈썹 위로 다가와서는 그녀의 눈물을 핥아가 버렸다. 속눈썹에 그의 입술이 머무는 동안, 이수는 눈을 감고 잠꼬대처럼 중얼거렸다. 사랑해. 두 사람은 다시 깊은 잠 속으로 빠져들어 갔다.

이수가 다시 깨어났을 때는 11시가 넘어 있었다. 곁에 누워 잠든 그를 내려다보았다. 감긴 그의 눈을 찬찬히 바라보다가 그가 깰까 조심하며 침대를 빠져나왔다.

"일어났어?"

그러나 이수는 끌어당기는 시일의 팔에 붙들려 그의 품으로 다시 안겼다.

"이리 와."

이수는 그의 팔을 베고 누웠다.

"잘 잤어?"

"응. 시일 씨는?"

"나도 잘 잤어."

"그래도 피곤해 보여."

그는 대답없이 엷은 미소만 지었다.

“더 자. 나 먼저 씻을게.”

“참 좋다.”

“뭐가?”

“이제 이수가 아무 곳도 안 가니까.”

이수는 그의 얼굴을 들여다보았다. 조용히 이수의 귓가에 대고 속삭이는 그에게선 여전히 편안한 진하의 내음이 묻어 나왔다.

아침 식사를 마치고, 오피스텔을 나와 차에 오르고도 이수는 몸이 좋지 않았다. 시일의 손에 끌려 병원으로 간 이수는 내과 의사에게서 뜻밖의 말을 들었다. 그건 이수는 전혀 생각 못한 일이었다.

“산부인과로 한번 가보는 것이 좋겠어요.”

이수는 눈이 커다랗게 되었지만 시일은 그저 싱글벙글이었다. 그의 손에 끌려간 산부인과 의사는 웃는 얼굴로 말했다.

“축하해요. 곧 아빠가 되시겠어요. 소변 검사는 임신으로 나왔어요. 초음파 검사는 이 주쯤 뒤에 하죠.”

시일의 얼굴이 환하게 밝아졌다. 이수는 병실에서 나와 기가 막혀 병원 소파에 앉아 엉엉 울어버렸다. 이수가 그토록 슬피 우는 동안 그는 소파에 앉아 그녀의 아랫배를 가만히 쓰다듬었다. 무어라 말로 표현할 수 없는 기분이었다. 이지민에게 복수를 하기 위해 이수를 빼앗을 때는 지금의 이런 기분을 느끼게 될 줄 몰랐다. 이수가 자신의 아기를 가졌다는 사실은 믿을 수 없이 신기한 기분을 들게 만들었다.

　병원에서 한바탕 울고 난 이수는 무슨 생각인지 회사로 가겠다고 했다. 이수가 우기는 바람에 토요일인데도 불구하고 그는 하루 종일 회사에 나가서 이수가 예전에 자신이 하던 일들을 다시 정리하는 것을 지켜보아야 했다. 이수가 일을 할 동안에 시일은 그의 비서를 불렀다. 이수는 당장은 일을 하며 자신에 닥쳐온 문제를 한 발자국 떨어져 생각하려고 했다.

　"정진하의 집을 지켜봐. 그 친구의 부모님들을 따라다녀 봐. 시간이 많이 지났으니 좀 느슨히 움직이기 시작할지도 모르니 말이야. 부모들이 모르고 있을 리가 없잖아."

　"네, 알겠습니다. 사장님."

　"그리고 이지민의 자동차 회사의 주식을 매입하는 것은 어떻게 되어가고 있나?"

　"저쪽의 서 이사가 정보를 빼주는 대로 은밀히 진행하고 있습니다."

　"그래, 이지민이 눈치채지 못하도록 해야 돼."

　그는 이제 조금만 더 하면 된다고 생각하고 있었다.

　이수는 마음이 바빴다. 오랫동안 준비한 아이템들도 손을 보아야 했다. 지금 이렇게 아무런 마음의 준비도 없이 아기를 가지게 되었다는 것이 너무 큰 충격이었다. 아기를 어떻게 받아들여야 할지도 정하지 못한 상태였다. 아무 말도 없이 점심도 먹지 않고 한나절을 일만 했다. 그런 이수의 복잡한 마음을 알고

있기에 시일은 더 이상 아무 말도 하지 않았다. 그는 별수없이
김 여사에게는 월요일쯤에 인사를 시켜야겠다고 마음먹고 있었
다.

열여섯-상처받은 자의 분노

"**다**시 일을 하고 싶어요. 난 이 아기…… 아직은 뭐라고 말할 수가 없어요."

"이수야, 오늘 하루만이라도 조용히 쉬자. 응? 걱정은 그 다음에 해도 늦지 않아."

그는 아무 말 없이 차에서 그녀를 안아 내렸다. 순간 그녀의 가냘픈 몸이 부드럽고 매끈한 그의 몸과 밀착되었다. 그의 든든한 가슴에서 햇빛에 그을린 건강한 남자 냄새가 확 밀려들어 왔다. 그 느낌은 뭐라고 딱 꼬집어 말할 수 없었지만 익숙했다. 그가 이수를 집 안에 막 내려놓을 때 그녀의 젖가슴이 그의 근육질 가슴에 부딪쳤다. 이수는 너무 놀라 숨이 막힐 지경이었다.

그는 트렁크 안에 담긴 이수를 위해 비서에게 시켜서 사 오게
한 몇 가지의 물건들을 가지러 갔다. 그가 그렇게 잠시 멀어지
자 그녀는 뭔가 소중한 것을 빼앗긴 듯한 느낌이 들었다. 안 된
다고 소리치며 그를 다시 끌어당기고 싶었다. 하지만 이수는 자
신이 그의 품에 안겨 그처럼 흥분했다는 사실에 스스로도 놀라
가까스로 제자리에 섰다. 이수 자신이 아주 그런 것을 밝히는
것도 아니고, 그렇다고 특별히 그쪽으로 재능이 있는 것도 아니
었다. 그런데 조금 전의 그런 느낌은 도대체 무엇인지…….

시일이 비서를 시켜 사 오게 한 것은 면으로 된 귀여운 곰인
형들과 이수의 아름다운 잠옷이었다. 그가 직접 백화점의 카탈
로그를 보고 고르고 비서가 사 왔다. 그리고 곧이어 주문한 장
미 10,000송이가 도착했다. 그는 직접 작은 테이블에 촛불을 켜
고 와인을 가져오고 축하 파티 준비를 했다. 자신의 잔에는 붉
은 와인을 따르고 이수에게 오렌지 주스를 가져다 놓았다.

이수는 후들거리는 다리로 시일이 그렇게 식탁을 장식하고
있을 동안 방에 딸려 있는 욕실로 향했다. 힘이 하나도 없었지
만 그녀는 곧장 샤워실로 들어갔다. 샤워를 마치고 거울을 들여
다본 그녀는 자신의 창백한 얼굴을 빤히 보며 마치 어린애처럼
멍해져서 거울 앞에 서 있는 모습에 한숨을 내쉬었다. 이수는
시일이 사준 민트 그린 색 실크 노방 잠옷을 입고는 부드럽게
쓸어 내렸다. 잠옷은 부드럽고 아름다웠다. 실크처럼 가볍고 얇
아 몸매가 그대로 드러나는 것이 평소 이수가 즐겨 입던 면 잠

옷과는 전혀 달랐다. 씻고 나니 다시 피곤이 몰려왔다.

그녀는 시일이 파티를 준비한 거실 쪽으로 천천히 걸어갔다. 그는 촛불을 켜고 음악을 틀더니 이수에게 춤추기를 청했다. 그리고는 이수의 얼굴을 가까이 끌어당겼다. 이수는 그가 하는 대로 자신을 맡기며 시일을 쳐다보았다. 맑은 검은 빛으로 슬프게 빛나는 그의 눈길은 진실을 발견하려고 하듯이 언제까지나 이수의 눈동자에 못 박혀 있었다. 이수는 또다시 내면에서 솟아오르는 미묘하고 벅찬 감정에 부들부들 떨었다. 온몸이 화끈거리고 떨려오는 기분에 사로잡혔다. 그는 이수의 등에 팔을 돌려 그녀의 날씬한 몸을 끌어당겼다. 이수도 팔을 돌려 그의 머리를 껴안고 격렬한 시일의 키스에 응했다.

"당신을 사랑해."

이수는 떨면서 그를 올려다보았다. 시일의 떨리는 손놀림은 이수의 몸을 서서히 눈뜨게 했다. 그런데 왜 그의 손이 떨리고 있는 것일까. 아니면 내 몸이 떨려 그렇게 생각되는 것일까. 이수의 머리 한구석은 열심히 그런 생각을 쫓고 있었다.

"사랑해……."

그는 얼굴을 들어 또다시 격렬하게 이수의 입술을 요구했다. 다정함에 가득 찬 키스를 되풀이하며 애무의 손길을 멈추지 않았다. 이수는 모든 것을 그에게 맡기고 쉬고 싶다고 혼란스런 머리로 생각했다.

"오래전부터 이때를 기다려 왔어."

그는 이수의 목에 얼굴을 파묻고 진지한 목소리로 속삭였다. 아기는 안 된다고, 진하를 먼저 찾아야 된다고 생각하고 있었지만 그의 가슴에 안겼을 때에 그 결심은 산산조각으로 부서졌다. 이수의 사랑을 확인한 기쁨이 신음이 되어 그의 입술에서 새어 나왔다.

"문이수, 사랑해……."

그는 헝클어진 이수의 머리카락을 쓸어 올리며 가만히 이수를 들여다보았다. 사랑의 따뜻함이 두 사람을 감쌌다. 그는 이수의 볼에 볼을 바싹 들이대면서 말했다.

"이대로 영원히 잠들어도 좋아. 피렌체에서 이수를 본 순간부터 거의 잠을 자지 못했어."

이수는 그의 얼굴에 흘러내린 머리카락을 손가락으로 다정하게 빗어 올렸다.

"사랑을 잃는 것보다 괴로운 것은 없어. 다시 당신을 잃을까 봐 무서워."

자신이 오랜 세월 그 고통과 싸워왔기 때문에 이수는 그를 이해했다. 지민도 자신과 마찬가지로 그 고통을 경험을 했다고 생각하자 이수의 가슴은 지민에 대한 연민으로 아팠다. 지민의 분노로 이글거리는 얼굴이 눈앞에 선하게 떠올랐다. 그는 얼굴을 들어 이수를 보았다.

"나를 사랑한다고 말해 줘."

그의 말에는 여태까지 볼 수 없었던 부드러움이 깃들어 있었다. 마치 아이처럼 풀이 죽어 있었다. 이수의 얼굴에 웃음이 떠올랐다. 손끝으로 그의 입술을 살짝 만졌다. 그는 이수의 손가락을 입에 넣고 꼭꼭 깨물었다.

"당신은 사랑 따위는 믿지 않는 사람이라고 생각했어, 시일 씨가 내게 그랬잖아."

"믿지 않았어. 하지만 문이수를 만난 이후로 달라졌어. 고민도 했어. 하지만 단순히 가지고 싶은 욕망이 아니라는 걸 알게 되었지. 그래서 이젠 편해. 나 정말 문이수를 갖고 싶어. 이수가 그 친구와 결혼하는 건 정말이지 생각만으로도 지옥이야."

그는 말뿐 아니라 몸에서도 괴로움이 스며 나오는 듯한 기분이 들었다. 이수는 다정하게 그의 입술에 키스했다. 키스로 위로해 주고 싶었다.

"사랑하고 있어. 진하를 잃은 후 그 누구도 사랑할 수 없으리라 생각했는데…… 사랑해."

그는 소중한 듯 이수를 꼭 껴안았다.

"아, 어떻게 이렇게 귀여운 여자가 있을까……."

그는 계속해서 입을 맞추더니 간신히 입술을 떼고 이수의 볼을 살짝 어루만졌다.

일요일 아침, 이수는 잠자리에서 일어날 마음이 없었다. 그러나 자기 식사를 준비하러 일찍 일어나는 시일을 보는 것이 싫어 겨우 일어나서 그의 것까지 두 사람분의 아침을 준비했다. 어떻게 되겠지, 이수는 스스로를 달랬다. 우선 몸이 건강하고 마음에 드는 직장이 있다. 그리고 아기 아빠도 있고…… 결혼을 하고 아기를 낳고 그렇게 알콩달콩 사는 것도 나쁘진 않을 거야. 그리고 시간이 모든 것을 해결해 준다는 말도 있지 않은가.

아침을 차려놓고 시일을 깨워 막 먹으려 할 때 전화벨이 울렸다. 시일이 수화기를 들자 이수는 빙긋 웃으며 식당으로 들어가 버렸다. 그러나 전화를 건 사람은 비서가 아니라 시일의 어머니였다.

[시일이냐?]

"네, 저예요."

[이수에 대해서 말인데…….]

"네, 어머니. 여기 같이 있어요. 월요일에 시간 괜찮으세요?"

[들었다. 어떻게 그럴 수가 있니? 더구나 나하고 상의도 없이 말이다. 도대체 너는 나를 뭘로 알고 있니?]

"하지만 어제는 저한테 아무 말씀도 하지 않고 부산에 가셨잖아요. 저는 말씀드릴 시간이 없었어요."

[사실 너한테 이야기하고 싶은 게 있다. 감정만 앞서서는 무엇 하나 해결하지 못한다는 것은 너도 알고 있겠지?]

"무슨 말씀이세요?"

[지민이라는 이수의 약혼자가 벌써 움직이기 시작했어. 우리에 대해 조사하고 있다고. 너 같으면 가만있겠니?]

"어머니, 저더러 다시 한 번 생각해 보라는 말씀이라면 늦었어요. 우리 결혼해요. 이수가 아기를 가졌어요. 가능한 빨리 할 생각이에요."

[뭐, 뭐라고?!]

"어머니, 반대하실 생각이세요?"

[아니야, 그럴 생각은 없다. 나는 다만…… 걱정이 되는 거지. 그리고 이수를 만나도 소용없다는 것쯤은 나도 안다.]

"그게 무슨 말씀인지 저는……."

김 여사는 잠시 망설이는 듯하더니 입을 열었다.

[너는 지민이라는 애에 대해서 알아? 그가 어떤 사람인지 아니? 또 그의 아버지는?]

"저는 어떤 사람인지는 알고 있어요. 하지만 혹시 그 친구가……."

[시일아, 서둘러 결론을 내리려 하지는 말아라. 다만 그가 어떤 사람이냐고 물었을 뿐이니까 말이다. 하지만 몸조심하고 이수도 조심하는 게 좋겠어.]

"알겠어요. 저도 좀 알아보겠어요. 수상한 것들도 있고요."

[결혼…… 너무 서두르지 말아라. 응?]

시일은 어머니의 태도가 뭔가 석연치 않다고 생각했지만 이내 이수가 차린 밥상으로 행복하게 걸어갔다.

월요일에 지영이 좀 보자고 연락이 왔다. 회사에서 좀 떨어진 카페였다. 아직도 낮엔 매미가 맴매앰 울어대는데도 공기는 완

연히 달랐다. 밤이 깊으면 창을 닫아야 하고, 풀벌레 소리도 사
뭇 애잔했다. 이젠 따뜻한 커피도 싫지가 않았다. 어느새 눈앞
으로 가을이 다가와 서성이고 있었다.

카페 안은 손님이 없어서인지 이수의 맘처럼 휑하게 느껴지
고 게다가 쉴 새 없이 뿜어내는 인공 향기의 냄새까지 풍기고
있었다. 주인 없이 덩그러니 놓인 빈 의자들을 둘러보다 자리를
잡고 앉는데 입구에 지영이가 들어섰다. 천장으로 매달린 실링
펜이 건조하게 돌며 진한 인공 향기를 섞어놓았다.

주문한 주스 두 잔이 앞으로 놓이자 지영은 옆으로 잔을 밀어
내곤 재떨이를 당겨놓으며 담배를 꺼내 들었다. 표정없이 날렵
해 보이는 라이터를 누르는 얼굴을 찬찬히 보니 많이 야윈 것
같다. 늘 야무지게 다문 입술이 자신감을 대변해 주고 있는 듯
한 지영의 얼굴이 오늘따라 수척해 보였다.

“무슨 일이죠, 지영 씨가 내게?”

“언니, 나…… 시일 씨 사랑해요.”

“……네?”

“못 알아들었어요? 나, 시일 씨 사랑한다고요.”

“그래서요?”

“김시일 씨 나 줘요.”

지영의 입에서 쏟아지는 담배 연기와 함께 나온 시일이란 이
름에 가슴이 출렁였다.

이수에게 지영은 어쨌거나 동생 같은 존재였다. 그러나 지영

의 시일에 대한 마음을 소문을 들어 잘 알고 있는 이수로서는
맘이 편할 리가 없었다. 마치 높디높은 절벽에 내걸린 외나무다
리 위에 서 있는 모습을 지켜보듯 불안하고 위태롭기만 했다.
어쩐지 지금 이수의 눈에 비친 지영은 마치 오빠인 지민처럼 언
제라도 절벽 아래로 훌쩍 몸을 날려 버릴 것처럼 아찔해 보였
다. 오렌지 주스가 블랙커피만큼이나 쓰게 돌았다.
　"그 사람이 물건인가요, 내가 지영 씨에게 주고 말고 하게?"
　"물건 같으면 억만 금을 주고라도 샀지."
　지영은 다시 다리를 꼬며 깊게 빨아낸 담배 연기를 이수 쪽으
로 뿜어냈다. 이수의 속은 멀미를 하는 것처럼 뒤틀렸다. 갈증
이 났지만 주스 잔 하나 들 힘도 남아 있지 않았다. 반으로 줄어
든 담배를 재떨이에 힘있게 누르고 함빡 웃는 지영에게선 술 냄
새가 약하게 풍겼다.
　"지영 씨, 술 마셨어요?"
　"네. 언니, 생일이야…… 나."
　지영이 말했다. 웃음으로도 채 감추지 못한 지영의 마음이 이
수에게로 아프게 건너왔다.
　"참, 그렇구나. 깜박했어요, 내가……."
　"언니는 오빠가 있잖아. 오빤 언니 없으면 안 돼요. 그러니까
시일 씨는 나 줘요. 응?"
　"……."
　불편한 침묵을 달래려고 이수는 카페 주인이 높이는 오디오

의 볼륨과 거기서 흘러나오는 노래에 귀를 기울였다. 지영이 이수 곁으로 와 앉았다.

"어제 오빠 집에 다녀갔었어. 엄마하고 싸웠어요."

이수는 지영을 돌아보았다. 희다 못해 지나칠 만큼 창백한 얼굴이 막막히 앞만 바라보고 있었다.

"방에서 엄마랑 오래 얘기하더라. 큰 소리도 나고……. 오빠는 언니 못 놔줘요. 언니가 포기해요. 응? 부탁이에요."

이수는 지영에게서 시선을 거두었다. 지민이가 어머니와 싸우며 나눈 이야기들이 어떤 내용이었을지는 충분히 짐작할 수 있었다.

"오빠 가고 나서 엄마…… 우셨어."

이수는 아무 말도 할 수 없었다. 목에 무언가가 가득 걸린 것 같았다.

"엄마는 오늘 아침엔 아예 나오지도 않고 누우셨지. 많이 서운하신가 봐. 아빠는 엄마 땜에 정신없고 때문에 내 생일이란 것까지도 잊으셨나 봐."

미안하다는 말을 해야 하나 어쩌나, 이수는 속으로만 더듬거렸다.

"나는…… 언니가 나는…… 제발 오빠한테 안 그랬으면 좋겠어. 그리고 난 시일 씨 사랑해요. 부탁해, 언니. 언니가 놔줘."

"무슨 소리예요? 이건 그럴 수 있는 문제가 아니야. 지영 씨도 알잖아."

“그럼 시일 씨만 그냥 둬요. 시일 씨만 아니면 난 언니가 다른 누구와 결혼해도 괜찮아.”

“지영 씨!”

“이미 내 마음을 알고 있잖아요. 내 맘 다 알고 있는 언니가, 올케라고 부를 뻔한 언니가 내가 사랑하는 남자를 빼앗아간다는 게, 그걸 받아들여야 한다는 게 너무 싫어. 아무렇지도 않은 것처럼 그렇게 그 사람을 언니에게 보낼 자신이 없어. 아니, 그러고 싶지 않아. 차라리 다른 여자라면 얼마든지 그럴 수 있지만…… 언니는 싫어.”

“지금 내게 심한 거예요, 지영 씨!”

이수의 목소리가 날카롭게 올라갔다.

“모르는 남 같으면 더했을 거야. 알아요?”

이수는 그만 입을 다물고 말았다. 그건 그의 곁에 머무르는 한 이수가 감당해야 할 또 하나의 모멸이었다. 이수는 너무 화가 나 자리에서 일어나서 나와 버렸다. 진하가 있었더라면 이 모든 혼란은 없었을 텐데……. 하늘을 올려다보았다. 진하의 얼굴이 갑자기 기억나지 않았다. 기억이란 참 이상하다. 지금도 사소하고 자질구레한 것까지 곧잘 기억해 내곤 하는 이수조차도 가끔은 혼동이 되곤 한다. 내가 맞다고 확신하고 있는 기억들이 사실과 많이 다르거나 과장되었을 수도 있다는 것을. 그렇게 오랫동안 머리 속에 기억된 모습들은 뇌리에 고스란히 저장되기도 하지만 시시때때로, 나는 추억하고 싶은 부분만 조각조각 꺼내놓고 맞추어지지 않은 나머지에 대해서는 내가 편리한 쪽으로만 기억하려 하는지도 모르겠다. 그렇게 다듬어진 기억은 대부분 나 모르게 진짜로 둔갑하고 마는 경우가 대부분이다. 이젠 뭐가 뭔지도 모르겠다. 모든 게 뒤죽박죽이었다. 진하와의 사랑이 내 안에서 과장되고 부풀려졌던 것일까. 어디 있니, 진하야? 너도 지금 이 하늘 보고 있는 거니…….

　지영을 만나고 와서 이수는 하루 종일 아버지의 전화를 기다렸으나 끝내 아무런 연락도 없었다. 퇴근을 할 무렵이 되자 이수는 걱정스런 나머지 안절부절못하고 있었다. 왠지 마음이 불안해서 이수는 시일에게 이야기를 하고 아버지를 만나러 갈까 해서 사장실에 들렀더니 그는 염색공장에 바쁜 일이 있어 공장에 갔다고 했다. 결국 이수는 혼자 차를 몰고 아버지를 만나러 연구소로 갔다. 아버지는 연구실에 있느라 핸드폰을 꺼놓은 것이었다. 이수의 아버지는 지나치게 순진하고 착한 사람이었다. 아버지는 지민을 믿고 있었다. 휴게실에서 만난 아버지는 몹시 바쁜 얼굴이었다. 오랜만에 만난 딸인데도 그저 잘 있거니 하는 모양이었다.

　"얼굴이 안 좋아 보인다."

　"아버지, 저 지민 씨와 결혼하지 않을 거예요."

　"뭐?"

　"다른 사람이 생겼어요. 그 사람 아기를 가졌어요."

　"들었다. 그 녀석 아이냐?"

"아버지, 신문 보셨어요?"

"어째서 그런 일이 생긴 거냐? 난 이해할 수가 없다. 네가 그런 애가 아니잖니? 그렇다고 어린애도 아니고 말이야. 너라면…… 네가 아비라면 이해가 되겠니?"

"설마…… 시일 씨가 아버지를 만나러 왔었던 것은 아닐 테죠?"

"몰랐었니? 오전에 그 녀석이 다녀갔다. 네가 올 테니 너무 나무라지 말아달라고 하더구나. 연구실에 한 시간 동안 잘못했다고 무릎 꿇고 앉아 있더라."

"몰랐어요."

"너는 그 녀석이 진하랑 닮았다고 생각한 거지? 안 그러냐?"

"아니에요, 그런 것은……."

"아빠에게는 정직하게 대답을 해. 그리고 네 마음을 들여다봐. 그건 사랑이 아니야. 내가 보기에도 그 녀석이 진하를 많이 닮았더구나."

"아버지…… 저도 사랑하면서 다른 여자들처럼 살아보려고요. 진하 외에 이런 느낌을 갖게 한 사람 처음이에요."

"휴……. 그래, 몸은 괜찮은 거냐?"

"네……. 죄송해요, 아버지."

"그 녀석을 좋아하긴 좋아하는 거냐?"

"네, 그런 것 같아요."

"그럼 빨리 결혼 날짜를 잡도록 해라. 그리고 아까 그 친구에게도 이야기를 했지만 이 연구는 계속 진행을 해야 돼. 개인 간의 약속은 아니니까 말이지. 알겠니?”

“고마워요, 아버지.”

“지민이가 오는구나. 저 애랑도 이야기는 끝내야지. 뭐든 깨끗하게 하거라.”

이수는 깜짝 놀라 뒤를 돌아보았다. 그녀의 놀란 얼굴을 본 지민은 빙긋 웃었다.

“이수를 만나러 가려던 참이었는데. 안녕하세요, 아버님.”

이수의 아버지는 일어나 연구실로 들어가려 했다.

“이야기들 나누고 가게. 이수는 몸조심하고.”

“네, 아버지.”

“들어가세요.”

이수의 아버지가 연구실로 들어가고 나자 지민은 천천히 이수를 바라보았다.

“언제 돌아올 거니?”

“미안해, 지민아. 집으로 돌아갈 생각 없어.”

“미안하지만 와야 해. 아까도 말했지만 할 이야기가 있어. 당신 아버지의 일로 말이야. 이제는 알아듣겠어?”

“그럼 역시 아버지를 이럴 때 이용할 생각이었니?”

“아니.”

“하지만 방금…….”

“나는 이수 아버지의 일로 할 이야기가 있다고 했을 뿐이야.

다른 말은 한마디도 하지 않았어."

"미안해. 아아, 알겠어. 내가 예민해졌어. 아버지는……."

"아버지는 내가 이수를 해코지할 거라고 생각하시는 모양이야. 그렇지는 않은데. 연구를 그만두시고 다른 분에게 넘기고 싶다고 하시더군. 물론 난 안 된다고 말씀드렸지. 개인적인 문제가 아니니까. 참, 김시일 그 친구는 정말 멋진 친구들과 손잡고 있는 것 같군. 가서 전해줄래? 나, 이지민 만만하게 보지 말라고."

이수는 지민의 눈빛에 놀라 그만 입을 다물어 버렸다. 지민은 불타는 듯 무서운 눈을 하고 화가 나는 것을 참고 있었기 때문에 도저히 이야기를 나눌 상태가 아니었다.

이수가 지민과 이야기하는 동안 시일에게 핸드폰이 왔다. 잠시 자리에서 일어나 핸드폰을 받았다. 간단한 이야기로는 도저히 설명할 수 없어서, 아버지를 만나는 일 때문에 늦어진다고 거짓말을 했다.

"거짓말하지 마. 넌 거짓말이 서툴러."

어느 틈에 지민이 옆에 와서 빈정거리듯 말했다.

"능숙하게 할 생각은 없어."

"자아, 가지. 가벼운 식사라도 하면서 이야길 해보자."

"나는 저녁을 먹고 싶지 않아."

그러나 지민은 아무 말도 하지 않고 다가와 이수의 어깨를 손으로 감싸 안았다. 격렬하게 저항할 생각이 없다면 순순히 따르는 수밖에 없었다.

"차는 이쪽에 있어."

"내 차로 뒤따라갈게. 나도 오늘 꼭 해야 될 이야기도 있고……."

"내 기사에게 이수의 차를 운전하게끔 해도 되지만, 그게 마음이 편하다면 그렇게 해."

레스토랑에 도착했을 때 지민은 이수의 허리에 손을 댄 채 층계로 향했다.

"식당은 이층에 있어. 들어가지."

"응."

조용한 레스토랑은 이층에 있었는데 문이 열려 있었기 때문에 하얀색 벽이 보였다. 지민은 먼저 의자를 빼고 그녀를 앉게 했다.

"식사하기 전에 와인부터 한 잔 해야 할 것 같아서."

지민은 와인을 잔에 따른 후 의자에 깊숙하게 기대었다. 이수가 막 물 잔을 들고 물을 한 컵 마셨을 때 지민이 성난 눈을 하고 다시 물었다.

"어쩔 작정이야?"

이수는 가슴이 철렁거려 자신도 모르게 물 컵을 든 손이 떨려왔다.

"내가 그 사람을 사랑하는 것과 회사 일과는 아무런 관계가 없어."

“그 말은 잘못된 거야. 그 녀석이 내게 먼저 덤벼든 거야. 내 모든 것을 빼앗고 있어.”

지민은 조용히 말하고 나서 다시 와인을 한 모금 마셨다. 그리고는 와인 잔을 테이블에 놓으며 말을 계속했다.

“김시일의 일은 나하고 밀접한 관계가 있어. 내 말을 잘 들어. 그놈은 처음부터 원수니 뭐니 하면서 내게 덤벼든 거야.”

이수가 벌떡 일어섰다.

“지민이, 너 설마…….”

“맞아, 다시 말해서 내가 그 녀석을 가만히 두지 않겠다고 말하는 거야. 네가 포기하지 않는 이상…….”

“지민아!”

이수는 새파랗게 질렸다.

“어째서 그렇게까지 하려고 그래? 나 때문이니?”

“왜 어째서라고 생각하지? 나더러 무슨 말을 하라는 거야? 이렇게 노골적으로 말하지 않으면 모르겠나? 너 그놈한테 가면 둘 다 가만히 안 두겠다고.”

“어떻게 네가…… 믿을 수 없어.”

“왜 내가 거짓말을 하겠니? 진심이야.”

“나는 잘 모르겠지만…… 그러지 마. 지민아, 부탁이야. 나, 그 사람 아기를 가졌어.”

“설마…… 설마……!”

“사실이야.”

"아니야!"

지민은 자신도 모르게 와인 잔을 쥔 손에 힘이 가해져 잔이 깨지면서 와인이 쏟아졌다. 예리한 유리 조각이 손바닥에 파고 들어 망연히 내려다보는 이수의 발 앞으로 지민의 새빨간 피가 떨어져 카펫에 번졌다.

열일곱-가질 수 없다면…

지민의 그런 모습이 너무 소름 끼치게 무서워 이수는 자리
에서 일어나 레스토랑의 문 앞으로 달려나갔다. 다시 돌아보았
을 때 지민은 자리에서 일어나 뛰어나오고 있었다. 이수는 계단
을 내려가려고 막 발을 디딘 길이었고 레스토랑의 문을 열고 지
민은 막 뛰어나오고 있었다.

"서! 거기 서!"

지민이 계단을 내려가는 이수의 어깨를 붙잡았다. 이수의 몸
이 뒤로 당겨졌다. 이수가 돌아보려는 찰나 지민은 이수의 어깨
잡은 손을 밀듯이 놓아버렸다. 이수의 몸은 계단 끝에서 균형을
잃고 휘청거리고 있었고 놀란 이수의 시선이 지민의 눈과 부딪

쳤다. 지민도 놀라서 다시 손을 내밀었다. 하지만 이수의 몸은 계단 아래로 굴러 떨어져 버리고 말았다.

'너 나를 밀어버린 거니, 지민아?'

계단을 구르며 스쳐 가는 질문이었다. 그것뿐이었다. 그리고 곧이어 검은 장막이 덮치며 이수의 의식을 빼앗아 버렸다.

정신을 차리고 보니 뺨에 누군가의 손의 감촉이 느껴졌다. 눈을 뜨자 밝고 환한 방 안의 큰 침대에 누워 있다는 것을 알 수 있었다. 아마도 병원 특실인 모양이었다.

"기분은 어때요? 어디 아픈 곳 없어요?"

부드러운 목소리가 나는 쪽을 돌아다보니 간호사였다. 이수는 눈을 깜박거리며 무슨 일이 일어났는지 생각해 보았다. 분명하게 기억이 되살아났다. 금세 다시 처참해질 만큼 아주 또렷하게…….

"내가 왜 이곳에 누워 있는 거죠?"

"실신하셔서 계단을 구르는 바람에 크게 다치셨어요. 다행히 큰 부상은 없었지만."

"저, 제가 지금 임신 중인데…… 아기는…… 아기는 어떻게 되었어요?"

갑자기 별로 생각하지 않던 아기가 너무나 소중하게 가슴에 닿았다.

"다행히 아기는 괜찮아요. 하지만 절대안정해야 돼요."

"아, 감사해요. 고맙습니다. 너무 다행이에요."

갑자기 두려움으로 가슴에 불덩이가 스쳐 가는 것 같았다. 팔
에 붕대가 감겨 있고 상처가 약간 쑤시는 듯했지만 아픔은 느끼
지 못했다. 이수는 치료보다도 어서 이 병원에서 나가 시일에게
가고 싶었다.

“저 퇴원하고 싶어요.”

이수가 두려움에 떨면서 조용하게 간호사에게 부탁하듯 말했
을 때였다.

“여기서 완전히 치료를 받는 게 좋을 거야. 아니면 아기가 위
험하다고 하잖아.”

문 쪽에서 지민의 목소리가 들렸다.

“지, 지민……”

“일단 치료는 해야 되는 거잖아.”

“집에 가는 편이 나을 것 같아.”

“내가…… 이곳에서 지키고 있을 거야.”

지민은 이수의 말에 대해 아무 말도 하지 않고 가볍게 머리를
숙인 뒤 밖으로 나가 버렸다. 이수는 집으로 돌아갈 작정으로
침대에서 나왔다. 다리가 후들거렸다. 지민이 일부러 밀어버린
것이 틀림없다는 생각이 들어 더 두려웠다.

“이제 뭘 좀 먹을래?”

지민의 말에 이수는 깜짝 놀라 고개를 들었다. 지민은 병실을
들어서면서 문을 닫아버렸다. 재킷을 입지 않고 셔츠의 소매를
걷어 올린 모습은 너무나 남자다웠고 핸섬한 반면 너무도 위험

해 보였다. 지민은 간단한 초밥을 사가지고 들어오는 길이었다.

"나는 집에 돌아가야 해."

지민의 눈길을 피하면서 윗옷을 걸쳐 입고 구두를 찾았으나 어디 있는지 알 수 없었다. 지민은 초밥 봉투를 내려놓고 천천히 방을 가로질러 그녀의 눈앞에 와서 섰다.

"아직은 안 돼."

차갑고 단호한 목소리였다. 계단 위에서의 지민의 눈빛이 생각나 몸이 덜덜 떨렸다.

"앞으로의 일을 상의해야 하니까, 할 얘기도 많고."

"앞으로의 일이라고? 무슨 일? 제발…… 내가 말했잖아."

"나는 그래도 너와 결혼할 생각이야. 애는 유산시켜. 원한다면 낳아도 좋아. 하지만 나하고 결혼은 무조건 해야 돼."

지민은 아주 무서운 표정으로 차갑게 말하며 이수를 내려다보았다.

"싫어. 미쳤니? 나를 어쩌려고 그런 거야? 죽어버렸으면 했니? 계단에서 나를 밀어버린 거지."

"그런 말이 어디 있어. 나는 너를 잡으려 한 거야."

"아니, 이제 나 너 안 믿어."

"어째서 이젠 나를 믿을 수 없지?"

"너, 넌 분명히 나를 밀었어. 돌아갈래."

그는 손가락으로 이수의 볼에서 턱까지를 쓸어 내리듯 가만히 만졌다. 이수의 몸에서 소름이 주루룩 돋았다.

"문이수는 내가 무엇을 원하고 있는지 알고 있을 거야. 내가 그것을 손에 넣을 수 있다는 것도 알고 있을 거야. 내가 나쁜 마음 먹었다면 벌써 널 어떻게 했을 거야. 그런데 뭘 믿을 수 없다는 거지? 난 이제껏 네 마음을 얻으려고 기다려 왔어. 모르겠어?"

이수는 지민의 손을 뿌리치려 하지는 않았다. 지금까지 지민에게서 벗어나려고 몇 번이나 저항해 보았지만 아무 소용도 없었기 때문이다. 희망은 오직 한 가지, 시일이 이수를 찾아내 주거나 지민이 이성을 되찾는 것뿐이었다. 이수는 뒤로 한 걸음 물러서며 말했다.

"부탁인데 내 몸에 손대지 말아줘."

그러나 이수의 그런 말은 지민에게 아무런 제재도 가할 수 없었다. 지민은 이수의 말을 못 들은 체하고 상체를 구부려 그녀의 입술을 찾았다.

"긴장할 것 없어. 이 병실엔 내가 부르기 전엔 아무도 안 와."

지민은 이수의 손목을 잡아 끌어당겼다. 이수가 소리를 지르려고 입을 열자 지민의 입술이 그것을 얼른 막았다. 다리에서 힘이 빠지고 가슴에 예리한 통증이 일었다. 입술을 깨물며 입을 꼭 다물자 두 손으로 이수의 목을 누르고 입술을 벌려 혀를 밀어 넣었다. 이수의 입 안으로 밀고 들어온 지민의 부드럽고 뜨거운 혀는 마음껏 충분히 그녀가 지칠 때까지 욕망을 채우고 떨어져 갔다.

“안 돼. 이대로 문이수를 그 자식에게 보낼 수는 없어. 나는 이수가 필요해. 이수도 알고 있을 거야. 나를 봐, 거짓말이 아니라는 것을 알 수 있지?”

“지민아, 너 지금 이상해. 내가 알고 있던 이지민이 아니야. 무서워, 너. 소름 끼쳐. 무서워. 부탁이야.”

“내가 사랑하는 것이 소름 끼쳐? 왜? 내가 사랑하는 것은 왜 안 되는데?”

그는 이수의 비난을 무시하고 조용히 말했다.

“너는 그럴지 모르지만 나는 너를 사랑하지 않아.”

이수는 화를 내며 쏟아내듯 말하고 지민의 가슴을 떠밀었다. 지민의 손이 이수의 가슴으로 파고들어 부드러운 젖가슴을 움켜쥐었다. 지민의 손이 가슴에 닿는 순간 상처가 쑤셨다. 지민은 제정신이 아니야!

“문이수, 너는 그동안 정진하를 찾기 위해서 나를 이용한 거야? 그랬던 거야?”

“미안해. 내가 잘못했어. 그러니까 이제 그만 해.”

“그랬던 거야? 문이수는 내가 정진하 찾는 것을 멈출까 봐 두려워 계속 내 곁에 서성거리고 있었던 거야?”

“제발 부탁이야. 보내줘.”

“싫어. 나는 너를 못 보내. 나를 우롱하는 너지만 내 곁에 둘 거야!”

지민은 이수의 손을 끌어당기면서 흥분해서 외쳤다.

"이리 와!"

지민의 입술이 부르틀 것만 같은 거친 키스는 시일의 부드러운 애무와 크게 달랐다. 지민의 두 손이 재빨리 움직여 이수가 입고 있는 환자복을 벗겨 버렸다. 반항할 틈도 주지 않고 지민의 입술이 이수의 입술에 와 닿았다.

"너는 너무나 아름다워. 제발 나를 밀어내지 말아줘. 나를 받아줘. 내가 너의 사랑을 느끼게 해줘. 응? 나를 구해줘. 네가 나를 떠나면 난 말라죽어."

지민은 이수를 침대에 쓰러뜨렸다. 이수는 갑자기 정신이 몽롱해지는 것을 깨달으면서 겨우 한마디 했다.

"제발…… 난 아기를 가졌어."

"아기가 우리를 방해하지는 못할 거야. 내가 그러지 못하게 할 거야."

눈을 감은 채 눈물을 흘리는 이수를 본 지민의 입술이 만족스러운 듯 일그러졌다. 우람한 그의 팔이 이수의 자유를 빼앗았다. 입술이 이수의 볼을 애무하고 목으로 미끄러져 내려갔다. 갑자기 이수는 공포를 느껴 몸을 비틀었다. 지민은 싱긋 웃으며 다시 자신의 몸을 더욱 밀착시키며 입술을 겹쳐 왔다.

"아무도 오지 않아, 지금은."

지민은 이제 완전히 이성을 잃은 것처럼 너무나 압도적이고 위압적이었다. 이수는 고개를 가로저었다. 눈물이 방울방울져 흘렀다.

“안 돼…… 나는 안 돼…….”

이수의 반항이 잦아들자 지민은 이미 무거운 체중을 실어왔다.

결국 크게 다른 것은 없어, 괜찮아질 거야. 이수는 씁쓸한 생각으로 마음속으로 중얼거렸다. 눈물이 마구 쏟아져 나왔다. 이수가 다시 반항하며 몸을 움직이며 도망쳐 나오려 하자 그는 재빨리 한 팔을 뻗쳐 그녀를 움직이지 못하게 했다. 지민이 고개를 돌렸다. 그 순간 그의 눈이 눈물에 젖은 이수의 눈과 마주쳤다. 다시 이수의 가슴으로 머리를 들이밀었다.

“좋은 냄새야. 도저히 이수에게 손을 뗄 수가 없어.”

지민이 이수의 가슴에 시선을 못 박은 채 끌어안으려 하는 순간이었다. 분노가 섞인 예리한 목소리가 들려왔다.

“이지민!”

이수는 충격과 함께 지민에게서 몸을 떼고 가슴을 두 팔로 감싸 안았다. 지민은 재빨리 몸을 돌려 노크도 없이 들어온 상대와 마주쳤다.

“너……!”

시일은 부글부글 끓어오르는 눈으로 지민을 바라보고 서 있었다. 그는 이수에게로 달려와 침대 시트로 이수를 감싸 안았다.

“가자, 이수야!”

“문이수는 여기 있어야 돼. 아마 가지 않을걸?”

지민이가 자연스럽게 이수의 손을 잡았다. 이수는 말할 수 없을 정도로 혼란에 빠져 있었으나 지민의 손을 뿌리쳤다.

"옷을 입을게."

시일은 지민은 노려보며 이수의 곁으로 와서 따뜻하게 말을 걸었다.

"무서워할 것 없어. 몸은 괜찮아? 옷 입는 것을 도와줄까?"

"괜찮아요."

"나가는 걸 막으면 경찰에 신고하겠어, 납치로. 그걸 원하지는 않겠지?"

"좋아. 가봐, 어디. 문이수, 하지만 내 말은 듣고 가."

지민은 천천히 문으로 향했다. 지민이 나가는 것을 보고 이수는 옷을 갈아입었다. 걱정스러운 얼굴로 시일이 들어와 이수를 부축했다.

"괜찮아? 걱정했어."

"어떻게 찾았어?"

"아버님께서 지민과 이수가 연구소에서 그렇게 나가는 모습이 걱정이 되셨던 모양이야. 지민에게 계속 전화해서 알아보시고는 내게로 바로 연락하셨더군."

"아, 다행이에요. 이제 돌아갈래요."

이수가 시일에게 기대 겨우 병실을 빠져나오는데 복도에서 지민이 불렀다.

"기다려."

지민이 두 사람을 향해 위협적으로 성큼성큼 다가왔다. 왠지 지민의 웃음이 자신만만해 보였다. 이수의 이마에 흘러내린 머리카락을 지민이 다가와 쓸어 올려주는 것을 보고 시일은 숨을 죽였다.

"지민아……."

긴장된 침묵이 계속되었다. 이수는 몹시 화난 눈초리로 지민을 노려보았다.

"김시일…… 너의 속셈을 알았어. 너희 아버지가 동대문에서 염색공장을 가지고 원단가게를 했다지. 그 공장 빼앗겨서 너희 아버지는 자살하셨고. 너, 처음부터 우리 집과 나를 상대로 복수를 하려던 거지. 안 그래? 그래서 이수를 그 대상으로 삼은 거야. 내게 고통을 주려고 말이야. 내가 이수 때문에 흔들리는 동안 뒤로는 내 자동차 회사 주식을 사들이고 있더군. 야비한 놈!"

"그게…… 사실이에요?"

지민의 말은 이수를 충격 속으로 몰아 넣었다. 시일은 놀라기보다는 결국 이렇게 되고 마는구나 하는 얼굴로 이수를 바라보았다.

"그게 무슨 얘기야? 복수라니?"

"이수야……."

그가 무슨 말인가를 하려다 말고 고개를 돌려 창밖으로 시선을 주었다. 그런 그의 모습은 울음을 참으려는 것같이 보였다. 이수는 당황스러웠다. 이수는 설마 하는 표정으로 도움이라도 청하듯 그를 건너다보았다. 이수는 놀란 눈으로 새하얗게 질려 서는 겨우 말을 내뱉었다.

"······사실인가요?"

"물론 사실이지. 이수를 빼앗는 게 내게는 치명적이니까 이수 에게 접근한 거야. 그것은 바로 김시일이 생각해 낸 복수지. 자 기를 제외한 모든 사람에게 상처를 입히려 했던 거야."

"대답해요, 지민 씨! 이 말이 사실인가요?"

이수가 떨리는 목소리로 물었다. 기가 막힌 표정이었다. 조금 전까지만 해도 그토록 친밀하게 대해주던 김시일이 지금은 그 저 가만히 있을 뿐이었다.

"당신은 정말 복수를 하려고 그랬던 것뿐인가요? 만일 그렇 다면 어째서 하필이면 나를 복수의 도구로 택한 것인가요?"

이수가 떨리는 목소리로 물었다. 시일은 아무런 변명도 하지 않았다. 그러자 지민이 대신 말했다.

"대답하지 않을 거야. 대답할 수 없을 테니까. 어째서 너는 내 말을 의심하는 거지?"

"······사실이군요. 바보처럼······ 아니라고 변명이라도 하지."

이수는 기가 막혀 탄식하듯 말했다. 지민의 얼굴은 시일을 비 웃고 있었고 시일은 침통한 표정이 되었다.

"가자. 가서 설명할게."

화가 나서 병원 문을 열고 총총히 앞서 나가는 이수를 시일이 뛰어가 손을 잡았다.

“놓으세요!”

이수는 그의 손을 뿌리치려 했다. 그러나 시일은 그녀의 손목을 잡아 돌려 세웠다.

“문이수, 처음엔 그랬을지 모르지만…… 그게 다는 아니야. 알잖아.”

“아니! 아니, 잘 모르겠어.”

이수는 말없이 고개를 돌린 채 냉랭하게 서 있었다.

“이수야, 왜인 줄은 모르지만…… 무엇 때문인지…… 너를 사랑한다.”

“당신…… 나를 어떻게 할 작정이었나요?”

“천만에! 아니라고 했잖아. 이수를 어떻게 할 생각 아니었어. 아니야, 나 못 믿어?”

“믿을 수 없어. 이제 내가 뭘로 당신을 믿어요?”

이수는 차를 타고 가는 내내 안정을 찾지 못하고, 어떻게 해야 할 것인지 생각하고 있었다. 시일이 자신에게 접근한 의도가 불순했다는 것은 확실했고 달리 변명조차 하지 않는 그의 태도에 화가 치밀었다.

“미안해. 제발 좀 쉬어.”

“그런데 왜 내게 말 안 했어요? 말했어야 하잖아.”

“그건 때가 되면 이야기하려고 했어. 병원부터 가자. 내 오피스텔로 돌아갈 거지.”

“만일 내가 싫다고 하면?”

"싫다는 말을 하지 않기를 바랄 뿐이야. 내가 뭐라고 할 말이
있나?"

"잘 모르겠어요. 난 너무 힘든데……. 시일 씨조차도 믿을 수
가 없어. 난 어떻게 해?"

"아니, 나를 용서해 달라거나 이해해 달라고 하지 않을 거야.
그러니까 우선 병원이 싫으면 집에서라도 쉬자. 위험한 상태라
며."

"어떻게 그렇게 말할 수 있지? 시일 씨는……."

"나는 아직도 여전히 그 사람들을 용서할 수가 없으니까."

"그럼 그 복수를 계속할 건가요?"

"그래야겠지."

"그만두면 안 돼?"

"그 원한을 갚겠다는 것이 우리 어머니와 내가 살아온 이유였
어. 자아, 그래도 나하고 같이 가줄래? 난 너와 내 아기를 지켜
야 돼."

"왜 아버지 이야기를 하지 못했지?"

"말하려고 했어. 하지만 그럴 기회가 없었어. 나를 어떻게 생
각할지도 모르고 말야. 이수가 용서하지 않을 것 같았어."

"이미…… 지민이가 알았어. 그냥 있지 않을 거야. 더 이상의
복수는 안 돼. 시일 씨와 어머니가 더 위험해. 몰라요?"

"어머니는 안전하게 당신 스스로를 보호할 수 있으셔. 이제껏
강하게 살아왔으니. 이수가 말려도 난 이렇게 할 수밖에 없어."

"제발 그러면 안 돼. 그만둬야 돼. 아, 병원으로 가요."

이수는 너무 힘이 들어 의자를 뒤로 누이고 눈을 감았다. 잠시 후 진동으로 해둔 시일의 핸드폰이 드르륵 소리를 내며 떨었다. 김 비서였다. 시일은 이수가 신경 쓰여 폴더를 열고 낮은 목소리로 전화를 받았다.

"음, 나야."

[사장님, 정진하 씨가 있는 곳을 알아냈습니다.]

"……뭐?"

아까 지민이 비밀을 밝혔을 때보다도 더 큰 소리를 내며 가슴 한 귀퉁이가 무너져 내렸다. 너무 놀란 시일은 눈 감은 채 잠들어 있는 이수를 바라보았다.

"이수야……."

시일은 작은 소리로 이수를 불렀지만 목과 가슴이 바짝바짝 타 입에서 말이 소리가 되어 나오지 않아 거의 들리지 않았다. 병원에 다시 들러 아기가 괜찮은지 확인하고 돌아오는 길이었다. 이수는 천천히 눈을 들어 그를 바라보았다.

"안색이 안 좋아 보여, 시일 씨."

그는 부드러운 눈으로 그녀를 바라보며 침착하게 말했다.

"집에 다 왔어. 며칠이라도 가만히 안정을 취해야 한다고 하잖아. 내가 곁에 있을게. 그 다음엔 마음대로 해도 좋아."

"괜찮아, 병원에 다녀왔으니. 나도 올라가서 잠시 쉴 거야. 올라갔다 가. 그런데 괜찮아, 시일 씨?"

그는 기운없는 눈으로 그녀를 쳐다보았다. 그의 얼굴은 평상시와 달리 너무 기운이 없는 데다 창백했다. 그리고 홀린 듯한 눈으로 그녀를 빤히 쳐다보고 있었다. 그녀가 진하를 얼마나 사랑하는지 알고 있는 그는 잠시라도 그 사실을 감추고 있는 것이 힘이 들었지만 그보다는 그녀를 잃을 것이라는 두려움이 더욱 그를 괴롭혔다. 불현듯 그는 그녀가 계속 진하를 잃은 채로 있었으면 하는 생각이 들었다. 찾아주고 싶지 않다는 생각이 들었다.

사랑했던 기억이란 건 아주 지독한 고통이었다. 지난 얼마간 이수를 잃을까 봐 얼마나 불안했던가. 피렌체에서의 그날 밤 그녀는 아주 사랑스러웠다. 그가 말하는 대로 그를 신뢰했고 솔직했다. 이수는 그를 보통 남자처럼 대한 유일한 여자였다. 그에게 화가 나면 잔소리를 하고, 잘난 척한다고 불평하며 자신의 일을 할 땐 그를 완전히 잊어버리는 여자였다. 모든 면에서 시일은 그전에도, 이후로도 다시는 이런 여자를 만날 수 없을 것 같았다. 예전의 그라면 이 끔찍한 침묵을 한순간에 끝내 버렸을 것이다. 진하를 찾았다고 깨끗하게 말해 주고 말았을 것이다. 하지만 지금은 달랐다. 그는 진하에 대해 말하지 않으면 이 상태가 곧 끝날 거라고 자신을 북돋았다.

"시일 씨, 배고프지 않아?"

"아니. 이수는? 내가 수프 끓여줄게. 좀 누워 있어."

그는 이수가 침실로 들어가 쉴 동안도 수프를 저으며 끊임없이 갈등했다. 이수를 안고 있을 때면 문득 그녀도 나를 사랑하고 있는 게 아닐까 하는 생각이 드는 때도 있었다. 그러나 처음 피렌체에서 자기를 안고 있는 이수의 얼굴에는 아무 표정도 나타나지 않았다. 그녀의 애정은 격렬하긴 했으나 이상하게도 감정이 담겨져 있지 않았다. 마치 그를 인간이라기보다는 물체로서 다루고 있는 것 같았다.

수프 그릇을 가지고 침대로 갔을 때 잠들었던 이수가 깼다.

"따뜻할 때 먹지 않을래?"

이수는 기지개를 켜면서 크게 하품했다. 그리고 그를 바라보며 빙그레 웃고 있는 것을 보니 기분이 조금 나아진 모양이었다.

"졸려?"

시일은 침대에 걸터앉아 숟가락을 쥐어주고 물끄러미 이수를 바라보았다.

"정말 이상해. 고개만 닿으면 졸려. 나 갑자기 이거 먹기 싫어졌어."

"알고 있어. 얼굴에 씌어 있어. 그러나 날 그런 얼굴로 바라보면 침대에 계속 앉혀놓을 거야. 한 숟가락이라도 먹어봐."

"알았어."

이수는 수프를 먹다 말고 자기를 빤히 바라보고 있는 그를 물끄러미 바라보았다.

"왜 그래?"

"아니야. 예뻐서……."

그렇게 말하면서 그는 그녀의 어깨에 키스했다.

"이상해. 나 그만 먹을 거야."

홱 몸을 비킨 이수는 욕실로 들어갔다.

샤워를 하고 방으로 돌아와 보니 그는 엎드려 얼굴을 베개에 묻고 있었다. 그가 자는 것처럼 보였기 때문에 그녀는 얼른 잠옷을 갈아입었다.

"안 가?"

"이수 자는 거 보고 갈게."

지민과의 일 말고도 뭐 마음에 걸리는 일이라도 있는가 하고 그녀는 생각했으나 입에 내어 말하지는 않았다. 그런 신경을 오래 쓰고 있기에도 많이 피곤했다.

그는 그날 밤새도록 잠든 이수의 얼굴을 바라보며 생각에 생각을 거듭했다. 아마도 진하를 되찾게 된다면 이수는 그를 쳐다도 보지 않을 것이다. 어느 날 문득 떠나 버린 남자로 인해 심장이 멈춰 버렸다고 말하는 여자이니, 이제 그 심장의 주인이 나타났는데 나 같은 복수를 위해 자신에게 접근했던 야비한 인간은 깨끗이 잊고 말겠지. 그의 마음은 한없이 참담해졌다. 그리고 드디어 새벽녘에 마음을 결정했다. 사랑하는 여자가 그토록 간절히 원하는 것을 이룰 수 있도록 도와주는 것이 사랑이라고 그는 믿었다.

다음날 눈을 떴을 때 이수의 머리맡에는 작은 메모지만 놓여 있고 그는 없었다. 이수는 고개를 갸웃거리며 일어나 천천히 그 메모지를 들여다보았다.

〈백산요양원 503호. 정진하가 있는 곳이라고 해. 너무 놀라지 말고 침착하게 만나보기 바라. 밤에 전화할게. 같이 갈까 하다가 그러면 이수가 편안하지 않을 것 같아서…… 약도를 두고 가. 김 비서가 전해준 대로 그려두었어. 조심해서 잘 다녀와.〉

어떻게 세수를 하고 옷을 챙겨 입었는지 알 수 없다. 손이 덜덜 떨려왔다. 이수의 자제력은 차에 올라타는 순간 형편없이 무너져 내렸다. 가쁜 숨을 몰아쉬며 그녀는 멍한 얼굴로 앞 유리창을 쳐다보았다.

진하가 살아 있다니…… 그럴 거라 믿었다. 이제껏 찾지 못하고 이런 상태가 된 것은 너무 화가 나지만, 소름 끼치도록 기가 막힌 얘기지만 이젠 진하를 찾았다. 진하는 어떤 상태일까. 백산요양원이라면 지난번 진하의 어머니의 쇼핑봉투에서 본 수건에 찍혀 있던 그 파란 글씨. 그렇다면 진하의 어머니는 쭉 알고 있었던 것일까. 충격과 혼란에 사로잡힌 채 이수는 차의 시동을 걸고 아파트를 빠져나갔다. 진하의 부모들은 그가 사라졌다고 말했다. 그래, 시간이 좀 걸리긴 했지만 결국엔 진하를 찾을 줄 알았어. 그녀는 자신을 달랬다.

　시 외곽의 교차로를 도는 순간 갑자기 머리가 터질 듯 아파오
며 시야가 흐릿해졌다. 그녀는 즉시 갓길에 차를 세웠다. 얼굴
에 땀방울이 맺혔다. 그 순간이었다. 누군가 머리 속에서 영사
기를 돌리는 것 같았다. 갑자기 어떤 장면이 눈앞에 펼쳐졌다.
그녀 자신의 모습이 보이더니 이내 어젯밤 시일이 웃으며 자신
에게 수프를 먹이고 있는 슬픈 장면이 떠올랐다.

　"시일 씨…… 그래서 그렇게 슬픈 얼굴이었나요?"

　그녀는 얼른 눈물을 거두고 일부러 아무렇지 않은 듯 고개를
흔들었다. 갑자기 모든 일이 빠르게 시작되었던 것처럼 시일의
슬픈 모습은 재빨리 사라졌다. 떨리는 손으로 차창을 열고 이수
는 신선한 공기를 들이마셨다.

　'나는 진하를 너무나도 사랑했다. 그 무엇과도 바꿀 수 없을
만큼!'

　고개를 흔들고 다시 차에 시동을 걸고 달리는 동안도 이수는
문득문득 시일을 생각했다. 그를 만나기 전까지는 지금까지 자
신이 그렇게 강렬한 감정을 경험하리라고는 상상도 하지 못했
었다. 그리고 잠시 그를 좋아했고, 그만 바라보고 살며 그가 곁
에 없을 때면 삶의 의미도 없는 것처럼 느꼈다는 사실에 망연자
실했다. 지금도 그를 사랑하는데……. 왜 진하를 만나러 가는
이 순간에 이렇게 그에 대한 마음이 확실해지는 것인지 알 수
없었다.

　가까스로 정신을 차린 이수는 이 모든 걸 머리 속에서 떨쳐

내려고 안간힘을 썼다. 이미 이수의 마음은 너무 혼란스러웠다. 나중에 생각하자고 스스로를 위로했다.

시내를 달려 차에서 내린 이수의 얼굴이 창백했다. 강원도 문막 쪽에서 좀 더 들어가는 요양원은 아주 깨끗하고 조용했다. 이른 아침이라 요양원 안엔 면회 온 손님이 한 명도 없었다. 비교적 깔끔하고 고급스러운 요양원이었다. 간호사는 책상의 먼지를 털며 콧노래를 부르고 있었다. 그 간호사는 요양원으로 들어서는 이수를 보고 얼굴을 찡그렸다.

"아직 면회 시간 전인데요."

이수는 갑작스런 간호사의 말에 얼떨떨해졌다.

"면회 시간이 따로 있었군요."

"전화는 하고 오신 건가요?"

"아뇨. 저…… 정진하 씨를 만나러 왔는데요. 이곳에 있지요?"

"정진하 씨와는 어떤 사이시죠?"

"네, 저…… 윤은숙 씨께서 다녀오라고 해서 왔어요. 사촌동생이에요."

이수는 떨리는 목소리로 서투르게 둘러댔다.

"여기는 규정상 미리 전화로 예약하셔야 하거든요."

"죄송해요. 미리 예약했어야 했는데……."

간호사는 면회 기록부를 열고 볼펜으로 쭉 기록부를 훑어 내리며 전화 예약이 되었는지 확인해 보고 있었다. 이수의 눈길도 간호사의 손에 잡힌 볼펜을 따라 내려가다가 어제 날짜에서 정진하 면회자 란에 김미희라고 기록된 글씨를 똑똑히 보고 말았다.

"저…… 어제 김미희 씨가 정진하 씨를 면회하신 건가요?"

"네. 왜 그러시죠?"

"아, 아뇨. 자주 오시나요?"

"일주일에 한 번쯤. 그런데 이상하시네?"

간호사가 걱정스런 얼굴로 말했다.

"전화로 윤은숙 씨께 한번 확인해 보겠어요. 어제도 김미희 씨께서 부탁하셨거든요, 아무나 면회시키지 말라고."

간호사는 은숙에게 전화를 걸었다.

"안녕하세요. 윤은숙 씨 되시죠? 여긴 백산요양원인데요, 여기 사촌 되시는 이름이?"

간호사가 이수에게 이름을 묻자 이수는 전화를 달라고 해서 받아 들었다. 가슴이 말로 다 할 수 없이 떨렸다.

[여보세요? 사촌이라니?]

"어머니…… 저 이수예요."

[세상에! 이수야, 너 거기 어떻게……?]

"어머니, 말씀은 올라가서 듣겠어요. 저 면회하게 해주세요."

[이수야, 만나서 좋을 게 뭐니? 응?]

"어머니, 지금 제게 어떻게 이렇게 할 수 있으세요? 어머니!"

[간호사를 바꿔다오.]

전화를 건네받은 간호사에게 은숙이 무엇이라고 하는 모양이

었다. 간호사는 전화기를 내려놓고 측은하게 이수를 바라보았
다. 이수의 얼굴엔 이미 눈물이 넘쳐흐르고 있었다.

얼마나 그리워하던 사람이던가. 얼마나 찾아 헤맨 사람이던
가. 이렇게 곁에 살아 있었던 것을…… 그리움이 한이 되어가던
그 긴 시간을…… 진하는 이렇게 살아 있었다니…….

"따라오세요. 진하 씨는 오층 특실에 있어요. 후원자를 잘 둔
덕분에 우리 요양원에서는 제일 좋은 병실에 계시죠."

"진하 씨의 상태는 어떤가요?"

"전신 마비 상태에 말도 하지 못합니다."

"저 혹시…… 그 후원자가 김미희 씨인가요?"

"네. 모르고 계셨나요?"

"아…… 네. 제가 진하 소식을 들은 지 얼마 되지 않아서요."

"네, 그랬군요."

승강기에서 내리니 벌써 외관부터가 아래층들과는 달랐다.
모퉁이를 돌자 오른쪽에 크고 호화로운 접수대가 하나 더 있어
전담 간호사가 있었으며 그 너머로 문이 보였다.

"은희 씨, 진하 씨 약혼자가 오셨어요."

"어머, 약혼자가 계셨대요?"

"네, 그러셨대요."

"난 부모님과 김 여사님만 계신 줄 알았는데."

"진하 씨는 이 병실에 있나요?"

"네."

  이수는 문을 열고 조심스레 병실 안으로 들어갔다. 이수가 문을 여는 순간 안에 있는 사람이 숨소리를 죽이는 걸 느낄 수 있었다.

  "누가 왔는지 보세요, 진하 씨."

  병실 안에서는 아무 소리도 들리지 않았다. 가슴이 철렁하고 떨어져 내리는 것 같았다. 간호사가 들어가 창에 커튼을 젖히자 병실 안 가득 빛이 쏟아져 들어왔다. 이수는 천천히 다가가 침대에 반듯하게 누워 있는 사람 곁으로 갔다.

  "진하야……."

  "……."

  "진하야…… 이수야, 이수가 왔어."

  "……."

  "미안해, 진하야. 나, 바보처럼 이제야…… 너를 찾았어."

  "……."

  이수는 다가가 진하의 얼굴을 들여다보았다. 그리고 다음 순간 눈을 감아버리고 말았다.

  "진하야……."

  오른쪽 얼굴은 심한 화상을 입은 것처럼 벌겋고 귀는 아예 보이지도 않았다. 흉터로 일그러진 얼굴에 새까만 눈동자가 장전된 총처럼 공격적이고 도발적으로 그녀를 노려보고 있었다.

거울처럼 반짝이는 까만 눈동자로 진하가 천천히 자신을
훑어보자 이수는 꼼짝할 수가 없었다. 이수는 갑자기 낯설어진
진하의 눈빛을 보며 당황했다. 그 눈빛은 의심과 분노에 차 있
는 눈빛이었다.

"진하야……."

"……."

진하는 다시 천천히 눈을 감아버렸다. 그 눈은 전혀 움직일
수 없는 상황에서 세상과 교류하는 유일한 통로였다. 그 통로를
닫아버리는 건 이수와 아무런 대화를 하지 않겠다는 것과 마찬
가지였다.

“진하야…….”

“진하 씨가 좀 당황하신 것 같아요. 잠시 시간을 드려요. 지금은 일어난 지 얼마 되지 않았고 소변 주머니도 교체해야 해요. 자, 잠시 비켜주세요.”

은희 씨라는 젊은 간호사는 웃으며 이수를 데리고 나왔고 다시 시트와 수건, 그리고 스테인리스로 된 환자용 변기를 들고 들어갔다가 잠시 뒤에 나왔다.

“시간을 좀 주세요. 진하 씨도 몹시 흥분하고 있는 눈치니까요.”

“내가 처음에 진하 씨를 보고 놀라지 말았어야 했어요. 내게 화가 났어요.”

이수는 참담한 심정으로 간호사를 붙잡고 울며 말했다. 간호사는 그런 이수를 앉히고 커피를 내왔다. 이수는 두 손으로 얼굴을 가린 채 흑흑 소리 내어 흐느끼고 있었다.

“커피 드시고 진정하세요. 건강한 약혼자가 마음을 단단히 먹어야죠. 진하 씨는 지금 위험한 상태예요. 중환자인데다 요즈음은 합병증까지 시달리고 있어요.”

“네, 고마워요. 그렇게 할게요.”

따뜻한 커피를 마시며 이수는 마음을 조금 진정시켰다. 커피를 마시며 곰곰이 생각하니 시일의 어머니인 김미희 여사가 후원자라는 사실이 연결이 잘 안 되었다. 혼란스러웠다. 뭐가 어떻게 돌아가는 것일까.

"그런데 진하 씨는 왜 저렇게 된 건가요?"

"그건 저도 몰라요, 폭발사고로 화상을 입었다는 것밖에는. 여기는 미국에서 몇 번의 수술이 끝나고 삼 년 전쯤 오신 걸로 알고 있어요."

"처음부터 쭉 진하 씨를 간호하셨어요?"

"아뇨, 제 전에 한 분 있었죠."

"네."

"이제 들어가 보세요."

"네."

이수는 이를 악물고 자리에서 일어났다. 가냘픈 등을 꼿꼿이 폈으나 가슴은 여전히 뛰었다. 진하는 잠들어 있는지 가만히 눈을 감고 있었다. 그의 잠든 얼굴을 가만히 바라보았다. 분명히 진하는 진하인데…… 어째서 이렇게 거리감이 느껴지는 것인지 알 수 없다.

다치지 않은 얼굴을 가만히 쓰다듬어 보았다. 가만히 엎드려 진하의 얼굴에 가슴을 묻었다. 얼마나 그리던 사람의 가슴인가. 이수는 진하의 숨소리와 함께 숨을 쉬었다.

"사랑해, 진하야. 미안해, 너 다친 것 보고 놀란 것. 진하 야…… 다 미안해. 네가 아프고 힘들 때 나 혼자 편하게 지낸 것…… 모두 미안해. 내가 미안해. 이제 내가 너 혼자 버려두지 않을게. 혼자 있게 하지 않을게."

"……."

"얼마나 찾았는지 몰라. 한 번도 너를 잊어본 적 없었어. 너도 나 보고 싶었지. 내가 그리웠지? 얼마나 보고 싶었을지 알아. 살아 있어줘서 고마워. 살아 있어줘서 고마워. 고마워, 진하야."

"……."

진하의 감은 눈에서 한줄기 눈물이 주르륵 흘렀다. 이수는 진하가 흘리는 그 눈물이 너무 아파서 바로 볼 수가 없었다.

"울지 마…… 미안해, 미안해. 내가 다 잘못했어. 너를 더 열심히 찾았어야 했어. 용서해 줘."

"……."

"이젠 나 아무 곳도 가지 않아. 내가 너를 지키고 보호할 거야. 이젠 네 곁에서 너만을 바라볼 거야."

잠시 동안 침묵이 흘렀다. 다음 순간 진하는 천천히 눈을 떴다. 그의 단호한 눈빛과 마주친 순간 이수는 솔직히 말하자면 진하의 빛나는 눈빛이 두려웠다. 진하는 움직일 수 있는 손가락을 사용해서 벨을 눌렀다. 이수는 진하가 손가락을 사용할 수 있다는 것에 너무 놀랐다. 벨소리에 간호사가 왔다. 이수는 눈을 크게 뜨고 말했다.

"소, 손가락을 움직였어요."

"네, 손가락과 팔은 움직여요. 고개도 돌리고요. 돌아눕거나 일어나 앉거나 하는 허리 아래를 전혀 못 써요."

"그렇군요. 그래요, 그럼 더 많은 것을 할 수 있겠어요."

"……."

진하는 그런 이수를 보며 다시 벨을 두 번 눌렀다. 간호사가 희망에 차서 웃고 있는 이수를 바라보았다.

"그만 나가달라고 하세요."

"네?"

"오늘은 너무 충격이 크신가 봐요. 어서요."

이수는 간호사의 충고에 따라 요양원 문을 나섰다. 그리고 잠시 생각 후 진하의 집으로 천천히 차를 몰았다.

오래전에 알았어야 한다고 원망에 원망을 거듭하며 진하의 부모님이 계신 그 집의 현관 복도에 들어서자 이수는 넋이 나간 사람처럼 멍하게 서 있었다. 진하를 찾았다는 기쁨과 행복이 그녀를 휘감았지만 마음 한구석엔 찌르는 듯한 두려움이 있었다. 그 두려움 속에는 김미희 여사에 대한 불안한 예감이 포함되어 있었다. 멍하게 서 있는 이수를 바라보며 은숙은 식당으로 들어갔다. 이수는 거실 소파에 무너지듯 주저앉았다. 잠시 뒤 진하의 어머니인 윤은숙 여사가 부엌에서 차를 준비해서 나왔다.

"오후에는 쉬기로 했니?"

그렇게 묻고는 얼굴을 찡그렸다.

"어머나, 얼굴이 왜 그러니? 너 정신없이 진하에게 다녀온 모양이구나."

"어머니, 전 생각이란 걸 잃어버렸어요."

둥근 얼굴에 짧은 머리에는 이젠 희끗희끗 새치가 많이 보이는 윤은숙 여사가 한숨을 쉬었다. 그리고는 차 잔을 건네며 말했다.

"앞으로는 좀 쉬면서 하거라. 피곤해 보이는구나. 하루아침에 해결될 문제가 아니다."

"어머니…… 왜 그러셨어요."

"……."

"왜? 제게 말씀 안 하셨어요? 네?"

이수는 은숙의 얼굴을 똑바로 바라볼 수가 없어 고개를 돌리며 찻잔을 내려놓았다.

"무슨 말을 하겠니? 너도 살아야지."

"그런 말씀이 어디 있어요. 어머니, 전 그렇지는 않아요. 전 지금 진하가 살아 있어서 행복해요. 행복해요."

"그래. 하지만 진하나 진하 아버지도 그렇고 우리는 네가 네 갈 길로 가기를 바랐다."

"전 진하 없이 제 갈 길로 가지 못할 것 같아요."

"어째서…… 그건 젊었을 때 생각일 뿐이지. 너도 나이 들어 보렴. 인생이 매일 그 자리에 있니?"

"어머니, 진하는 왜 저렇게 된 거죠?"

"오 년 전 진하가 산에 간다고 타고 가던 자동차의 브레이크가 고장을 일으켜 추락해서 폭발한 거라고 하더구나. 진하 죽을 고비 많이 넘겼다."

"그랬군요. 그런데 왜 비밀로 하셨어요?"

“우리는 네가 알게 되지 않는 것이 좋다고 생각했어.”

“김미희 씨는 누구인가요? 혹시 그 패션회사 대표인 김미희 씨인가요?”

“네, 네가 그분을 어떻게 알지?”

“역시 그랬군요. 그런데 어떻게……?”

“진하는 우리가 십 개월쯤 되었을 때 입양해 온 아이였어.”

“그, 그럼 그분이 진하의 생모세요?”

“그래…….”

“…….”

“괜찮니, 이수야?”

그녀는 그 순간 못 박힌 듯 멈춰 있었다. 은숙이 이수에게 뭐라고 말을 건넸지만 그녀는 아무런 대답조차 하지 못했다. 이수의 눈길은 미끄럼틀 꼭대기에 앉아 고사리 같은 손으로 손잡이를 꼭 잡고 있는 진하의 어린 시절에 찍은 사진에 온통 쏠려 있었다. 그 사진은 장식장 위에 놓여 있었는데 지금 곰곰이 생각해 보니 시일의 시골집에서 본 사진의 어린아이와 몹시 닮아 있었다.

김시일과 정진하. 그들이 형제란 말인가? 그럼 나와 이 뱃속의 아이는 어떻게 되는가. 이수는 넋이 나간 것처럼 자리에서 일어나 걸어나왔다.

“이수야!”

머리 속이 윙윙거렸다. 머리가 아파서 견딜 수가 없었다.

김미희 여사에게 계속 전화를 걸었지만 비서와의 통화에서는 김미희 여사가 장기출장 중이라는 이야기만 전해 들었을 뿐이다. 머리가 잔뜩 혼란스러워진 상태로 집으로 돌아갔다.

차 안에서 혼란스러워진 이수는 미친 듯 소리를 질렀다.

"문이수…… 어떻게 해? 문이수, 넌 정말 그 형제와 사랑에 빠진 거니?"

이수는 미칠 것 같은 기분이 되어 머리를 운전대에 기대고는 끊임없이 자신에게 되묻고 있었다.

"이 아이가 진하 씨 동생의 아이였어? 아니야! 아니야! 그럴 리가 없어! 그래…… 뭔가 잘못되었을 거야."

이수는 다시 운전대를 잡고 시동을 걸고는 아득하게 쓰러질 것 같은 정신을 바로잡으며 생각했다. 저녁때 시일 씨에게 말해야겠어. 미뤄봐야 소용없는 일이니까. 하지만…… 아무것도 모르는 시일 씨 앞에 진하가 나타나면 그는 너무 큰 충격을 받을 거야.

이수는 주차장에 차를 주차시키고 자신의 아파트로 올라갔다. 문 앞에서는 시일이 장미 꽃다발과 케이크를 들고 기다리고 있었다.

"안녕."

"시일 씨……."

"잘 다녀왔어? 피곤해 보여. 이수 축하해 주려고 이제껏 기다렸어. 진하 씨 찾은 거 축하해."

“응…….”

“들어가도 되지?”

맑고 깊은 눈으로 이수를 들여다보며 시일은 애써 미소를 지어 보였다. 그녀가 옷을 갈아입는 동안 시일은 아기들이 가지고 노는 장난감 자동차를 갖고 놀았다. 그녀는 스웨터와 편한 데님 치마를 입고 거실로 나갔다.

포근한 장면이었다. 아기를 가진 여자와 그 아기를 기다리며 아기의 장난감을 가지고 노는 아빠. 하지만 시일의 곁에서 늘 느끼던 평온함이 사라져 버렸다. 시일 씨가 이 모든 사실을 알게 된다면 그는 어떻게 나올까? 초조해하던 그녀는 이런 일들이 생겨 버린 데 화가 치밀었다.

“시일 씨.”

“응?”

“시일 씨 어렸을 때 이야기 좀 해봐.”

“난 기억나는 게 없어.”

“왜?”

“공장에서 난 폭발 사고로 기억을 잃었어.”

“시일 씨…….”

“왜? 왜 그래?”

그는 자신이 진하의 요양원을 가르쳐 준 것에 이수가 별 반응을 보이자 않아서 깜짝 놀랐다. 하지만 그런 것들을 먼저 물어보는 것은 적절치 않다고 생각했다. 그는 그녀를 감싸 안았다. 하

지만 이수가 장난감을 모두 챙겨 들고 쓰레기통을 향해 걸어가
려 하자 그가 그녀의 어깨를 감싸고 있던 손을 치웠다. 그러자
이상하게도 이수는 그에게서 밀려나는 기분이 들었다. 그녀는
정신이 혼란했다. 이수에게는 시일이 더 이상 남처럼 느껴지지
않았다. 지난날 그에게 엄청난 사랑을 아낌없이 쏟았음에 분명
했던 진하보다도 그가 더 익숙하게 느껴졌다. 이수는 장난감을
내려놓고 천천히 돌아섰다. 시일의 각이 진 이마를 쓰다듬었다.

"시일 씨……."

"응?"

"나 좀 안아줘."

그는 이수의 떨리는 손을 감싸 쥐고는 주저앉을 것 같은 그녀
를 천천히 일으켜 세워 품에 안았다. 그녀는 땀에 젖은 이마를
그의 가슴에 기댔다. 그는 이수를 더욱 따뜻하게 감싸 안았다.

"시일 씨……."

"너무 많이 힘들어?"

"응, 하지만 시일 씨…… 만일 누군가를 보호해야 할 일이 생
기면, 이번엔 내가 지켜줄 거야. 알았지. 내가 지켜줄게."

이수는 자꾸만 그에게 몸을 기댔지만 왠지 그를 잃어버릴 것
같은 기분이 들었다. 결국 이수는 시일에게 아무 말도 하지 못
하고 말았다.

스물-진실

다음날 아침, 아파트에서 내려오다 주차장에 차를 주차시키던 지민을 만났다. 지민은 자신을 보고도 그냥 지나쳐 차를 타는 이수를 잡고는 거친 숨을 몰아쉬며 말했다.

"제발 그만 하고 나 좀 봐. 이젠 내게로 돌아와. 그 녀석의 속셈도 알았잖아. 어떻게 해야 너를 다시 찾을 수 있는 거니?"

지민이 지치고 쉰 소리로 말했다. 이수는 놀란 표정으로 그를 물끄러미 쳐다보았다. 그리고는 차분하게 가라앉은 목소리로 지민에게 말했다.

"진하를 찾았어."

지민은 몸이 움찔하더니 눈이 튀어나올 것처럼 커져서는 그녀를 잡고 있던 손이 아래로 툭 떨어졌다. 두 사람 다 감히 건널 엄두도 못 낼 늪처럼 깊고 불안한 침묵이 흘렀다.

"지…… 지, 진하를 찾았다고?"

지민이 그 갑갑한 침묵을 깨뜨리며 어색하게 말문을 열었다.

"응, 요양원에 있었어."

이수가 다시 차분하게 가라앉은 목소리로 말하며 지민의 눈치를 살폈다. 지민의 입가에 냉소적인 웃음이 흘렀다.

"그랬구나. 살아 있었던 거네. 그런데 왜 그동안 그렇게 찾았는데 찾지 못했지? 이 자식들은 뭘 한 거야? 진하는 어떤 상태지?"

자제력을 잃은 듯한 표정으로 급히 묻는 그의 말에 이수는 놀랐다. 어쩐지 말을 하지 않은 편이 좋았을 거라는 생각이 들었다.

"너는 진하를 찾았다는데 기쁘지 않니?"

이수가 무뚝뚝하게 말했다. 그녀의 여린 옆모습이 팽팽히 긴장되었다.

"아니야, 난 너무 갑작스러우니까 놀라서 그랬지. 내가 얼마나 좋은데……. 나도 만나봐야지. 그런데 어느 요양원이지?"

지민은 그녀가 행여나 엉뚱한 생각을 품지 않도록 못 박을 필요가 있다고 느꼈다. 뭔가 의심스러운 눈초리로 바라보는 이수에게 자신을 변호해야 할 것 같았다.

"글쎄, 진하에게 너를 만나고 싶은지 먼저 물어보고 알려줄게. 괜찮지?"

이수가 차갑게 말을 끊었다. 그리고는 지민의 풀죽은 얼굴이 가엾게 느껴져 다시 덧붙여 말했다.

"섭섭했다면 미안해. 지금 난 내 정신이 아니거든. 다음에 이야기하자. 난 그만 가볼게."

이수는 다시 그 자리에 지민을 남겨두고 요양원으로 향했다. 주차장에 남아 있던 지민은 새파랗게 치밀어 오르는 분을 삭이며 진하를 찾기 위해 고용했던 사람들에게 전화를 했다.

"나야! 이 새끼들아, 일을 어떻게 하는 거야! 정진하를 잘 찾아보라고 했잖아!"

[그동안 계속 찾아도 없었습니다. 나타난 건가요?]

"요양원에 있었대!"

[전국의 요양원의 입원자 명단을 다 확인했었는데요.]

"지금 당장 문이수 차를 미행해!"

이수는 회사에 하루 휴가를 얻은 후 요양원으로 향했다. 차 안에서 요양원에 예약 전화를 하고 있는데 간호사의 이야기가 지금 막 김미희 여사가 다녀갔다는 것이다. 지금 이수는 그녀가 전에 한 번도 느껴보지 못한 갈증과 공포를 느끼고 있었다. 그녀는 나무를 휘감은 덩굴처럼 무엇인가가 자신을 옥죄어오는 듯한 느낌을 받았다.

이수의 차가 가파른 길을 천천히 오르자 뒤를 따르는 다른 차 한 대도 줄을 맞춰 그 뒤를 따랐다. 전방에 높다란 절벽 위로 커다란 둥근 지붕의 흰색의 백산요양원 건물이 시야에 들어왔다. 더 높이 올라갈수록 건물은 더 커 보였다. 하지만 뒤따라오는 검은 중형차에 자꾸만 신경이 쓰였다. 외진 길에 이차선 도로라 차가 드문 상황에서는 어떤 차도 시야에 들어오기 마련이지만 왠지 느낌이 나빴다. 요양원으로 들어가는 샛길로 들어서면서 이수는 다시 그 차를 돌아다보았다. 차는 요양원 길을 스쳐 지나서 달려갔다.

"아, 내가 너무 예민해졌나?"

이수는 긴장된 목소리로 중얼거렸다. 요양원 현관에서 마주친 진하의 전담 간호사는 이수 앞에 천천히 다가와 멈춰 서서는 무뚝뚝하게 고개를 끄덕였다.

"김 여사님께 꾸중들었어요. 아무나 면회 시켰다고……."

"난 아무나가 아니에요. 진하 씨의 약혼녀예요."

"그렇다 해도 우리는 보호자의 요청에 따를 수밖에 없어요."

하지만 간호사는 이수의 말을 아랑곳도 않고 꼿꼿한 태도로 그녀의 말을 일축했다. 이수는 당황했다.

"제발 부탁이에요. 그럼 올라가서 진하 씨에게 물어봐요, 나를 만나고 싶지 않은지."

"그러다가 또 야단 맞으면 어떻게 해요. 규정을 어기면 전 사표 써야 돼요."

"부탁이에요. 난 진하 씨를 꼭 만나야 돼요."

이수는 잠시 진하의 얼굴을 떠올리고는 얼굴이 창백해졌다.

간호사는 이수의 쓰러질 듯한 옆모습을 흘끗 쳐다보았다. 다른 사람 같으면 울며 통곡하거나 다시 찾지도 않을 텐데 슬픔을 부자연스럽게 참고 있는 그녀가 보기에 안쓰러웠다. 어제도 같은 여자라서 감정을 털어놓고 이야기를 나누면서 서로 이해하고 가까워졌는데 냉정하게 거절하기가 어려웠다.

"좋아요. 올라가서 진하 씨에게 물어보죠. 하지만 진하 씨도 만나기 싫다면 돌아가세요."

"네, 고마워요."

그제야 미소를 지으며 이수는 숨을 돌렸다. 오층으로 올라간 이수는 간호사가 진하에게 이수와 면회를 할 것인지 물어보고 올 동안 가슴을 졸였다. 잠시 뒤에 간호사가 나타났고 들어오라고 고개를 끄덕였다.

병실로 들어선 이수는 가슴이 떨려왔다. 이수는 침대로 다가가 눈을 감고 있는 진하의 뺨에 살짝 입을 맞춘 뒤 말했다.

"살아 있어줘서 고마워. 고마워…… 진하야. 사랑해."

이수는 서두르지 않고 침대에서 물러나 창문을 열고 커튼을 젖혔다. 그리고는 창문도 활짝 열었다. 그녀는 시원한 공기를 병실 안 가득 채우고 가슴 가득 그 공기를 들이마셨다. 커다란 바위가 점점이 박혀 있는 울창한 소나무들 경사지 위로 푸른 하늘이 청록색 숲과 어우러져 끝없이 펼쳐져 있었다. 눈이 시릴 정도로 아름다운 광경이었다.

그녀가 맑은 공기로 가득 찬 병실 안으로 시선을 돌리자 침대에 누워 자신을 물끄러미 바라보고 있는 진하가 보였다. 그는 이마에 살짝 주름을 잡고 이수에게만 시선을 주고 있었다. 날카로운 눈빛이 특이하게 빛났다. 이수는 천천히 그 눈빛을 피하지 않고 침대에 누워 있는 진하에게로 다가갔다. 침대 머리맡에 서서 누워 있는 진하를 가만히 바라보았다. 바로 그때였다. 그가 손가락으로 그녀를 살짝 끌어당겨 가만 흔들었다. 어렴풋이 그녀는 진하가 자신에게 이야기하고 싶어한다는 걸 깨달았다. 이수가 따뜻하고 떨리는 목소리로 조용히 물었다.

"진하 씨, 나랑 이야기하고 싶은가요?"

"……."

그는 눈을 한 번 깜빡거렸다. 이수는 진하에게서 두 발자국 떨어진 곳에 갑자기 멈춰 서더니 곤혹스런 표정을 지었다.

"아, 어떻게 이야기를 하는 것이 좋을까?"

그러다가 갑자기 생각난 듯 어깨를 움칫했다. 이수는 얼마나 긴장했던지 숨죽인 소리로 더듬거렸다.

"진하 씨, 내 차에 노트북이 있어. 가져오면 글을 찍을 수는 있죠?"

그 순간 간호사가 그들 쪽으로 걸어왔다. 이수는 왠지 모르게 큰 죄를 지은 것처럼 주눅이 들어 얼굴이 빨개졌다.

"진하 씨가 몹시 지쳐 보여요. 이젠 좀 쉬어야겠어요."

간호사가 말했다.

"진하 씨, 그러고 싶어요?"

진하는 이야기를 더 하고 싶은 모양인지 쉬지 않겠다는 듯 눈을 두 번 깜빡거려 보였다. 눈을 한 번 깜빡이면 예, 두 번 깜빡이면 아니오라고 의사를 표시하는 것 같았다. 간호사는 굳은 표정으로 손을 저으며 급히 말했다.

"안 돼요. 진하 씨 쉬어야 해요. 김 여사님께 우리 야단 맞아요."

그러자 진하는 신경질적으로 벨을 두 번 눌렀다.

"아휴, 내가 진하 씨 때문에 못살아."

간호사는 이수에게 무뚝뚝하게 말한 뒤 다시 병실 밖으로 나갔다. 이수는 빠르게 주차시켜 둔 자신의 차로 내려가 노트북을 가지고 올라왔다. 핸드폰을 주고 싶었으나 손을 움직이는 것도 둔해 노트북으로 대화가 가능할지도 걱정이었다.

"아휴, 잘되어야 할 텐데……."

이수는 노트북을 가지고 엘리베이터를 타려고 기다리다 바쁘게 움직이는 사람들을 무심히 쳐다보았다. 그러다 굳은 얼굴로 저도 모르게 한곳을 뚫어져라 응시했다. 대합실 저 멀리에서 다른 사람과 얘기를 나누고 있는 어떤 남자가 그녀의 눈길을 사로잡았다. 이수는 그 자리에 못 박힌 채 꼼짝도 할 수 없었다. 심장이 미친 듯이 뛰었다.

그 남자는 키가 무척 컸다. 강인하면서도 무서워 보이는 구릿빛 얼굴은 한눈에도 무척 눈에 잘 뜨이는 타입이었다. 지민의 사무실에서 언젠가 마주친 적이 있는 사람. 진하를 찾는 일을 맡고 있다고 지민이 인사를 시켜주었었다. 이수는 속이 울렁거리고 관자놀이 뒤가 무겁게 욱신거렸다. 온몸에 땀이 났다. 두려움과 혼란에 휩싸여 자신이 지금 무슨 생각을 하고 있는지 어리둥절했다. 현기증이 났다. 바로 그때 그 남자가 고개를 돌려 이수를 보았다. 그리고는 그 자리에 얼어붙었다. 그가 어두운 눈으로 이수의 얼굴을 뚫어져라 쳐다보자 그녀는 어쩔 줄을 몰랐다. 갑자기 속이 메슥거려 이수는 가까운 화장실을 찾아 달려갔다.

걱정했던 것처럼 토하지는 않았다. 하지만 여전히 온몸이 떨렸다. 그녀는 세면대 앞에 서서 생각에 잠겼다. 무엇보다 자신의 이상한 행동이 당혹스러웠다. 무엇이 그런 행동을 하게 했을까? 도대체 무엇 때문에 그렇게 갑자기 멈춰 서서 그 사람을 멍하니 쳐다봤을까? 지민이 알아보라고 했으니 찾아서 보고하려던 것일 수도 있고……. 그녀는 얼굴을 찡그렸다. 몸이 좋지 않았다. 아무리 생각해도 지민의 심복인 듯 보이는 그 사람에게 두려움을 느낄 만한 이유가 없었다. 그녀는 별것 아닌 일에 과민반응을 보인 자신을 나무랐다. 하지만 그녀는 자신이 그 사람을 보았을 때 본능적으로 불안함을 느꼈다는 걸 잘 알고 있었다.

지민이가 나를 미행시킨 걸까? 진하에게 안 좋은 일이 생기면 어쩌지? 불안감이 솟구쳤다. 그녀는 멍하니 허공을 응시한 채 믿었던 지민에 대해 공허하고 흐릿한 불확실한 느낌으로 빠져들었다. 소란스러운 아주머니가 화장실로 들어와 이수는 가까스로 정신을 차렸다. 그녀는 얼른 눈을 깜빡이고는 마음을 진정시키기 위해 숨을 깊이 들이마셨다.

"기다렸지, 진하야? 화장실 다녀왔어."

"……."

"피곤하지 않아? 이제 창문 닫을까?"

진하는 미소 지으며 두 번 눈을 깜빡거렸다. 진하가 한결 부드럽고 온화해진 눈으로 붉게 달아오른 이수의 얼굴을 살폈다.

"그럼 시원한 바람이 불어오도록 창은 열어두고 자, 노트북! 하고 싶은 이야길 해봐."

침대를 반쯤 일으켜 세우고 진하의 오른손 곁에 앉아 노트북을 놓아주었다. 진하는 손가락 하나로 천천히 누르기 시작했다.

〈아직도 진하를 사랑해?〉

궁금한 듯 그의 짙은 눈이 점점 커지자 이수는 가슴이 마구 뛰어 숨 쉬기조차 어려웠다.

"언제나 사랑해. 믿어지지 않겠지만 진하야, 난 늘 너를 잊지 않았어."

진하의 눈이 가만히 이수를 응시했다. 그 눈은 마치 진심을 읽어 내려는 것처럼 침착했다.

〈그럼 김시일은?〉

순간 그녀는 정신을 잃을 뻔했다. 하지만 진하의 번득이는 까만 눈과 마주치자 가슴이 울렁거렸고 맥박이 거칠게 뛰었다.

"미, 미안해, 진하야. 알고 있었니?"

미안한 마음이 이수를 괴롭혔다. 고통스럽고 힘들었다. 하지만 이렇게 되어버린 진하를 외면할 수는 없었다. 그녀는 눈을 크게 뜨고 그의 모습을 빨아들일 듯이 바라보았다.

"그 사람이 네 동생인 줄 몰랐어. 용서해 줘. 시일 씨를 사랑하고 있어. 하지만 그를 설득할게. 네 곁에 있을게, 진하야. 나 네 곁에 있고 싶어."

그녀가 속삭이듯 말했다.

"약속해. 약속해, 진하야. 네 곁에 있을게."

〈정진하를 지켜주겠다고 약속할 수 있나?〉

진하의 눈빛이 더욱 강하게 빛났다. 마치 눈빛만 살아 움직이는 것 같았다.

"맹세해. 필요하다면 내 목숨이라도 걸 거야. 나 이젠 너를 잃고 싶지 않아."

진하는 한참을 더 가만히 생각하다가 천천히 글자를 만들어 보였다.

〈당신을 믿겠어.〉

"고마워, 진하야. 네가 마음을 열어주지 않아서 힘들었어."

그녀는 떨리는 마음을 진정시키며 그의 다음 대답을 기다렸다. 노트북 모니터 위에 커서가 깜빡거리다가 천천히 글자를 만들어갔다. 이수는 눈을 동그랗게 뜨고 호흡을 멈췄다.

〈나는 정진하의 쌍둥이 동생 김시일입니다.〉

이수는 진하가 만들어놓은 글자를 보고는 놀라 몸을 떨었다. 이 사람이 김시일? 그럼 내가 아는 그가? 무슨 소리지? 그가?

이수는 얼굴이 하얗게 변했다. 그녀는 허둥지둥 가까운 의자를 끌어당겨 앉았다. 그의 눈이 재밌다는 듯 싱긋 웃었다. 눈을 동그랗게 뜨고 침대를 꽉 움켜쥐고 앉아 있는 이수를 바라보는 그의 표정이 더 이상 긴장돼 보이지 않았다.

〈당신이 아는 김시일이 정진하요. 느꼈죠?〉

"그…… 그럼 두, 두 사람이 쌍둥이였어요? 세상에! 어떻게 이런 일이!"

이수는 갑자기 숨이 막혀왔다. 김시일이라고 알았던 그 사람이 진하라니…… 내 아이의 아빠라니……. 기가 막히기도 하고, 안도감이 들기도 했고, 차마 믿을 수 없어 불안하기도 해서 혼란스러웠다. 진하인 줄만 알았던, 눈앞에 누워 있는 시일은 그런 이수를 가만히 지켜보았다. 이수는 마음을 가라앉히려고 노력하면서 다시 차분히 물었다.

"그럼 진하가 여태껏 연극을 했나요?"

〈아니, 형은 몰라.〉

이수는 그 글을 읽고 금방 차분해진 몸짓으로 돌아섰다.

"진하는 모른다구요? 하지만 진하는 공장에서 사고를 당했다고 했는데?"

〈엄마가 그랬겠죠, 엄마가 형을 모두 다시 가르쳤으니.〉

"어머니가 나쁘세요. 어떻게 그런 일을……."

이수가 불쑥 말했다.

〈당신은 제멋대로 판단하고 있어요. 그렇게 하게 한 것은 나야.〉

"왜인가요? 왜 진하를 당신으로 만든 거죠?"

〈복수를 해야 했지만 보다시피 난 움직일 수 없으니.〉

"진하는 절대로 그럴 수 없는 애예요. 그는 운전할 때도 길가에 동물들이 다칠까 봐 천천히 다니는 사람이에요. 그런 사람에게 당신들의 복수를 하게 만들어요?"

〈형에게 내 이야기를 해선 안 돼.〉

"왜죠?"

〈형은 너무 착해서 네가 이렇게 된 걸 못 견딜 거야.〉

"형을 돕다가 이렇게 된 건가요?"

그는 더 이상 아무 말도 하지 않았다. 가슴에서 뜨거운 것이 치밀어 올랐다. 감정이 끓어오르자 이수는 문을 열고 서둘러 밖으로 나갔다. 답답했다. 가을이 가까워 오는데도 맑고 무더운 낮이었고 바람은 없었다. 그녀는 지금 병실에 누워 있는 그의 기분이 어떨지 잘 알고 있었으므로 다시 걸어 들어갔다.

이수는 이제야 모든 것을 알 것 같았다. 피렌체에서 그처럼 그를 원했다. 다른 남자들과는 전혀 다르게 그를 원했고 그 점이 두려웠다. 마치 거대하고 걷잡을 수 없는 격정이 모든 분별력을 앗아간 듯했다. 하지만 그것은 그가 꿈속에서도 잊지 못하는 진하였기 때문에 그랬던 것이다.

순간 그녀가 갖고 있는 모든 감정이 기쁨으로 요동쳤다. 마음이 큰 시계처럼 요란스레 울어댔다. 이수는 지금 자신의 감정을 감당할 수가 없어 대신 큰 소리로 흐느꼈다. 시일이 진하라는 충동적인 결론에 이르자 이수는 다시 마음을 가라앉히고 침착해지려 노력했다. 그러곤 병실로 들어가려는데 뒤에서 부르는 소리가 들렸다.

"이수 씨!"

김미희 여사였다. 그녀는 밝은 크림색 원피스를 입고 있었고 슬픔 속에서도 어렴풋이 얼굴이 빛났다.

“안녕하세요. 오셨군요.”

이수가 작은 소리로 말했다. 김미희 여사가 돌아서서 간호사에게 말했다.

“은희 씨, 진하를 잠시 쉬게 해줘요.”

“네, 김 여사님.”

간호사가 병실로 들어가자 김 여사는 복도 끝에 놓여진 작은 소파로 이수를 데리고 가서 앉았다.

“이수 씨, 몸은 좀 어때요?”

“괜찮습니다.”

“다행이군요. 다행이에요.”

“왜 그러셨어요?”

이수가 담담하게 물었다. 따지고 싶은 마음이 굴뚝같았으나 이수는 눌러 참았다.

“지민의 아버지에게 회사를 빼앗겼을 때, 애들 아빠는 공장에서 목을 매고 자살하셨지. 나는 공장의 경리를 보고 있었는데 우린 아직 결혼식도 못 올렸었어. 돈을 받으면 결혼도 하고 다 잘될 거라고 믿은 것이 잘못이었어. 아빠가 죽고 아기를 낳고 보니 쌍둥이였어. 하나를 키우기도 힘이 든 처지에 우유 값도 없고…… 조금이라도 덜 울고 방긋방긋 웃는 진하를 입양 보내고 일 년을 미친 듯 살다가 간신히 시일이도 출생신고를 했어.”

김 여사가 굳은 목소리로 털어놓았다.

"그래서 시일 씨가 우리보다 한 살 어린 걸로 되어 있었군요. 정말 상상도 못한 일이에요. 두 사람이 쌍둥이라니……."

이수가 믿을 수 없다는 듯이 얼굴을 찡그렸다.

"사고가 나기 얼마 전 시일이가 진하를 찾아냈어요. 우리는 아무것도 몰랐어. 다만 진하에게 시일이가 많은 애착을 가진 거지. 그래도 진하가 상처받을까 봐 아는 척도 못하고 지켜보고 있었던 거야. 그런데 그날 아침……."

목까지 올라온 눈물을 참으며 김 여사가 고백했다. 이수는 두 팔로 그녀를 살짝 끌어당겨 가만 흔들었다. 그녀는 자신이 생각했던 것보다 훨씬 무서운 비밀이 숨겨져 있음을 어렴풋이 짐작했다. 이수가 가진 따뜻한 온기와 안정감으로 김 여사는 숨을 깊이 들이쉬었다. 김 여사는 이수에게 그 사고에 대한 이야기를 들려주었다. 김 여사 역시 방 안에 따로 갖춰둔 환자용 특수 컴퓨터를 이용해 시일과 이야기를 나누고 있었던 것이다. 만약을 대비해서 감춰두고 있지만…….

오 년 전 진하를 찾아낸 것은 시일이었다. 생각했던 것보다 진하는 훨씬 훌륭하게 성장해 있었다. 부유한 집안에 외동아들로 입양되었던 착하고 상냥한 진하는 그를 끔찍이도 아끼는 양부모 덕분에 험한 세상을 모르고 살았다. 열여덟 살 때 사랑에 빠져 이수라는 그 아가씨와 대학교에 들어가서는 약혼도 했다. 하지만 진하의 가장 친한 친구를 보고 시일은 경악했다. 그는 다름 아닌 자신의 집안과 원수인 삼우물산 이지민이었던 것이다. 그들은 대학에서 만나 친구가 된 모양이었다. 그 사고가 나기 며칠 전 진하를 만나서 자신들이 쌍둥이임을 밝혔다. 진하는 충격이 컸던 모양인지 산에 다녀온다고 했고 그날 아침 김시일은 어쩐지 불안한 마음이 들어 진하와 이지민의 집 안과의 악연도 이야기할 겸해서 산에 같이 가기로 했다. 진하가 운전을 하고 차는 출발했다. 출발한 뒤 서울을 벗어나 외곽도로를 달리기 시작할 무렵부터 차에 이상이 생겼다. 차는 브레이크 파열을 일으키며 내리막을 달리기 시작했고 순간적으로 운동으로 순발력이 다져진 시일이 핸들을 잡으며 차 문을 열고 진하를 밖으로 밀쳐 냈고 자신은 그대로 차와 함께 가드레일을 들이받으며 정신을 잃었다. 차는 폭발했고 그 폭발에서 간신히 살아남았다. 두 사람을 다 치료했는데 진하는 그 사고 이후 기억을 잃어버렸다. 진하를 시일로 만든 것은 시일의 생각이었다. 어떤 이유로든 이 사고의 범인도 찾아야 했고 오랜 시간 복수를 위해 노력했던 일들도 누군가는 대신해야 했다.

"정말 생각도 못했어요. 진하 씨도 수술을 받았나요?"

"얼굴을 많이 다쳤으니까. 재활치료를 하면서 운동도 시작했지."

"그래서 다른 모습의 진하가 나타난 거군요."

"응. 하지만 자신의 위치에 따라서 스스로 변하더군요."

"그럼 저기 누워 있는 시일 씨는 어떻게 되는 건가요?"

“이번에 한 번 더 수술을 할 예정이야.”

“그래요. 저도 갑자기 진하에게 이 모든 사실을 알려서는 안 될 것 같아요.”

“그래, 그 아인 지금 그대로 둬야 해. 진하를 키워주신 양부모님께는 죄송하지만 자연스럽게 기억이 돌아올 때까지 그냥 지켜봐요. 시일이도 그걸 원하고…….”

“범인을 알아냈나요?”

“어느 정도는 알아냈어요.”

“저…… 이 병원은 안전한가요?”

“왜 그러지? 그런 건 왜 물어?”

김 여사가 이수가 식은땀을 흘려 축축한 이마 위에 드리워진 머리칼을 부드러운 손길로 쓸어 넘기자 이수는 몸에 힘이 빠졌다.

“그렇게 생각하고 싶진 않지만…… 위험이 다가오는 것 같아요. 어머니, 느껴져요.”

이수는 김 여사 쪽으로 얼굴을 돌리고는 흥분한 숨결을 감추며 말을 이었다.

“제가 밤에도 여길 지킬래요.”

이수는 이젠 우리에 갇힌 짐승처럼 안절부절못하고 복도를 왔다 갔다 했다.

“이렇게 되기 전까지는 아무 일도 아닌 걸 예민하게 생각하고 있다고 생각했어요. 내가 터무니없다고 생각했어요. 하지만 아닌 것 같아요. 저기 누워 있는 시일 씨가 위험해요.”

김 여사는 이수가 왜 그렇게 순식간에 이곳이 위험하다고 생각했는지 비로소 깨달았다. 바로 이지민의 수하들이 다녀간 일 때문이었다. 지민에 대한 불신과 의심의 싹이 이수 자신도 모르게 자라고 있었던 것이다.

“짚이는 사람이 있는 거지?”

“아직은 확실치 않아요.”

사고가 나고 진하가 사라졌을 당시에는 지민이가 진하와 자신을 질투하리라고는 꿈에도 생각하지 못했다. 한때 지민이가 이수에게 좋아한다고 말한 적이 있었다. 하지만 이수는 웃고는 무시했었다. 자존심 때문인지 그 이후로 지민이는 본심을 감추고 있었던 것이다.

“하지만 어머니, 범인이 진하가 살아 있는 것을 안다면 진하도 시일 씨도 무사하지 못할 거예요.”

이수가 감정을 못 이긴 채 상기된 얼굴도 말했다. 이수는 마음을 굳게 먹었다. 또다시 지민이가 시일과 진하를 다치게 내버려 둘 순 없었다.

“여긴 이미 준비를 해두고 기다리고 있어. 이곳은 내가 지킬 거야. 온다면 더 반갑게 맞아야지. 이수 씨는 서울에 있는 진하를 돌봐줄 수 있겠어요? 그 애가 눈치채지 못하게.”

김 여사는 잠시 후 차분한 목소리로 물었다. 이수가 당황해서 얼굴을 찌푸렸다.

"어머니도 위험하세요."

"내 두 자식의 인생을 망친 놈이야. 내가 잡아. 난 그걸 기다리며 살아왔어요."

김 여사가 비장하게 말했으므로 그 얼굴은 엄숙하기까지 했다.

"조심하실 거죠, 어머니?"

이수는 어쩔 수 없이 덧붙였다. 김 여사가 이수의 머리를 쓰다듬었다.

"누가 되었든 절대로 내 자식들을 저렇게 만든 그놈을 용서하지 않을 거야."

이수는 그런 김 여사를 보며 눈물이 솟구쳐 돌아섰다. 김 여사가 이수를 붙잡아 자기 품으로 끌어당겼다.

"일찍 일러주지 못해서 미안하다. 기회를 기다렸어. 이번 피렌체에서 너희들이 만난 것은 정말 우연이었어. 나도 예상치 못했었다. 나는 너희가 함께 있을 거라고 믿는다. 진하를 부탁해."

이수는 김 여사의 손을 꼭 잡았다.

"경찰에 신고해요, 어머니. 네?"

"아니, 이건 경찰이 개입하면 못 잡는다. 걱정하지 마."

이수는 결국 그곳에 김 여사를 남겨두고 자신의 아파트로 돌아왔다. 뜻밖에도 아파트에는 이수의 아버지와 시일이 함께 있었다.

"아버지, 어떻게 된 거예요?"

"응, 이번 아버님께서 연구하시는 은나노 기술을 우리가 사기로 했어. 삼우물산에서도 패션회사를 넘긴 마당에 이 연구는 필요가 없거든."

이수는 걱정했던 아버지 일이 해결되어 너무 기뻤다. 아무 말도 하지 못한 채 이수는 멍하게 눈앞에 자신이 시일인 줄 알고 서 있는 진하를 안았다.

"왜 그래? 무슨 일 있어?"

"너무 좋아서…… 네가 너무 좋아서……."

그는 이수를 안고 빙그레 웃었다. 그도 너무 좋았다. 진하를 찾으면 떠나갈까 봐 마음을 졸였었다. 하지만 이수는 어쩐 일인지 더 자신에게 가까워진 것처럼 느껴졌다.

"씻어. 난 저녁을 준비할게."

"응."

이수가 샤워하고 나왔을 때는 아버지와 그가 나란히 저녁을 준비하고 있었다. 이수는 그 옛날 진하가 집으로 놀러오면 아버지와 함께 음식을 하던 기억을 떠올렸다.

"아니야, 설탕이 아니야. 그럼 안 돼. 물엿을 넣어야지."

진하는 생선조림에 물엿을 넣으며 물었다.

"너무 달지 않을까요?"

"내가 원래 달게 먹어."

아버지가 그를 향해 활짝 웃었다.

"다 됐어요. 아버님, 맛있을까요?"

그가 기대에 차서 물었다. 이수의 아버지는 껄껄거리며 웃는
다.

"내가 맛보면 알아."

이수는 문밖에 서서 웃음을 참았다. 두 사람이 함께 있는 모
습이 너무 보기 좋았다. 그는 망설임없이 이야기를 하고 있었고
찌개는 보글보글 끓고 있었다. 두 사람은 웃음소리를 내며 저녁
을 장만하기에 여념이 없었다. 이수가 행복한 생각에 잠겨 작은
소리로 말했다.

"아빠, 나 배고파."

한 시간 뒤 이수는 침실로 돌아와 누웠다. 그는 수건을 몸에
두른 채 욕실에서 나오다가 멈춰 섰다.

"이야기 좀 해."

이수가 침대에 누워 말했다. 그가 자신감 넘치는 얼굴로 미소
를 지었다.

"좋아. 어떤 얘기부터 하는 게 좋겠어?"

"그냥 우리 이야기……."

이수가 속삭였다. 침묵이 이어졌다. 그는 더 이상 참을 수 없
었다.

"사랑해. 너를 잃을까 봐 무서웠어."

그 말에 이수는 마음이 흔들렸다. 그가 한없이 가여워졌다.

"나도 사랑해."

이수는 그가 기억을 잃어버린 사고에 대해 생각하니 가슴이 미어졌다. 이수는 그의 단단한 몸을 끌어안고 매혹된 눈으로 그를 빤히 올려다보았다.

"사랑에 빠지는 데 시간이 걸렸고, 사랑한다는 걸 깨닫는 데는 더 시간이 걸렸어."

이수가 강렬한 눈으로 자신의 눈을 들여다보자 그도 아무런 말 없이 이수의 볼을 쓰다듬었다.

"늘 사랑한다고 말하면서도 정말 없으면 안 된다는 것을……. 그걸 깨달았을 때는 이미 사라지고 없었어."

이수의 입에서 흐느낌이 새어 나왔다. 그녀는 오 년이나 늦은 고백을 하고 있었지만 그는 알아듣지 못했다. 다만 이수가 자신을 사랑한다고 느끼고 있을 뿐이었다. 이수가 빙그레 웃으며 그를 바라보자 그도 따뜻한 눈빛으로 그녀를 보았다.

"늘 너를 사랑했어. 나는 당신이 어느 세상에 있어도 당신을 찾아낼 수 있어요."

그녀가 흡족해서 명랑하게 말했다.

"누가 한 말이야? 멋진데?"

"문이수가 한 말."

처음 피렌체에서 이수의 마음을 온통 뒤흔들어놓은 멋진 미소를 지으며 그가 그녀를 내려다보았다. 그녀는 마음이 흔들렸지만 아직 중요한 말이 남아 있었다.

"하지만 그래도 요양원에 있는 진하를 돌봐줘야 해."

이수가 조용히 말했다.

"그렇게 해야지 뭐……."

이수가 입술을 벌리자 그의 감각적인 입술이 다가왔다. 그가 그녀를 조심스럽게 끌어당겼다. 침대 머리 위에 오렌지 불빛을 받아 두 사람의 눈이 별처럼 빛났다. 그는 그녀의 사랑스런 얼굴을 부드러운 눈길로 바라보며 꼭 끌어안았다.

"사랑해."

이수는 눈을 감으며 생각했다.

'사랑해, 진하야. 사랑해. 네가 이 세상 어느 곳에 있었더라도 결국 난 너를 찾아내고 말았을 거야.'

"**어**머니, 괜찮으세요?"

[범인을 잡았다. 네가 좀 와줘야겠어.]

다음날 아침 이수는 경찰서에 가 있는 김 여사에게 전화를 받았다.

이수는 경찰관의 팔짱을 끼고 조사실로 들어서고 있는 키가 크고 강인한 구릿빛 얼굴의 그 남자를 바라보았다. 그 남자는 요양원에서 본 그 사람이었다. 이수는 바짝 긴장해서 얼굴이 창백해졌다. 곧게 뻗은 콧날과 쏘는 듯한 잿빛 눈은 그를 얼음처럼 차가운 무서운 사람으로 보이게 했으며, 굳게 다문 입가에는 속에 품고 있는 생각은 조금도 나타나 있지 않았다. 그는 아주 침착하고 담담하게 보였다. 지민의 심복다웠다.

그가 프런트를 떠나 엘리베이터에 올라타는 것을 김 여사는 몰래 지켜보았다. 언젠가는 범인과 맞닥뜨릴 것을 각오하고 있었지만 김 여사로서는 떨렸다. 김 여사가 준비해 둔 사람들도 물론 대비를 시켰지만 의외로 그 남자는 허둥대고 있었다. CCTV가 설치되었을 거라는 생각도 못한 모양이었다. 결국 방에 들어서자마자 그 남자는 김 여사의 예상대로 화면에 잡혔고 침대에 누워 있는 사람의 목을 누르다가 침대에 누워 있는 그 남자에게 붙잡혔다. 김 여사가 그럴 줄 알고 시일 대신에 경호원을 자게 해두었던 것이다. 저 남자는 왜 그렇게 여유를 두고 계획을 세운다든지 하지 못하고 허둥대고 있었을까…….

조사실에 수사관과 마주 앉은 그 남자는 그 조사관의 말에 잘 대답을 하지 않는 눈치였다.

"그러지 말고 솔직하게 말해. 누가 시켰어? 혼자 뒤집어쓸 생각인가?"

"글쎄, 난 그런 건 모른다니까. 내가 혼자 했어."

"그럼 왜 그랬는지 이유가 있을 것 아냐? 정진하를 왜 죽이려고 했어?"

그 남자의 얼음장 같은 얼굴이 수사관을 뚫어져라 응시하고 있었다.

이수는 의아스러운 표정으로 젊은 형사를 쳐다보았다. 머리 속은 안개가 낀 듯 흐릿했다.

어떻게 지민은 이렇게까지 하는 것일까?

"누군지 아시겠습니까?"

젊은 형사가 이수를 달래듯이 말했다.

"저 사람이 누가 지시했는지 말하던가요?"

이수의 입술은 바싹 말라 있었다. 김 여사는 이수의 몸을 감싸주면서 대답했다.

"아직."

젊은 형사와 수사관 둘은 짜증스럽게 손을 내저었다.

"입이 무거운 놈 같아서 배후를 알아내려면 고생깨나 할 것 같소."

"그럴 테죠……."

이수는 힘없는 목소리로 동의했다. 그녀가 기가 막히는 건 언제나 그처럼 친절하게 대해주던 지민의 모습 때문이었다. 눈물이 쏟아질 듯해서 이수는 얼른 얼굴을 돌리며 가냘픈 목소리로 말했다.

"문이수 씨는 그 범인이 누군지 아시죠?"

"네, 제가 저 사람을 좀 만나봐도 될까요?"

"조사실로 들어가 보시겠다는 것인가요?"

"네."

"이수야, 위험할 거야. 그만둬라."

"괜찮아요, 어머니."

지민이가 진하를 죽이려고 하다니! 멍해진 상태에서 깨어났을 때 이 무서운 사실이 이수의 머리에 칼날처럼 파고들었다. 냉혹한 현실에서 도망치듯 이수는 눈을 꼭 감았다.

이수가 들어가 그 남자의 어깨에 손을 올려놓고 다정하게 미소를 지어 보이자 그 남자는 의아한 듯 어깨를 흔들어 이수의 손을 피하며 천천히 얼굴을 들어 이수의 눈을 쳐다보았다.

"내게 무슨 일이요?"

그는 눈살을 찌푸리곤 쌀쌀맞게 물었다. 이수는 여전히 화가 잔뜩 난 듯 툴툴거리며 의자에서 몸을 들썩이는 그 남자를 바라보았다.

"사장님이 지시했나요?"

"사장님은 당신을 좋아하지 말았어야 했어. 당신 같은 여자는 인생에 아무 도움이 되지 않는다고 충고했는데도."

"좋아요. 그런데 진하의 차를 그렇게 만들어 사고가 나게 한 것도 당신이었나요?"

"난 아무 말도 하지 않겠소. 난…… 그래, 물론 모두 내가 혼자 한 일이요."

그가 자신을 위해 비밀을 털어놓지는 않을 것이라는 것을 잘 알기 때문에 이수는 그 자리를 그냥 나왔다.

"괜찮니? 이수야, 병원에 좀 가봐야겠다."

김 여사는 몸을 굽혀 조사실에서 나오자 그 자리에 주저앉는 이수를 부축했다. 김 여사의 어머니로서의 굳은 의지가 이수를 압도하는 듯했다. 오랜 집념을 가지고 당신이 사랑한 자식들을

해친 범인들을 끝내 찾아낸다는 것은 결코 아무나 할 수 있는
일은 아니었다.

"나가는 동안 날 붙잡고 있어."

"아니에요, 어머니. 죄송해요."

"누가 지시했는지 말하던가요?"

젊은 형사가 재촉하며 묻자 이수는 손을 꽉 움켜쥐면서 겁먹
은 어린애처럼 김 여사를 쳐다보았다. 그러자 그 젊은 형사는
헛기침을 하며 이수의 대답을 기다렸다.

"저 사람이 먼저 털어놓지는 않을 거예요."

그렇게 말하면서 갑자기 맥없이 쓰러지듯 자리에 앉았다.

"문이수 씨는 알고 있죠?"

형사는 달래듯이 말했다.

"시간을 하루만 주세요. 네?"

젊은 형사의 눈이 험악해졌다.

"여러 사람이 위험해요. 문이수 씨도 물론 알겠지만."

젊은 형사는 입을 비죽거리며 냉소했다.

"아직 모든 것은 확실하지 않으니까요."

"하지만 분명한 것은 모두 위험하다는 겁니다."

그 젊은 형사는 감정을 누르며 차가운 목소리로 말했다. 그리
고는 또 눈살을 찌푸렸다.

"도대체 무슨 말을 하고 있는 겁니까? 시간을 달라니……."

"아직은 저도 잘 모른다고 했잖아요. 이젠 가도 되죠?"

이수는 힘없이 대답하고 김 여사와 함께 경찰서를 나왔다. 김 여사는 요양원으로 돌아가 시일의 곁에서 잠시 쉬겠다고 했다.

"어머니, 알고 계셨어요?"

"짐작은 했어, 이지민이 짓일 거라는 거."

"네, 그랬군요. 이제 좀 쉬세요."

"저 사람은 지민의 이름을 말할 것 같지는 않구나."

"네……."

"몸조심하고 진하 부탁한다. 그 애한테는 이 일 알리지 마라."

"네, 알겠어요. 어머니."

이수는 많은 생각들을 했다. 진하를 해치도록 지민이 시킨 것일까. 그렇다면 지민이 자수하도록 설득할 수 있을까.

이른 아침에 경찰서를 들른 터라서 경찰서에서 나와 이지민에게 전화를 한 것도 이른 시간이었다.

[응, 이수야.]

"지민아, 어디야? 좀 만났으면 해."

[어디 있어? 내가 데리러 갈게.]

"사무실에 없던데 어느 쪽에 있어? 내가 그리로 갈게."

[내가 그리로 갈게. 응?]

지민의 고집에 이수는 한숨을 쉬면서 대답했다.

"그래, 지민아. 네가 이리로 와. 만나자."

　이수는 지민과 약속한 종로가 한눈에 내려다보이는 커피숍에 앉아 있었다.

　이수는 그동안 지켜보았던 지민이 결코 악한 사람이 아니라는 것을 알고 있었다. 지민에 대한 이수의 판단도 반드시 어긋나기만 한 것은 아니었다. 만일 이수가 지민이를 진하보다 먼저 만났다면, 회사 동료라든지 우연히 만난 남자 등 지민이 이수와 자란 환경과 같은 계층의 사람이었다면 이수는 서서히 그에 대해서 알게 되었을 것이다. 그리고 시간을 가지고 교제하다 보면 서로에 대해서도 이야기하게 되어 다른 연인들처럼 평범하게 사랑하고 이해할 수가 있었을지도 모른다. 조금만 지민을 따뜻하게 대해주었다면 어땠을까. 하지만 그때 이수 눈에는 진하밖에 그 누구도 보이지 않았다. 지민은 그저 액세서리처럼 진하에게 달려 있는 그 무엇 이상도 이하도 아니었다. 진하가 사라지고도 지민의 뜻대로 된 것은 아무것도 없었다. 그러나 지민은 너무나 성급했다. 젊은 정열이 달리는 대로 거세게 이수의 사랑을 원했었기 때문에 마음의 균형을 잃어버렸을 것이다. 그런 데다가 두 사람이 자라난 계층의 차이라는 것이 일을 한층 더 복잡하게 만들었다. 말 망아지 같던 이수가 갑자기 동화 속 같은 지민의 환경 속에 처하게 되었으니 선뜻 지민의 사랑의 영속성 같은 것을 믿을 수가 없었던 것이다.

　한참을 생각에 잠겨 있던 이수는 지민이 앞에 와서 앉는 것도 모르고 있다가 주문을 받으러 온 아가씨로 인해 정신을 차렸다.

"주문하시겠어요?"

"네, 커피 주세요. 너는?"

지민에게로 얼굴을 돌리며 이수는 고개를 끄덕였다. 지민도 고개를 끄덕이며 같은 걸로 달라고 대답하고, 검은 가죽을 씌운 팔걸이 의자에 깊숙이 눌러 앉았다.

잠시 뒤 아가씨는 낮은 테이블에 커피 잔을 놓고 갔다. 지민은 의자에 기대어 커피에 설탕과 프림을 넣어 잘 저어주는 이수의 동작을 차분히 바라보고 있었다. 커피 잔을 들고도 이수의 시선은 커피 잔에서 벗어나지를 못하고 있었다. 어떻게 지민을 마주 보아야 할지 자신이 없었다. 지민은 커피를 마시며 이제 가을이 오기 시작하는 서울 거리를 내려다보고 있었다. 가로수 끝의 잎들이 조금씩 물들어오고 있었다. 창에 드는 햇살에 빗겨 보이는 지민의 얼굴은 의외로 담담했다. 탁자 위의 핸드폰 벨이 울렸다. 지민은 잠시 흠칫거렸으나 서둘러 핸드폰을 집어 들었다. 그는 조금 돌아앉아 전화를 받았다.

"……그렇습니다만."

이수도 동시에 긴장되어 주먹을 틀어쥐었다. 지민은 가만히 수화기에 귀를 기울이고 있었다. 그 표정은 변하지 않았다.

"네, 그래요?"

지민의 목소리는 무거웠다. 이수는 긴장이 되어 숨을 들이삼켰다. 지민의 옆얼굴밖에 볼 수 없었지만 그는 엄숙한 표정이었다.

“내일 조사받으러 나가겠습니다. 그럼.”

지민은 핸드폰을 다시 내려놓고 이수를 보았다.

“무슨 일이니?”

이수는 기다리다 못해 주저하며 물어보았다. 지민의 눈이 열기를 띤 것처럼 불안스럽게 반짝였다.

“너도 알잖아.”

지민은 고개를 숙였다.

“난 겁쟁이였어.”

“지민아……”

“지금의 나라도…… 역시 나는 또 그랬을지 몰라. 얼마 전엔 네 아파트에서 나오는 김시일을 차로 밀어버리고 싶었어.”

드디어 지민도 긍정했다. 이수의 마음 한편에서 설마 했던 기대가 그대로 쓰러져 내렸다.

“설마…… 네가 그랬어? 정말로?”

“응, 나였어. 다른 누구도 아니고, 누구를 시킨 것도 아니고, 내가 그랬어.”

“믿을 수가 없어.”

“너로서는 그런 일을 생각할 수 없겠지.”

지민의 목소리가 떨렸다. 그는 손으로 머리를 쓸어 올렸다. 지민의 얼굴색이 달라지고 가만히 뭔가를 생각하고 있는 기색이었다. 지민은 지친 듯 다시 의자로 돌아가 등을 깊숙이 기댔으나 이수에게서 시선을 떼지는 않았다.

“그 표정…… 때문이었어.”

“뭐라고?”

“너를 처음 보았을 때부터 너는 먼 다른 세계를 바라보는 것 같은 표정이었어. 마치 꿈을 꾸는 것 같은…….”

“나 때문이었던 거니?”

“너를 처음 봤을 때부터 나는 너의 그 표정에 황홀해져 버렸지. 약하고 다치기 쉽고 어쩔 줄을 모른 것 같았어. 나 혼자 받는 느낌인가도 생각했어.”

지민의 표정이 일그러지고 입술에 희미한 웃음이 떠올랐다. 이수는 그런 진하를 말없이 바라보았다.

“나 혼자만 느끼는 줄 알았는데…… 진하도 똑같은 말을 하더라. 나는 언제나 네 곁에 다가가고 싶었지만 나는 네가 사는 세상 밖에 사는 것 같은 얼굴이어서 그 속으로 들어갈 수가 없다고…….”

“나 때문이었어? 모든 일이?”

이수의 얼굴이 찌푸렸다. 이수는 어깨를 추스르며 말했다.

“그런 건 아니야. 나는 너에게 정신없이 빠져 있었는데 그것은 진짜 열병 같은 사랑이었어. 나는 내가 꿈꾸던 여자가 나타난 줄 알고 너를 붙잡고 싶었어.”

“어쩌면…… 나도 네가 나를 좋아하는 걸 눈치채고 있었을지도 몰라. 하지만 나는 그런 건 나를 정말로 사랑하고 있는 것이 아니라 그저 나를 가지고 싶을 뿐이라고, 원하는 장난감을 갖고 싶듯이 말야. 그렇게 생각했어."

"나는 언제나 너를 사랑했어. 이수야…… 늘 내가 얼마나 더 너를 그리워해야 네가 나를 봐줄까 그랬어."

누군가 그랬다. 세상에서 가장 미련한 것은 사랑을 알아채지 못하는 것이고, 가장 슬픈 것은 사랑을 해보지 못한 것이고, 그리고 가장 불행한 것은 사랑을 이해하지 못한 것이라고.

이수의 가장 큰 잘못은 지민의 사랑을 눈치채지 못했고, 그리고는 그 사랑이 두려워 지민이의 사랑은 사랑이 아니라고 외면해 버렸다. 또 이수는 그 사랑을 이해하지도 못했다.

그런데 지민은 언제나 이수를 사랑하고 있었다고 말한다.

"……"

"어떻게…… 어떻게 그럴 수 있었어? 다른 사람도 아닌 진하였잖아."

"용서해 달라 그런 말은 조사를 받고 난 뒤에 해야겠지. 미안하다는 말도 진하를 직접 만나서 해야겠다."

"네가 무슨 일을 저질렀는지 너는 알기나 하니?"

지민은 어쩐 일인지 이수의 말을 잘 듣고 있지 않는 것 같았다. 그는 창으로 내려다보이는 그 거리에 눈길을 주고 있었다. 갑자기 이수는 그렇게 지나치게 담담한 그가 두려워졌다.

그렇게 한참을 있던 지민이 이수에게 재미있는 생각이 났다는 듯이 말했다.

"벌써 가을이네."

"응, 어느새 가을이야."

"이수야, 너 가을에 꼭 필요한 것들이 뭔지 알아?"

"가을에 필요한 것들?"

"응, 가을에 필요한 것들. 커다란 잔에 가득 담긴 향이 짙은 커피, 함께 영화를 볼 수 있는 친구, 낙엽이 바삭거리는 산책로, 적당히 아름답고 슬픈 음악, 겨울을 재촉하며 고요히 내리는 늦가을 밤비, 독하디독한 술 몇 잔, 감미로운 불면, 그리고 어느 날 기억해 낼 추억을 만드는 것, 외로운 내 어깨에 기대오는 너의 따스한 온기……. 이수야, 부탁이 있어. 들어줄 거지?"

부탁이 있다는 지민의 말에 이수는 눈이 커졌다. 지민이 이수에게 부탁이라는 말을 한 적이 있었던가. 하지만 기억이 나지 않았다.

"부탁?"

"응, 부탁있어. 오늘 하루만 나에게 시간을 내줄래? 나도 너와 한 번쯤, 가을의 추억을 만들고 싶다."

"……그래."

"나갈래?"

"응."

"오늘은 우리도 다른 연인들처럼 영화도 보고 길을 같이 걷기도 하고 그러자."

탁! 탁! 탁!

구수한 냄새를 풍기며 팝콘이 튀겨지는 것을 보고 있다가 지민이 콜라 두 개와 팝콘 한 봉지를 사들고 왔다. 양손에 콜라와 팝콘을 들고 웃고 있는 지민의 모습은 극장 안의 다른 평범한 연인들처럼 즐거워 보였다. 그럴 기분은 아니었지만 영화 '번지점프'를 하다는 생각보다 훨씬 슬픈 영화였다.

[이번엔 여자로 태어나야죠.]

[그래. 근데 나도 여자로 태어나면 어쩌지?]

[하하, 또 사랑해야죠 뭐.]

바다가 화면을 다 채우는 절벽에서 마치 번지점프를 하듯 스스럼없이 새처럼 자유롭게 낙하하는 두 남자. 화면은 엔딩 부분에서 마치 카메라를 쭉 뽑아 올리는 것처럼 장면을 쭉 빠져나와 아득한 세상으로 날아간다. 마치 비행하는 새가 날아가는 세상을 보는 것처럼…….

[몇 번을 죽고 다시 태어난다 해도 결국 진정한 사랑은 단 한 번뿐이라고 합니다.

대부분의 사람은 한 사람만을 사랑할 수 있는 심장을 지녔기 때문이라죠. 인생의 절벽 아래로 뛰어내린대도 그 아래는 끝이 아닐 거라고 당신이 말했었습니다.

다시 만나 사랑하겠습니다.

사랑하기 때문에 사랑하는 것이 아니라

사랑할 수밖에 없기 때문에 당신을 사랑합니다.]

마지막 대사가 끝나자 결국 이수도 고개를 숙이고 울고 말았다. 지민이 손수건을 건네주고 있었다. 그 영화를 보면서 이수는 모든 것이 너무 슬퍼졌다. 손수건으로 눈물을 닦으며 바라본 지민의 눈에서도 눈물이 흐르고 있었다.

그렇게 사랑하던 너였는데…… 그렇게 그 녀석이 돌아오지 않기를 바랐었는데…….

지민은 어느 봄날 멀리서 바라본 이수의 모습이 떠올라 쓸쓸한 미소를 지었다.

아마도 난 처음부터 예견했던 건지도 모르겠다. 이수야, 너를 처음 보던 날, 그 햇빛 같은 웃음을 만나던 날. 그날부터 그 투명한 미소 앞에서 내가 느꼈던 불안은 지금 이렇게 아플 걸 알았기 때문인지도 모르겠다. 아마도…… 그랬던 것 같다.

그날 너는 진하의 팔에 매달려 봄꽃보다도 더 활짝 웃고 있었지. 난 단번에 진하도, 너도 사랑에 빠진 사람들이라는 것을 알았어. 그런 두 사람을 보면서 나도 사랑하고 싶었다. 너무 탐나던 너를……. 하필이면 너를 사랑하게 되었지. 하지만 우리가 다시 만나더라도 난 널 사랑할 수밖에 없을 거야. 오늘 나도 잘 모르겠다. 내게서 등을 돌린 너의 마음을.

언제나 이수야, 너는 자석의 같은 극이 맞서 있듯 미묘하게 나를 밀어낸다는 느낌이 들었다. 그간 애써 그 느낌을 모른 척 했던 내가 가엾지만, 이제 나도 너를 떠난다. 이제 너의 손을 놓으면 우리 사이에는 금세 무한대의 공간이 가로놓이겠지. 우리의 인연이란 그토록 가벼운 것이었나 보다. 다행히도 나는 이런

이별을 언제나 준비해 온 듯 이렇게 익숙하구나. 이제는 너에게
왜라고 묻지 않겠다. 왜 나를 사랑하지 않는 거냐고 묻지 않겠
다. 관계란 결코 일방적일 수 없는 거니까. 왜 이렇게 늦게서야
알게 되었을까.

영화를 보며 눈물 흘리고 있는 지민을 보고 있자니 이수는 기
분이 가라앉았다. 지민은 내일 경찰서에 나갈 것인가 생각하며
앉아 있는데 지민은 무슨 생각을 하는지 웃는다.

"아하하하! 그거 되게 슬프다. 이수야, 그치? 허허!"

지민은 팝콘을 입에 넣으며 새삼 웃고 있었다. 이수는 그런
지민을 이해할 수 없었다.

"재미없어?"

"아니, 재미있어."

"영화 좀 자주 볼 걸 그랬다. 재미있는데……."

지민은 자리에서 일어나 영화관을 나오며 혼잣말처럼 중얼거
렸다. 영화관에서 나와서는 지민은 자동차가 주차된 곳으로 걸
어가는 동안에 거리에서 장미꽃을 한 다발 사주기도 했고 거리
모퉁이 커피숍에서 일회용 컵에 담아주는 카푸치노를 사서는
걸어가면서 마시기도 했다.

그들은 이제 완전히 해가 지고 어둠이 몰려오는 거리의 벤치
에 앉아 있었다.

"이수야……."

"응?"

"하나만 물어봐도 돼?"

"그건 내가 잘하는 말이잖아."

"그러니까 하는 말이야."

"뭔데?"

"만약에, 내가 먼저 너를 만났다면…… 진하보다도 내가 먼저 너를 만났다면, 그때도 나는 안 되었을까……."

"우리는 아마도 아까 본 영화에서 처음에 남자 주인공이 말하던 그 수십만 분의 일의 확률이 아니었겠지."

"인연이 아니라서…… 그래서일까……."

지민의 얼굴이 창백해 보였다. 이마에서는 식은땀이 흐르고 있었다. 이수가 손수건을 꺼내 이마를 닦아주고 머리카락을 쓸어 넘겨주었다. 두 사람은 다시 벤치에서 일어나 천천히 걸었다. 자동차에 타기 전에 지민은 다시 한 번 이수를 보며 웃어 보였다.

"이제…… 가야지."

차에 타고는 지민은 창문을 열었다. 서울 거리의 밤바람이 서늘했다. 라디오에서 흘러나오는 음악에 흥얼거리며 그렇게 차가운 바람을 맞으며 달렸다. 이수는 생각에 잠겨 열린 창문턱에 얼굴을 기대고 지나는 밤거리를 바라보았다.

[실시간 올라오는 글을 소개하고 있습니다. 아이디가 눈사람이신 분의 사연입니다. 안녕하세요? 저희는 이십 년을 알고 지낸 초등학교 동창입니다. 되돌아보니 티격태격 참 많이 싸우기

도 하고 서로 자존심도 강해고 먼저 화해하는 성격도 아니어서 힘들었던 것 같아요. 서로 싸울 때마다 헤어지고 다시 만나기를 거듭했으니 우리는 아마 수십 번의 헤어짐과 만남을 거듭했나 봅니다. 이상하게 우연히라도 다시 만나지더군요. 아마도 어쩔 수 없는 운명이었나 봅니다. 그런 저희가 이번 주 토요일 드디어 결혼을 하게 됐습니다. 서로가 너무 잘 알고 늘 곁에 있었기에 소중함을 몰랐던 것 같아요. 어른들께서 인연은 따로 있다는데 어쩌면 우리는 이미 아주 오래전부터 정해진 운명이었지 않을까 생각이 됩니다. 지석진 씨, 그런 저희의 결혼 축복해 주시지 않으시겠어요? 인천에서 눈사람……. 네, 눈사람님, 이십 년이라 정말 오랜 친구이자 연인이시군요. 이미 오래전부터 정해진 운명이었다라는 말씀에 가슴이 찡해집니다. 눈사람님, 결혼 축하드립니다. 두 분의 아름다운 결혼 축하드리며 행복하시길 바랍니다. 선물 보내 드리겠습니다. 신청하신 보손의 One in a Million입니다.]

　늦은 밤에 어울리는 디제이의 저음의 가라앉은 목소리에 이어 음악이 전파를 타고 흘러나온다.

[You're one in a million Oh Now.

You're one in a million Oh.

Sometimes I can hate you every day.

Sometimes you can fall for everyone you see.

Only one can really make me stay.

A sign from the sky Said to me.]

"참 행복한 사람들이군. 얼마나 운이 좋아야 자신에게 꼭 맞는 인연을 알아보게 되는 걸까."

"글쎄."

"이수야."

"응?"

"오늘 좋았니? 나는 행복했는데……."

이수를 바라보는 지민의 눈이 맑고 투명했다. 저 선한 눈으로 그런 짓을 저질렀다는 것이 믿어지지가 않았다. 이수는 말없이 고개를 끄덕였다.

아파트 앞에서 차를 세우고 이수를 내려준 뒤 지민은 돌아갔다. 다른 날 같으면 차에서 내려 이수가 탄 조수석의 문을 열어주었을 테지만 오늘 지민은 내리지 않았다. 이수는 그것이 지민과의 마지막이라는 걸 직감했다. 그것이 어떤 식이 되든 지민을 다시는 보지 못할 것 같았다.

'두려워. 왠지 지민을 다시 보지 못할 것 같아. 따라가 봐야 할까? 이런 예민함이 싫다. 그런데 그 느낌이란 항상 정확하다. 차라리 대책없이 둔한 여자였으면.'

이수의 아파트 앞 동을 꺾어서 돌던 지민의 차가 다시 이수의 눈에 나타났다. 도로로 나선 차는 천천히 다른 차들 속으로 섞여 들어갔다. 멍하게 바라보며 이수는 문득 아릿한 슬픔을 느꼈다. 이수는 지민을 아직도 이해 못하고 있고, 용서하지 못하고 있다. 지민이 그럴 수밖에 없었던 이유도 알지 못했다.

왜? 그렇게 진하에게 나쁜 짓을 하고 너는 속이 시원하디? 그렇게 해치우고 나니 속이 편해졌었니? 잘 싸우려고 들지 않는 진하가, 언제나 너를 친구라고 믿던 진하가 너는 그렇게 불편하고 미웠니? 걸핏하면 너에게 따지고 무시하고 싸우려고 들던 나 같은 여자 때문에?

지민은 언제나 이수의 말을 잘 들어주려고 애썼다. 이수를 유심히 봐주고 이해하려고 노력했지만 이수 자신은 막상 한 번도 지민을 제대로 봐준 적이 없었다. 진하를 찾아달라고 매달리기만 했을 뿐……. 이수 자신이 상처받지 않으려고 지민에게는 상처를 주기만 했었다.

'지민은 내 가장 나쁜 점을 닮았다. 혼자서 판단하고 스스로 상처받기.'

누군가 자신을 바라보고 있는 것이 느껴졌다. 멀어도 가까운 사람, 멀수록 더욱 선명한 사람을 바라다보며 이수는 거기 그대로 서 있었다. 누가 툭 건드리면 힘없이 쓰러져 버릴 마른 들꽃 같은 모습이었다. 이윽고 따뜻한 그의 시선이 날아와 이수에게 닿았다. 마음이 이상하게 편안해졌다. 그가 다가와 이수의 어깨를 감싸 안았다.

"근데 그 안에 든 건 뭐야? 아까 저기서 나타날 때부터 들고 있더니."

이수가 그가 들고 있는 비닐 봉투를 가리키고 있었다.

“아, 이거 별거 아니야.”

“나 주려고 산 거야? 아님 아버지랑 둘이서만 먹으려고?”

먹을거리로만 잔뜩 채워진 봉투는 아버지와 이수를 위해 고른 것들이었다. 그는 봉투를 이수에게 건넸다.

“아버님 간식 사다 드리고 오피스텔로 돌아가려고 했어. 가지고 올라가.”

“아니, 가지 마.”

“응?”

그가 눈을 둥그렇게 뜨며 되물었다. 이수는 짐짓 놀라는 표정을 짓곤 엘리베이터로 진하의 팔짱을 끼고 갔다. 그가 사 온 봉투를 열어보며 이수는 어린애처럼 탄성을 내질렀다.

“맛있겠다. 빨리 올라가서 먹자. 나 배고파서 혼났네.”

그가 이수를 유심히 들여다보았다. 이수는 그러나 그의 시선은 개의치 않고 씻지도 않은 포도를 한 알 따서 먹기 시작했다.

“맛있다. 시일 씨도 먹어봐. 달아.”

“문이수, 오늘 좀 이상하다?”

목이 잔뜩 부은 것 같았다. 입 안은 몹시 뜨거웠다. 입 안이 데인 듯 화끈거렸다.

“목이 아파.”

이수는 미간을 찌푸렸다. 엘리베이터가 올라가는 동안 그가 가슴에 품어 안아주었다. 그렇게 그의 가슴에서 뿜어져 나오는 사랑을 마셨다. 쉴 새 없이 차 오르는 설움도 함께 마셨다. 결국 눈물이 방울져 흘러내렸다.

"진짜 이상하네. 오늘 무슨 일이라도 있었어?"

"일은 무슨. 아무것도 아냐. 그냥 좀 열병을 앓고 있어."

이수는 끝내 지민의 이야기를 하지 않았다. 엘리베이터가 서고 두 사람이 내려 현관 앞에 섰을 때 현관문을 열고 들어가려는 그를 잡고 이수는 떨리는 목소리로 말했다.

"미안해……."

이수가 말했다. 이수의 가슴이 후두둑 소리를 내며 아래로 떨어져 내렸다. 미안해, 진하야. 미안해, 네 동생 시일 씨에게도. 난 어떻게 해야 되니?

"뭐가?"

"내가 괜히 힘들게 만든 거 같아서. 그런데…… 그러지 않아도 돼. 나야 뭐 원래 건강하니까. 이 정도는 아무것도 아니니까."

"들어가서 쉬자."

이수는 힘없이 고개를 끄덕였다.

"그래."

"우리 착한 이수."

그가 화안하게 웃었다. 이수도 그를 따라 웃었다. 이수의 손을 끌어다 쥐며 그가 말을 이었다.

"내가 늘 옆에 있을 거야. 내가 언제나 그림자처럼 착한 이수를 지켜줄 거야. 그러니까 편안하게 아무 걱정하지 말고 느긋하게 이수와 아기만 생각하면 돼. 알았어?"

그가 물었다. 이수는 고개를 끄덕였다.

진하야, 지금처럼 그렇게…… 앞으로도 내내, 그래서…… 그래서 우리 머리가 하얗게 되어 같은 날 죽을 때까지 곁에 있어 줘야 돼, 진하야. 이젠 약속했어.

"약속?"

그가 장난스럽게 이수의 콧잔등을 톡톡 두드렸다. 이수는 말없이 눈물 맺힌 그렁한 눈으로 그의 얼굴을 들여다보았다. 투명한 미소가 번져 있는 그 얼굴을.

"왜?"

그가 나지막한 목소리로 물었다.

"왜 그런 눈을 하고 있는데? 눈물이 가득해서는."

"내가?"

"아까부터 내내 그래."

"피곤해. 좀 잤으면 좋겠어요, 들어가서."

"그래, 어서 씻고 들어가서 자."

그가 아버지와 바둑을 둘 동안 이수는 침대에 누웠으나 잠이 오지 않아 자신의 방 책상에 앉아 생각에 잠겨 있었다.

지금…… 어디 있는 거니. 지민아, 자수해. 그렇게 기도하고 있었다.

새벽녘에 잠깐 잠이 들었다가 눈을 떠보니 책상 위에 엎드린 채였다. 이수는 무거운 머리를 들어 올렸다. 창 앞엔 어느새 아지랑이 피우며 햇빛이 몰려다니고 있었다. 벌떡 일어나 방을 나오는데 집 안이 온통 고요했다.

"시일 씨."

이수는 건넌방부터 확인했다. 그는 없었다. 아버지 침실로 가 문을 열었다. 아직 커튼이 내려져 있고, 침대엔 그와 아버지가 함께 잠들어 있었다.

방을 나오려는데 그의 목소리가 이수를 붙잡아 세웠다. 이수는 다시 돌아섰다. 비스듬히 상체를 일으킨 그가 이수를 바라보고 있었다.

"잘 잤어? 피곤할까 봐 여기서 잤어."

"응, 더 자."

거실로 나오자 기다렸다는 듯이 벨이 울렸다. 가슴이 철렁하고 떨어져 내렸다. 이수는 떨리는 손으로 전화를 받았다.

"여보세요?"

[이수니?]

"네, 어머니."

[이지민의 시체를 지금 한강에서 건져 올렸다. 차가 한강변에서 발견되었는데 유서 두 장이 들어 있구나. 한 장은 경찰서로 가는 거고 한 장은 네 앞으로 되어 있구나.]

"……!"

[아가, 이수야! 괜찮니?]

이지민이 경찰서로 보낸 유서에는 그 사고가 일어나기 전날 지민의 차가 수리 중이라 진하의 차를 빌려간 지민이 술김에 의도적으로 진하 차의 브레이크 오일이 새도록 만들어두었기 때문이라고 써 있었다. 그 다음날 아침 진하와 시일은 그것을 모른 채 차를 탔다가 브레이크 파열을 일으키며 일어난 사고였다는 것이 밝혀졌다. 추가로 경찰에서 조사를 하니 그것을 알고 있던 지민의 심복은 진하가 살아 있으면 자민에게 차를 빌려준 것을 기억해 낼 테고 그러면 지민의 죄가 드러날 것이 두려워 서둘러 요양원으로 진하를 없애려고 들어온 일임이 밝혀졌다. 지민을 그렇게 보내고 이수는 지민이 남긴 편지를 지민이 떠난 한강변에 앉아서 펼쳐 보았다.

〈이수야. 문이수. 이수야. 이수야.

이렇게 부르니 우리 몹시 다정한 것 같아.

그런 생각을 하곤 했어. 가끔 조금 지친 것 같을 때, 그리고 쓸쓸할 때…… 세상 어딘가에서 나를 기다려 주는 사람이 너였으면. 다정하게 자주 말을 건네지 않아도 그저 나를 바라보기만 해준다면 하고 생각했어.

하지만 결국 난 너의 마음이 어떻게 흘러가는지, 어떤 경우에 마음이 열리고 닫히는지…… 몰랐던 거야. 이제 지친 나 쉬려고 해. 나 그동안 많이 힘들었어.

미안하다는 말로는 용서가 되지 않을 것을 알기에 이렇게

용서를 빈다. 용서해 쥐. 이렇게 모든 것이 끝날 때가 되어서
야 나는 너의 따뜻한 위로 한마디 얻어가는구나.

　어제, 지친 나를 그렇게 따뜻한 손길로 만져 준 것 고맙다.
네 손길의 따스함이 나를 오래오래 재울지도 몰라.

　가끔은 한 번쯤 나를 기억해 줄래? 네가 기억하는 동안은
나, 행복할 거야.)

스물셋 - 그리고 또 다른 하루

지민의 장례식을 치른 후 충격으로 지민의 아버지는 병원에 입원해 있었고 지민의 어머니는 그 병실을 지키고 있었다. 부모 대부터 내려오는 악연이 하루아침에 해결이 되지는 않으리라 생각했지만 하나밖에 없는 자식을 그렇게 허망하게 보내고 지민의 부모도 모든 것을 잃은 사람들 같기는 마찬가지였다. 지영이 경황없이 회사를 꾸려가고 있었고 아직도 자신이 시일인 줄 알고 있는 진하도 그런 지영을 조금씩 도와주었다. 삼우 자동차의 경영이 어려웠기 때문이다. 오히려 이전의 친분 때문에, 그리고 지민을 그렇게 보낸 것 때문에 김 여사도, 진하도 그쯤 하면 되었다고 생각하는 모양이었다. 무엇보다도 이제는 병원에 있는 시일이 그만 하기를 원했다. 누군가에게 복수를 하기 위해 뛰어가는 삶도 지치는 일이란 것을 너무 잘 알고 있는 그였다. 형인 진하가 계속 그런 삶을 살아가기를 원하지 않았다. 알콩달콩 행복한 인생을 살길 바라는 시일이었다. 지민의 아버지는 김 여사를 만나기를 원했다. 김 여사를 만난 이 회장은 너무 늦은 용서를 빌었다.

모처럼 편히 쉬는 일요일이었다. 진하와 아버지는 사우나에 가고 이수 혼자 음악을 틀어놓고 베란다에 서서 아래를 내려다보며 차를 마시고 있었다. 햇빛이 고운 한낮이었다. 멀리 도로가 보이고 그 너머로 넘실거리는 햇빛은 마지막 가을날 같은 채도를 뽐내며 눈부시게 빛났다. 그 어느 때보다도 편안한 마음으로 바깥을 내다보고 있는데 뒤편에서 인터폰 소리가 들렸다. 인터폰 소리에 달려가 들여다보니 밖에 서 있는 사람은 뜻밖에도 김 여사와 진하의 어머니인 윤은숙 두 사람이었다. 은숙을 보는 순간 이수는 심장이 멈추는 듯한 느낌이 들었다.
"어머나, 어머니!"
[들어가도 되니, 이수야?]
"네, 물론이에요."
이수는 그렇게 말하고 급히 문을 열었다.
은숙은 놀라고 흥분된 표정으로 거실로 들어와서는 이리저리 살폈다. 김 여사에게 모든 이야기를 들은 것인지 진하를 찾는 것이 틀림없었다.

"무엇을 드시겠어요? 녹차라도 상관없을까요, 어머니? 제가 요즈음 커피를 안 마셔서 커피가 떨어졌어요."

무슨 말부터 해야 할지 몰라서 이수는 우선 이렇게 물었다.

"괜찮아. 이수야, 진하는?"

"말씀 못 드려서 죄송합니다, 어머니."

"괜찮아, 진하가 그렇게 잘 있었으면 된 거야. 보고 싶어. 안 아보고 싶다. 말하는 소리를 듣고 싶고……. 이수야?"

"그래요, 어머니. 하지만 진하가 알게 되면 큰 상처를 주는 일이 될 것 같아요. 자기를 구하려고 저렇게 된 동생을 보면 어떤 생각을 하게 될지 어머니, 전 너무 겁이 나요."

"약간은 그럴지도 모르지만 병원에 누워 있는 시일이 수술하러 가기 전에 서로 만나게 해줘야지."

"그게…… 그렇게 해줘야겠지요?"

이수는 저도 모르게 한숨을 쉬었다. 이수의 얼굴에서 핏기가 가셨다. 놀랄 진하를 생각하니 가슴이 답답했다.

"제가 이야기하겠어요. 조금만 시간을 주세요?"

"그래, 나도 지금 당장 만나고 싶지만 그렇게 할게."

은숙이 힘없이 대답했다. 그런 모습을 보니 이수의 가슴도 아팠다. 하지만 무턱대고 오늘 당장 진하와 어머니를 만나게 할 수도 없는 일이었다. 이제껏 가만히 보고 있던 김 여사가 은숙을 위로했다.

"그렇다고 진하 어머님이나 가족들에게 취한 제 행동이 정당했다는 것은 아닙니다. 저는 그 점은 잘 알고 있어요. 하지만 진하를 생각하고 이수에게 맡겨주세요. 네?"

"네, 알겠어요."

은숙은 한숨을 쉬면서 쓸쓸하게 대답했다. 두 사람은 잠시 그렇게 앉아 있다가 차를 한 잔씩 마시고 돌아갔다.

이수는 차를 타고 진하가 지난번 보여줬던 바닷가 시골집을 향해 달렸다. 바다가 한눈에 바라다 보이는 작은 동네로 들어서서 바라보니 시일과 진하의 아빠, 엄마가 살았던 하얀색의 작은 집이 보였다. 김 여사는 이 집도 빼앗겼다가 다시 찾았다고 했었다. 그래서 진하의 아빠와 살던 때 그대로 꾸며놓았다고. 사랑이란 그렇게 무섭다. 그 작고 작은 추억 하나도 한 조각 버리고 싶지 않아지니까…….

그 입구에 차를 세웠다. 집보다는 소박한 주변이 오히려 푸근한 느낌을 주는 그곳에 진하의 추억은 없다. 지금 진하에겐 아무런 추억 같은 것은 없다. 모두 김 여사가 들려준 기억뿐이겠지. 그러나 문을 열고 현관 앞에 멈춰진 순간 이수는 다시 망설여졌다.

진하에게 어떻게 다 설명하지? 나 때문에 이 모든 일이 벌어진 것이라고 어떻게 설명하지? 뻔뻔스러운 일이 아닐까? 나를 미워하게 되면 어떻게 하지? 나의 판단이 옳다고 믿어도 좋을까? 만일 내 생각이 잘못된 것이라면……?

현관을 들어서 다시 작은 격자 모양의 하얀 실내로 들어가는 문을 노크하려고 손을 들었으나 어쩐지 망설여졌다. 이수는 잠자코 손잡이를 돌려 문을 열었다.

"왜 이렇게 늦게 와, 주말을 여기서 보내자고 해놓고는?"

책상의 컴퓨터 모니터를 마주하고 있던 그는 모니터에서 눈을 돌리려고도 하지 않고 이야기를 계속했다. 아마 방해하지 말라고 하는 것 같았다. 대답이 없는 것을 깨닫고서야 겨우 그가 고개를 돌렸다.

"이수야, 왜 그러고 서 있어?"

"아니……."

"이수, 피렌체에서 연락은 왔나? 나는 아무 말도 듣지 못했는데."

"내가 그쪽 바이어를 설득해서 그냥 그 가격에 납품받도록 해놨어. 뭐 좀 먹었어, 진하야?"

"나 말인가? 아아, 아니. 보다시피 이렇듯 맹렬하게 일하고 있잖아."

"네, 그러면 방해가 되지 않게 커피부터 타줄게."

"암, 방해가 되지. 하지만 이왕 방해했으니 하나 물어도 돼? 설마 당신의 나를 진하로 착각하는 것은 아니겠지? 조금 전에 나를 진하라고 불렀어. 그냥 말이 잘못 나온 거지?"

그가 웃으며 이수에게로 다가오며 물었다. 이수는 고개를 저으며 대답했다.

"아니…… 내가 진하라고 불렀어."

"진하? 내가 왜 진하야? 무슨 일이야?"

"진하야, 모르겠어?"

이수가 한숨을 쉬었다. 진하는 황당한 미소를 띠었다.

"아무것도 모르겠어. 왜……? 무슨 소리야?"

이수는 마음이 급한 탓인지 진정하지 못하고 그대로 소파에 주저앉아 서성거리는 그에게 모든 것을 털어놓았다. 하나의 비밀도 없이 남김없이. 이수의 눈에선 두려움으로 눈물이 흘렀다. 만약 너무 충격을 받으면 어떻게 하나.

"미안해. 더 빨리 말했어야 하는데 미안해. 진하야, 나는…… 아니, 이제 아무래도 좋아. 너만 괜찮아지면…… 이 모든 일은 다 나 때문이야."

"이런, 젠장! 어떻게 이런 일이 있을 수가 있어! 이게 무슨 일이야?"

탄식하는 듯한 말과 함께 그는 방을 가로질러 빙빙 돌기 시작하고 이수는 달려가 그의 두 팔을 붙들었다. 그는 미친 듯이 그 손을 뿌리치려 했으나 어느 틈에 이수의 품에 안기고 말았다.

"이수야, 어떻게…… 이런 일이…… 내 동생은 괜찮아?"

그는 신음하듯 말하며 이수의 어깨에 얼굴을 파묻었다. 순간 이수의 마음은 공중으로 떠올랐다. 조금은 안심이 되었다.

"진하야, 사랑해. 시일 씨는 이제 괜찮아질 거야. 이틀 뒤에 수술받으러 미국으로 출국할 거야. 이제 모든 게 다 좋아질 거야. 응? 내가 너를 지킬 거야. 내가 지켜줄게."

"하지만…… 어떻게 이렇게 아무것도 생각나지 않을 수가 있지? 머리 속을 잘라낸 것처럼 말이야. 그래, 가봐야겠어. 내 동생한테……."

"다 잘될 거야."

"나는 아무것도 기억나지 않아."

"괜찮아. 나는 네가 진하일 때도 너를 사랑했고, 시일이었을 때도 너를 사랑했어. 나는 언제나 네가 어떤 모습으로 있든 너를 사랑할 거야."

이수는 있는 용기를 다해 겨우 이렇게 한마디를 하고는 그의 가슴에 뺨을 대었다. 그는 천천히 이수의 얼굴을 들게 하고 입술을 겹쳤다. 격렬한 키스가 한없이 계속되고, 그의 두 손이 이수의 온몸을 애무했다. 그는 이수를 안은 채 팔걸이 의자에 앉았다.

"사랑해, 이수야. 다른 생각은 조금 있다가 할 거야. 네가 사랑하는 진하라서 나는 다행이야."

"사랑해."

이수는 그의 셔츠 단추를 벗기고 목에 키스했다. 그는 이수의 뺨에 손을 가져다 대었다.

"나는 결국 너를 찾을 거라고 생각했어. 여러 가지로 일이 많았지만…… 너를 찾았어."

“이수야.”

“사실이야. 나는 피렌체에서 너를 처음 본 순간부터 이미 알아본 거야.”

“이수야, 너 무척 여위었어.”

“나는 모르겠는데. 하지만 이젠 너와 늘 같이 있으면 곧 돼지처럼 통통하게 될 거야.”

“저어, 나도 지민이가 그렇게 간 뒤로…… 그 일이 있는 후 별로 잠을 자지 못했어.”

“잠자는 일만은 나도 책임질 수 없어. 좀 더 멋진 일만 생각하게 될 테니까. 아마 이젠 마구 졸릴 거야.”

“이수와 결혼해야겠어. 이번 달 안으로, 아니, 금주 중으로. 가능하다면 오늘이라도.”

“그래, 진하야. 시일 씨가 돌아오면 우리 그렇게 해. 응?”

“그래. 그리고 우리 여기서 살까?”

“너와 함께라면 어디서 살든 상관없어.”

“좋아. 근데 우리 아기가 건강한가?”

“들려? 아기가 뭐라고 해?”

“왜 안 들리지? 아빠가 무서운가?”

“벌써 아기가 놀겠니?”

“아기 낳는 거 안 무서워?”

“문제없어, 이렇게 너와 같이 있는 한.”

이수는 가슴 뿌듯한 행복을 느꼈다.

"오랜만이에요, 시일 씨."

일요일에 요양원을 방문했다. 김 여사와 은숙도 병실에 함께 있었다. 오랜 지기라도 만난 듯 간호사는 대뜸 이수 팔짱부터 끼며 무척 반가워했다. 이수도 활짝 웃었다.

그는 먼저 자신을 길러준 어머니에게 인사를 했다. 은숙의 눈에 눈물이 그렁그렁 맺혔다.

"안녕하세요, 어머니. 아직은 기억이 안 나요. 이수에게 어머니 이야기를 들었어요."

"괜찮아요? 마음 힘들었지?"

"네."

"참, 동생을 만나봐야지. 나 너무 정신없죠? 요즘 내가 그래요."

"네, 어머니. 제가 이렇게 저를 키워준 어머니에 대해서 조금이라도 기억을 해냈으면 좋겠어요."

"괜찮다, 진하야. 엄마는 네가 이렇게 아무렇지 않게 돌아온 것만으로도 행복해."

"어머니, 저 아무것도 생각나지 않는 지금도 어머니, 아버지께서 저를 얼마나 많이 사랑해 주셨을지 알 것 같습니다. 감사합니다, 어머니. 저를 아들로 받아주고 이렇게 사랑으로 키워주셔서."

명쾌하게 끊어 대답하는 그의 눈동자에 이슬이 반짝거렸다.

침대에 누운 시일은 오히려 웃으며 그를 올려다보았다. 그는 시일의 손을 잡기도 하고, 어깨를 쓰다듬기도 하면서 금방 울음을 터뜨릴 것 같은 얼굴을 하고 있었다. 그들 형제의 한 맺힌 재회를 보며 이수는 눈물이 흘렀다.

"시일아……."

그를 바라보며 빙그레 웃어주는 시일의 눈에 눈물이 가득 고여 있었다. 그는 시일의 손을 잡은 채 흐느끼고 있었다. 그의 흐느낌은 결국 울음이 되어 터져 나왔다. 자신으로 인해 자유롭지 못한 육신과 흉한 얼굴로 지난 시간 복수를 꿈꾸며 그 병실에 누워 있었을 동생에 대한 죄스러움과 고통스러운 연민이었다. 이수는 그들이 실컷 울 수 있도록 병실 밖에 나와 있었다. 잠시 뒤에 들어가 이수는 시일을 보고 말했다.

"어디 아픈 데는 없어요?"

누워 있던 시일이 긍정의 의미로 눈을 한 번 깜빡거렸다.

"그럼요, 그래야죠. 우리 공항에 꼭 갈게요. 그런데 시일 씨, 우리 시일 씨가 수술하고 귀국하면 결혼식 올리기로 했어요. 꼭 올 거죠?"

시일이 다시 눈을 깜빡거렸다. 진하는 계속 시일의 손을 잡기도 하고, 어깨를 쓰다듬기도 하면서 곁에 서 있었다.

해가 질 때까지 있다가 병실에서 나와서 둘이 나란히 걸어나왔다. 자신에게 꼭 여민 그의 팔을 내려다보며 이수가 웃었다. 그제야 그가 겸연쩍은 듯 팔짱을 풀었다.

“내가 이래요. 이수한테 매번 혼나면서도 안 고쳐져. 나 이제 이수 없으면 아무것도 못할 것 같아.”

웃음을 매단 그의 입술이 아이처럼 귀여웠다.

“혼나다니, 누가? 진하는 옛날에도 그랬어.”

이수는 그를 처음 보던 날을 떠올렸다. 이수가 잔잔하게 웃었다. 행복해 보였다. 티 하나 없이 맑아 보이는 그 행복의 느낌에 그는 공연히 허전해졌다. 어머니들이 언제 내려오나 하며 엘리베이터 쪽으로 시선을 주는데 이수가 물었다.

“지영 씨는 요즘 어때?”

“힘든가 봐.”

“많이 힘들어하지? 지민 씨 아버님은?”

죽은 지민에게 다녀온 후 집으로 찾아온 지영을 한 번 만나긴 했었다. 많이 지친 사람처럼 지영은 앉아 있었고 이수도 아무것도 묻지 않았고 그렇게 이수 곁에 앉아만 있다가 돌아갔다. 이수 역시 그에게 아무 말도 하지 않았다. 그가 물었어도 말하지 않을 작정이었지만.

그가 지민과 친했던 그 옛날 때문인지 자신에게 그렇게 했던 지민의 가족들에게도 유난히 마음을 많이 썼다. 아버지는 어떠신 거냐고 이수가 물었을 때 지영은 아무 말도 하지 않았다. 하지만 그날 지영은 지금까지 이수가 본 중에 가장 슬픈 표정을 지었었다. 그리고도 가끔 전화했지만 지영은 더 이상 이수를 만나러 오거나 만나자고 하지 않았다. 오직 병원에서 지영의 어머니와 함께 있었다. 그게 오늘로 열흘째였다. 나에게 그렇게 많이 서운한가 하고 생각하기도 했지만, 지영으로 보면 충분히 그럴 수도 있을 것 같았다. 자신의 오빠를 죽게 한 여자. 서운하고 밉겠지. 모르겠다는 대답이 쓸쓸히 새어 나왔다. 서운해할 자격도 없는 거라고 생각해 버리면 마음은 그만큼 편했다.

“못 들었어? 지영이가 그러는데 치료도 포기했다면서?”

“치료를 포기하다니, 그게 무슨 말이에요?”

“환자 본인이 너무 힘드니까, 게다가 가망도 없고. 그래서 이젠 항암 치료고 뭐고 다 그만두기로 했다던데, 몰랐어?”

“지금 누구 얘기 하는 거야?”

잘못 들었나 싶어 되묻는 이수를 찬찬히 뜯어보던 그의 눈빛이 달라졌다.

“……몰랐어? 몰랐던 거야?”

이수 가슴이 툭 아래로 떨어졌다.

“암…… 이래? 지민 씨 아버지 암이었어?”

“몰랐구나. 모르고 있었구나. 어떡하니, 그 녀석 불쌍해서. 지민이가 일부러 말 안 했구나. 벌써 꽤 오래전부터 치료받고 계셨다던데.”

“진하야, 난 몰랐어.”

“너를 걱정시키고 싶지 않았을 거야. 나를 죽이고 싶을 만큼 너를 사랑했으니 너를 힘들게 하는 어떤 말도 하고 싶지 않았겠지.”

“왜? 그 애는…… 지민이는 그럴 수밖에 없었을까? 마음이
아파.”

“이수야.”

“응?”

“묻고 싶은 게 있는데…….”

“응? 뭘?”

“내가 그 이지민이라는 친구를 많이 좋아했었니?”

“응, 아주 많이 좋아했어. 많이 믿었지.”

“그랬구나. 이수야, 그랬다면 난 이제 그 지민이라는 친
구…… 용서할 거다. 실수 한 번 한 것이 그 결과가 너무 엄청난
것이었다고 용서할래.”

환하게 웃으며 말하는 진하의 눈동자에 이슬이 반짝거렸다.
이수도 웃고 있는 눈동자에 이슬이 맺혔다. 다리에서 피가 모두
빠져나가는 느낌이었다. 그가 이수를 부축했다. 이수는 더듬거
리며 로비 한쪽에 늘어선 의자로 가 앉았다.

“그런데 언제 안 거야?”

“지난번에 지민이 어머니 집에서 쓰러지셔서 병원에 실려가
셨잖아. 그때 검진받으면서 지영이 울면서 그러더군, 아버지도
암인데 엄마마저 아프면 안 된다고…….”

“가망이 없대?”

“말기래, 폐암.”

“어떻게 해…….”

“지민이 대신 내가 아들 노릇 해드려야지.”

숨이 탁 막혔다. 지민아, 너…… 내겐 단 한 마디 없이 지금까지 혼자 그렇게 견뎌왔던 거니. 나는 그것도 모르고 내내 너 힘들게만 하고…… 매번 내 맘대로만 하고…… 너 그토록 힘든 줄도 모르고 그날 너를 말렸어야 했는데, 잡았어야 했어. 말하지 그랬니? 말하지 그랬어. 미안해, 나 네가 그렇게 외로운 거 몰랐어.

동대문 종합상가 안을 풍성한 청바지 차림에 큰 가방을 멘 이수가 바쁘게 뛰어간다. 회사에서 동대문 시장 안에 새로운 패션몰을 열었기 때문이다. 시일의 수술은 성공적으로 끝났다. 비록 휠체어를 타기는 하지만 상반신의 감각은 돌아와 재활훈련을 꾸준히 받으면 휠체어를 타고는 움직일 수 있을 것 같았다. 이수와 진하는 그런 시일이 다시 사회인으로 살아갈 수 있도록 도와주어야 한다고 생각했다. 이 패션몰은 지금은 이수가 운영하면서 시일이 좀 더 좋아지면 맡아서 일할 수 있도록 준비한 곳이었다. 우선은 이수와 서 이사가 오픈 준비를 하고 있었다. 시일은 아직 휠체어를 타고 병원에 다니고 있었다. 얼마 전에 병원에 함께 갔을 때 이제 곧 의사전달이 될 정도로 말도 하고 상체도 사용할 수 있을 것이라고 의사는 말했다. 이수는 시일이 원하던 일을 할 수 있도록 도와주고 싶었다. 시일은 이런 쇼핑몰을 원했다. 직접 소비자와 만날 수 있는 쇼핑몰을 운영하며 제품을 개발해 보자는 것이 시일의 생각이었다. 이수도 시일의 생각에 찬성했다.

이수가 도착하자 미남 디스플레이어가 원단을 디스플레이어용 윈도우에 쭉 펼쳐 놓는다. 원단에 피어 있는 꽃으로 인해 윈도우 안이 꽃이 활짝 핀 것 같다.

"어때요, 실장님? 원단 짱이죠?"

"그거 누구 작품인 줄이나 알아요?"

"글쎄, 누구 거죠?"

"이래서 원단에도 디자이너 이름 새겨야 된다니까! 바로 이 몸이 올 겨울 야심작으로 내놓은 거랍니다."

"정말이요? 아고, 실력있네! 이거 잘 부탁드립니다."

"그거 아부죠?"

"어떻게 알았어요? 근데 이거 너무 비싸서 누가 사요? 차라리 수입 원단 쓰겠다."

"뭐라고요?"

"정말이에요. 어제 다녀가신 김 사장님이 비싸다고 하시던데?"

"진짜 김시일 씨가 그랬단 말야? 내가 만나면 따져 봐야겠네."

이수는 오픈 준비로 바쁜 매장들을 돌아보며 달려가다가 앞에 멘 핸드폰이 울리자 얼른 들어다 보고 확인한다.

[어디야?]

"패션몰. 왜?"

[야, 문이수! 내 이럴 줄 알았어. 너 또 잊었지?]

"뭘? 아차! 어머, 어떻게 해! 난 몰라!"

[저녁에 웨딩드레스 입어보기로 해놓고 어떻게 할 거야?]

"야, 정진하! 너 소리 줄여! 죽는다. 빨리 갈 거니까 마사지 센터 시간부터 알아봐. 알아서 좀 해놔. 나도 여기 일만 보고 총알처럼 날아갈 테니."

[알았어, 문이수. 덜렁이, 천천히 다녀, 천천히! 알았지?]

"알았어, 범생이! 또 잔소리야. 이따 봐요!"

[이수야, 이수야! 천천히 와.]

그녀는 그의 약속대로 행복한 나날들을 보내고 있었다. 오늘은 이수네 집에서 가족끼리 특별한 저녁 식사를 하면서 두 사람의 결혼을 축하하기로 했다. 이젠 더 이상 아무도 슬프지 않았다. 아버지와 시어머니인 김 여사, 진하의 양부모와 시일이가 함께 했다. 그리고 시일은 이제 세상 가운데에서 살기를 원했다. 시일은 일부러 현장에서 패션몰을 운영하면서 이수의 패션 디자인에 도움을 주고 싶어했다. 시일은 주말엔 이수와 진하 두 사람과 함께 보냈다. 김 여사와 시일이 시골집에서 지내고 이수와 진하는 이수의 아버지를 모시고 진하의 양 부모님 집이 가까운 곳에 신혼집을 마련했다.

김 여사가 케이크를 갖고 들어왔다. 하얀 생크림 위에 알록달록한 초들이 꽂혔다. 이수는 환히 웃는 진하의 옆에서 함께 앉아 촛불을 껐다. 세상에서 가장 행복한 여자의 표정이었다.

"축하한다."

이수에게 진하의 양부모는 선물까지 건넸다. 이수의 눈가가 촉촉해졌다. 언뜻 보면 빛을 받아 반짝이는 것 같았다. 그러나 진하에겐 이수의 그 반짝이는 눈물의 의미가 무엇인지 분명히 들여다보였다. 진하의 양부모가 마련한 선물은 이수의 목걸이였다.

"감사합니다, 어머니. 너무 예뻐요."

이수가 감동을 억제하며 다소곳하게 말했다. 진하는 이수가 소중히 감싸 쥔 선물 상자를 넘겨다보았다. 두 사람은 마주 보며 환하게 웃었다.

"지금 걸어봐도 돼요, 어머니?"

이수가 물었고 진하의 양어머니가 흔쾌히 고개를 끄덕였다. 진하가 걸어준 사파이어 목걸이는 불빛 아래서 반짝이며 빛났다. 행복한 가족들의 웃음이 집 안에 울려 퍼졌다.

음식을 더 내놓고 이수는 잠시 마당으로 바람을 쐬러 나갔다. 겨울밤은 싸늘하고 축축했다. 이수는 길고 깊은 호흡으로 스스로를 어루만지려 애썼다. 그러나 추웠다. 팔짱을 껴 몸을 웅크렸다. 고개를 들어 올려다본 하늘에 푸른 빛깔의 달이 떠 있었다. 달빛은 하염없이 쓸쓸하고 가냘팠다.

이수는 문득 지민을 생각했다. 한동안 가슴 저 아래쪽에다 묻어두었던. 달빛같이 은은하고 안타까운 지민이 떠올라 왔다.

"가끔은 한 번쯤 나를 기억해 줄래? 네가 기억하는 동안은 나, 행복할 거야."

가슴이 쓰라렸다. 지민아, 너 그곳에서 잘 지내고 있니? 잘 지내고 있는 거지? 편안하길 바라. 지민아, 우리 축복해 줄래?
"이수야."
이수는 웃으며 돌아섰다. 휘파람인 듯 나지막하고 다정한 음성. 진하였다.
"왜 나와 있어? 추운데."
이수 어깨에 카디건을 둘러주며 그가 물었다. 어릴 땐 진하의 이런 섬세함이 답답하게 여겨지기도 했는데, 지금은 그저 자상한 진하가 좋기만 했다. 이수는 담백하게 대꾸했다.
"그냥 속이 조금 답답해서. 어른들은?"
"응, 차 드셔. 차 안 마실 거야, 이수는?"
"피이! 커피는 못 마시게 할 거지?"
"안 돼, 지금은. 아기가 까맣게 된다잖아."
"넌 아기만 좋지? 내가 커피 먹고 싶다는데도 늘 안 된다고 하잖아."
이수는 말을 고르듯 잠깐 틈을 두는 진하를 물끄러미 올려다 보았다.

"음, 조금만 마시라는 거야."

진하가 얼굴을 가까이 들이대고 이수 눈을 들여다보았다. 아마 그가 들여다본 것은 행복하다 못해 평화로워진 마음이었을 것이다.

"난 언제나 아기보다도 네가 먼저일 건데 넌 왜 그러는지 모르겠다."

이수가 조금 장난스럽게 말했다. 그러나 진하는 아무 말도 하지 않고 웃기만 했다.

"애고, 문이수를 누가 말리냐? 나도 언제나 이수가 최고지."

"그런데 왜 웃어?"

진하의 웃음이 따뜻하게 다가와 가슴에 스몄다. 어쩌면, 하고 이수는 생각했다. 어쩌면 이렇게 귀한 행복을 알려주려고, 이런 사랑을 알게 해주려고 우리는 오랜 시간을 기다렸나 보다.

"진하야……."

이수는 진하의 팔짱을 끼고 그의 손을 잡았다. 이 손이 내 손을 놓기 전에는 난 절대로 이 손을 놓지 않을 거야. 돌이켜 생각해 보니 우리는 늘 이 손을 잡고 있었던 것 같아.

12월 25일.

진하가 문이수를 향해 손을 내밀었다.

배가 불러오기 시작해 이수는 하는 수 없이 중세의 신부를 연상시키는 아이보리 색 드레스를 입었다. 가슴 부분부터 풍성하게 퍼지는 데다가 우아한 진주를 수놓은 아이보리 색 웨딩드레스를 입은 이수의 손을 잡고 들어온 아버지는 진하와 이수를 번갈아 바라보며 미소 지었다. 흰장미와 백합, 카라꽃으로 둘러싸인 실내는 우아한 아름다움과 사람들의 특별한 감동으로 따뜻하게 빛나고 있었다. 이수는 바로 앞에 다가온 그의 손을 가만히 내려다보았다. 턱시도를 입은 그는 그 어느 때보다도 더 투명하게 눈부셨다. 이수를 신부로 맞기 위해, 아주 먼 그곳에서 뚜벅뚜벅 걸어나온 사람 같았다.

아빠는 살다 보면 가슴에 맺히는 사람이 있다고 했다. 아무리 풀어버리려고 해도 그대로 맺혀 있는 사람. 아빠에게는 엄마가 그런 사람인 것 같다고…… 그런 사람은 잊어 보리라고 해도 잊을 수 없다고 했지. 그런 때는 그저 잊혀져 가기를 기다리라고 했었지. 나는 이제 진하야, 가슴에 맺혀서 언제나 눈물로 쏟아내던 네 손을 이렇게 잡아.

너를 얼마나 사랑했는지 네가 다 알까. 너를 사랑하고 있어서 가슴이 아픈 시간이었지만 난 그 시간도 감사해. 너를 사랑하지 않았으면 결코 몰랐을 시간이었지. 순도 100%의 완벽한 사랑은 없다고 사람들은 말하지만, 이제 난 그저 내가 너이고 네가 나인 이 사랑을 믿어.

사랑해, 정진하…….

진하는 늘 이수가 결혼식장에 들어설 때는 어떤 모습일까 마음속으로 그려보곤 했다. 그러나 막상 천사처럼 아름다운 신부

의 모습으로 다가오는 이수를 보며 진하는 숨이 멎는 것만 같았
다. 진하는 이수의 눈을 마주 바라보았다.

사랑해, 문이수…….

이수는 보기만 해도 마음이 따뜻해지는 진하의 손을 잡고 주
례자 앞에 섰다. 결혼서약을 마친 뒤에 피아노 소리가 높이 울
려 퍼지는 가운데 두 사람은 인사를 하고 천천히 걸어나왔다.
시일도 참석해 그날은 휠체어에 앉아 있었다. 이젠 슬픔을 버리
고 이수와 진하에게 햇빛처럼 따뜻한 웃음을 보냈다. 행복한 박
수 소리가 울려 퍼졌다.

시일도 참석해 그날은 휠체어에 앉아 있었다. 이젠 슬픔을 버
리고 이수와 진하에게 햇빛처럼 따뜻한 웃음을 보냈다. 행복한
박수 소리가 울려 퍼졌다.

그는 아직 기억을 찾지 못했다. 그러나 간혹 어둠 속에서 갇
혀 헤매는 그를 발견하곤 하였는데, 그럴 때의 그는 혼자 기억
해 내려고 애썼었다. 이수는 애써 재촉하지 않았으며 굳이 그에
게 다가가려고도 하지 않았다. 혼자 찾아낼 수밖에 없는 일이었
다. 그리고 혼자 기억해 내야 할 것들이었다. 어쩌면 지민과의
일들은 기억해 내지 말았으면 했다. 얼마나 좋아하고 믿던 친구
였는지, 그런 친구가 자신에게 어떻게 했는지……. 그 기억은
그저 이수만이 아는 것으로 족했다. 이수는 다만 많은 이야기를
들려주었다. 그래도 모두 같이 할 수는 없는 일이었다. 애초에
완벽한 공유란 불가능한 것임을 이수는 이미 잘 알고 있었다.

눈을 들어 이수는 멀고 가까운 사람들을 차분히 둘러보았다. 어떤 결혼식보다도 더 특별한 의미를 지닌 결혼식은 그렇게 시작되었다. 눈부신 순백의 결혼 예복을 입고 마주 선 순간부터 이수는 이미 세상에서 가장 행복한 여자였다. 진하와 함께하는 한 행복할 것이라는 확신은 이수를 행복하게 했다.

이수는 내밀어진 그의 손에다 제 손을 얹었다. 기다림으로 한이 되어버렸던 그 긴 시간의 설움을 녹이는 온기가 거기 있었다. 진하야, 나의 눈과 귀의 주파수는 늘 그렇게 너를 향하고 있었어. 알고 있었니? 너의 모습이 보이지 않는 나의 하루는 무의미했다. 이별 직후 다시 누군가를 사랑할 수 있을 거란 생각은 감히 하지 못했던 그 깊은 추위. 하지만 진하야, 네가 어디에 있어도 내 더듬이는 너를 찾을 수 있었을 거야. 왜냐하면 나와 넌 주파수가 같으니까.

장밋빛 황홀한 빛깔로 연주곡이 흘렀다. 눈물겨워서 이수의 손이 가늘게 떨렸다. 진하가 이수의 손을 더욱 꼬옥 쥐었다. 이수는 진하의 눈을 올려다보았다.

"사랑해."

이수의 이슬 맺힌 눈이 그렇게 속삭였다.

"사랑해."

진하의 맑은 눈이 속삭이고 있었다. 그는 이수의 눈을 들여다보며 해맑고 밝게 웃었다. 그 웃음이 이수 가슴 안으로 따스하게 스며들었다. 펑펑 소리를 내며 축포처럼 플래시가 터졌다. 이수는 그의 팔짱을 끼고 빛의 움직임을 따라 수줍게 웃어 보였다.

이수가 던진 부케는 지영이가 잡았다. 결혼식이 끝난 뒤 두 사람은 조촐한 결혼 피로연을 하고 신혼여행을 떠나기로 했다. 신혼여행은 두 사람이 그 옛날 배낭여행 가기로 했던 이태리와 스위스를 돌아오는 것이었다. 모처럼 직원들이 참석한 결혼식 피로연은 마치 사내 단합대회 같은 분위기였다. 결혼식장 라운지의 뷔페를 빌려서 김 여사가 마련한 음식들로 잔칫상을 차렸다. 직원들이 따라주는 술을 거푸 받아 마신 그는 얼굴이 빨갛게 되었다. 이수는 임신부라는 이유로 술은 권하지 않았다. 사회자가 신랑 신부를 붙잡아 세우고 질문을 했다.

"신랑은 신부를 사랑하십니까?"

"네!"

"그러면 펄쩍펄쩍 뛰면서 큰 소리로 만세 삼창을 한다. 실시!"

진하는 그 자리에서 펄쩍펄쩍 뛰면서 만세 삼창을 했다.

"만세! 만세! 만세!"

이번엔 사회자는 이수에게 질문을 던졌다.

"신부는 신랑을 사랑합니까?"

"네."

"진짜입니까?"

"네, 진짜입니다."

"그러면 신랑에게 사랑해를 세 번 외치고 키스합니다. 진하게!"

이수가 쑥스러워 큭큭 거리고 웃자 직원들은 손뼉을 치며 재촉하기 시작했다.

"키스! 키스! 키스!"

이수는 별수없이 그를 마주 바라보았다.

"사랑해… 사랑해… 사랑해… 정진하."

그런 이수에게 빙그레 미소 지으며 그가 대답했다.

"나도 문이수를 사랑해."

이수는 뒤꿈치를 조금 들고 그의 목에 팔을 감고 키스했다. 진하게…… 진하게.

심술궂은 직원들의 주문으로 두 사람은 키스부터 계란 먹기까지 갖가지 묘기를 선보인 후에야 풀려날 수 있었다.

"아주 멋진 날이었어."

이수는 사랑과 만족이 깃들인 반짝이는 눈으로 그를 올려다보며 말했다. 그는 미소를 머금은 그녀의 얼굴을 손으로 감싸쥐고 아주 다정하게 말했다.

"앞으로 우리가 함께 보내는 매일이 행복할 거야."

피렌체에 도착해 호텔에 짐을 풀고 가벼운 차림으로 두 사람은 거리로 나섰다. 이수의 어깨를 돌려 안은 진하는 편한 청바지 차림이었고 이수 역시 편한 청바지에 가볍게 늘어지는 니트 차림이었다. 피렌체는 도시 자체가 거대한 문화제라는 그 명성답게 아담하고 소박하고 아름다운 도시다. 그 아름다운 도시의 거리를 둘은 천천히 걸었다. 길모퉁이 정겨운 아메리칸 브런치 카페에 앉아 커피와 프렌치 토스트를 먹었다. 그날 그곳에선 밝은 사람들의 속삭임과 웃음소리가 따뜻하고 행복하게 느껴졌다.

"좋으니?"

부드럽게 날리는 곱슬머리를 쓸어 넘기며 넉넉한 웃음 띤 얼굴로 진하가 물었었다.

"응, 아주 좋아. 이대로 이곳에 살아도 좋을 것 같아. 너는?"

"이수가 좋으면…… 난 언제나 좋아."

드디어 두 사람은 그 옛날 약속했던 이태리의 피렌체, 그리고 두오모에 올랐다. 두오모는 피레체의 중심에 있었다. 옛날 피렌체 공화국의 종교의 중심지로 흰색, 핑크, 그린의 대리석이 기하학 모양으로 장식된 아름다운 대성당이었다. 너무 유명해서 설명이 필요없는 그저 느끼기만 하면 되는 곳이었다. 그런 걸 알고 있어서인지 이탈리아 현지인들은 그 광장에서 비둘기 모이를 관광객에게 쥐어주고 멋모르는 관광객이 그 비둘기 모이를 주면 그때 와서 사진을 찍으라고 요구한다. 싫다고 하면 비둘기 모이 값을 달라고 하는데 생각보다 한국 관광객이 많이 당한다고·한다. 아무튼 그것조차 이수와 진하에게는 재미있었다. 그렇게 이런저런 이야기를 들어가며 두 사람은 두오모를 올랐다. 사랑하는 연인들이 만남을 약속하는 그곳, 연인들의 두오모. 헤어진 연인들도 오랜 시간이 흘러 다시 만나게 된다는 그 두오모를 이수와 진하는 손을 잡고 천천히 서두르지 않고 올랐다. 계단을 오르며 몇 번이고 쉬었지만, 그래도 서로 손 잡아주며 결국 두 사람은 나란히 그곳에 서서 노을이 물드는 피렌체의 거리를 내려다보았었다. 두오모는 마치 진하와 이수의 사랑과 같이 과묵하고 우직스럽게 그곳에 서 있었다. 세월이 흐르고 빛이 바래도 결코 흔들리거나 변하지 않을 것처럼…….

서늘한 바람이 이수의 부드러운 머리카락을 흔들고 갈 때 진하가 나란히 선 이수를 마주 보았다.

"두오모에 온 것을 축하한다, 이수야!"

"연인들의 두오모에 온 것을 축하한다, 진하야!"

이수는 환하고 수줍게 웃었다. 그리고 조그맣게 숨을 들이쉬고는 다시 감탄했다.

"이곳은…… 너무 아름다워. 정말 아름다워."

다시 바람이 부드럽게 불어와 두 사람을 훑어갔고 그 바람처럼 진하가 말했다.

"내년에도, 그리고…… 그 다음 해에도, 다시 그 다음 해에도 너와 이곳에 오고 싶다. 이수야, 사랑해."

이수는 잠시 가만히 선 채로 숨을 멈추고 진하를 바라보았다. 언제나 산처럼, 바다처럼, 그리고 이 두오모처럼 변함없는 그들의 사랑을…….

"진하야, 나도 그렇게 하고 싶어. 언제까지나."

그리고 두 사람은 노을이 물들어 있는 두오모를 내려와 다시 그곳을 찾았다. 피렌체에서 가장 오래된 다리 베키오 다리(Ponte Vecchio). 그 다리에 다시 나란히 서서 변함없이 그 도시의 시작부터 흘러왔을 아르노 강을 내려다보았다. 두 사람이 키스를 나눈 그 자리에서 다시 두 사람은 달콤하고 깊은 입맞춤을 나누었다.

“행복하니?”

그리고 진하는 보았다, 환한 표정으로 대답을 생각하는 이수의 얼굴을.

“음, 행복하다는 말이 꼭 맞는 말일까 하고 생각했어.”

진하는 그런 이수를 바라보며 사랑스러워서 견딜 수 없다는 듯이 두 팔을 벌려 안아왔다. 이수도 다가가 그의 넓은 품에 안겼다.

“언제나 이렇게 안아주고 싶었어.”

“언제나 너의 품이 그리웠어.”

진하의 두 팔이 힘 주어 안아오는 것이 느껴졌다. 그 순간 이수는 충격처럼 진하의 품속에서 머리가 하얗게 변하는 것이 느껴졌다. 진하의 입술이 자신에게 포개져 올 때 분명히 알 것 같았다. 그날 피렌체 이 다리에서 김시일로 나타난 진하와 키스했었을 때 느껴지던 그 느낌. 그 느낌의 실체를 분명히 느낄 수 있었다. 마음에 그렁그렁 이슬이 맺혔다.

그 베키오 다리에 달빛은 부드럽고 고왔다. 다리 양쪽으로 귀금속 세공점과 보석점들이 늘어서 있던 그 거리 한 보석가게에서 진하는 이수의 손을 잡고 들어갔다.

“골라봐, 선물을 사주고 싶어.”

그러자 이수는 그 많은 보석들 가운데 디자인이 아주 심플한 열쇠 목걸이와 자물쇠 목걸이를 골랐다. 그 목걸이는 첫눈에 이수의 마음에 꼭 들었다. 이수는 자물쇠 목걸이를 진하의 목에 걸어주었다.

"자물쇠네."

"자물쇠는 진하 거, 내 거는 열쇠. 나만이 진하 마음의 방을 열 수 있어."

진하는 이수의 말에서 뭔가 가슴 한편에 이는 아릿한 그리움을 느끼며 고개를 끄덕였다. 그들은 떨어져 있는 그 오랜 시간 그리움을 마음의 방에 넣어두고 살았을 것이다. 그 가게에서 나와 부드러운 바람을 마음껏 맞으며 걸었다.

그날 밤 깨끗한 레스토랑에서 붉은 포도주와 저녁을 먹고 돌아와서 두 사람은 테라스에 앉아 서로 마주 보고 있었다. 늘 그렇듯이 아주 익숙한 느낌이 두 사람을 편안하게 하고 있었다. 두오모의 밤거리를 내려다보며 진하가 소곤소곤 이야기를 했고 이수는 즐겁고 재미있게 고개를 끄덕이며 부드럽게 미소 짓고 있었다. 갑자기 이수를 너무 사랑스럽게 바라보던 진하가 이수의 머리를 끌어당기며 입술을 포개왔다. 부드러운 입술이 이수의 입술을 가볍게 열고 들어왔고 이수의 팔이 그를 끌어안았다. 그러자 진하가 가만히 이수의 등을 어루만져 주었다. 다정다감한 진하의 손길이 스쳐 지나갈 때마다 이수의 몸은 아주 훌륭한 마사지사에게 마사지라도 받는 것처럼 부드럽게 이완되어 갔다. 진하의 입술이 머물다 가면 그 자리가 이내 안타까워졌다.

아기를 갖는다는 것은 상상했던 만큼 불편하지는 않았다. 진하가 아주 세심히 배려해 주었으므로 거동이 불편하지도 않았

다. 그저 자꾸만 가슴이 설레어 차츰 가쁜 물결이 밀려드는 듯
했다. 진하는 이수를 가볍게 안고 침대로 데려갔다. 감탄의 신
음을 내뱉으며 진하는 이수에게 가장 편한 자세를 취해주었다.
그가 이수의 가슴을 부드럽게 애무하기 시작했다. 그의 입술이
이수의 미끈하고 부드러운 실루엣을 훑어가기 시작하자 수줍어
하는 목과 어깨가, 목 아래로 드러난 뼈가, 작고 여린 두 가슴
이, 소중한 두 사람의 아기를 담고 있어 둥근 배와 앙증맞은 배
꼽이, 도톰한 엉덩이가, 본능적으로 모두어 웅크린 허벅지가,
동그란 무릎이, 그 아래도 가늘게 뻗은 다리가, 연약한 발목과
귀여운 발이, 그리고 그 은밀한 곳까지 그의 입술이 스쳐 갈 때
마다 이수의 몸에 있는 모든 것들이 차례로 떨리며 뜨거워졌다.
탐색이라도 하듯 그가 이수의 예민한 부분을 혀끝으로 맛보는
동안 이수는 처음 느끼는 급박한 갈증에 시달렸다. 이제 나를
가져요…… 이수는 그에게 매달리고 싶었다.

　이윽고 그의 몸이 이수의 몸 가장 깊은 곳으로 밀고 들어와
가득 채워졌다. 아픔 같은 건 없었다. 그가 움직이면 움직일수
록 이수는 점점 더 깊게 채워졌다. 조금씩 조금씩 채워져서 마
침내는 한꺼번에 터져 버릴 것 같았다.

　"아……."

　그는 그녀의 신음 한마디에 더욱 고무되어 더욱 따뜻하게 그
녀를 안았다. 그리고 희열을 느꼈다. 머리 속에서 윙윙거리는
소리가 나고 근육 하나하나, 신경의 미세한 곳까지도 요동치고

있었다. 그에게서 시작된 숨결은 아득하게 뜨겁고 행복했다. 이수는 눈을 뜨고 그를 바라보았다. 그가 이수를 내려다보고 있었다. 이수는 얼굴을 들어 올려 그의 입술을 찾았다. 나를 존재하게 하는 단 하나의 이유, 정진하. 사랑한다. 이수는 그의 입술에 입술을 가져다댔다. 이수의 뺨으로 따뜻한 눈물이 흘렀다. 그는 입술로 이수의 눈물을 닦아주었다. 그리고 두 손으로 이수의 머리를 감싸 안고 그 둥근 이마에 오래도록 키스했다.

그들이 인터라켄 거리에 도착했을 때는 어느새 아침이 되어 있었다. 스위스가 자랑하는 이 아름다운 인터라겐은 툰(Thun) 호수와 브리엔츠(Brienz) 호수 사이에 있어 인터라겐 (Interlaken, 호수의 사이라는 의미)이라고 불리게 되었다. 이 인터라겐이 유명해진 것은 유럽의 최고봉이라는 해발 3.454m의 융프라우요흐를 가지고 있기 때문이었다. 아름다운 호수에 멋진 산을 가졌다는 것은 얼마나 큰 축복인가. 또 이곳에는 아름다운 인터라겐을 천천히 둘러보도록 두 개의 기차역이 있었다. 차를 주차시키고 동역(Interlaken Ost)과 서역(Interlaken West)을 가로지르는 길을 상쾌한 아침 공기를 한껏 들이마시며 이수와 진하는 기분 좋게 걸었다. 이수의 화장기 없는 얼굴은 아주 행복해 보이고 아침 햇살 속에서 빛나 보였다. 그는 배부른 임신부인 이수의 손을 잡고 가게 밖의 가파른 계단을 내려가 좁은 거리를 오가는 다채로운 색상의 생동감 넘치는 인파 속으로 들어섰다. 이수는 스위스가 좋았다. 덧문과 발코니가 달린 높은 건물들과 사람들이 붐비는 거리와 카페, 은과 올리브와 자수와 가죽 수공예품들을 파는 멋진 상가의 행렬. 유행하는 카페들이 즐비한 아치가 드리운 거리 전면에는 나무숲에 둘러싸인 크리켓 경기장이 내다보였다. 이수는 그와 함께 앉아 세상 돌아가는 구경을 했다.

그와 산책로를 천천히 걸으며 이수는 바람에 날려 헝클어지는 그의 머리카락을 넘겨주었다. 자꾸만 그의 어깨에 기대어 웃음이 나왔다. 다리가 후들거려 더는 걸을 수 없게 되었을 즈음 눈앞에 카페가 보였고, 거기로 달려가 두 사람은 쓰러지듯 주저앉았다.

"애고! 늙었나 봐. 배낭여행 못하겠다, 이제."

"늙기는, 아기 때문에 힘들어서 그러지."

"그런가?"

"그럼."

이수는 아무 생각 없이 한참을 앉아 있었다. 가끔 하늘을 올려다보았다. 한낮의 볕은 곰살맞게 따스했다. 고요하고 평화로운 공간이었다. 아래로 비스듬히 내려다보이는 주택가는 비현실적이다 싶을 만큼 한적했다. 그 속에, 그토록 한가로운 풍경들 속에는 지금 이 거리를 지나는 저 노인의 집도 있을 것이다.

"진하야?"

"응?"

"사람들이 자꾸만 나 쳐다봐."

"예뻐서 그래."

"아냐, 배불뚝이가 여행 왔다고 보는 거야."

"그럼 예쁜 아기를 가져서 배불뚝이가 된 아름다운 여자가 여행까지 온 게 부러워서 그래."

순간 이수는 계속 배를 감추려고 애써온 불안감이 사라지면서 가슴이 터질 듯 즐거워졌다. 진하 앞에서는 마냥 어리광을 부리고 싶었다. 그렇게 어리광 부리는 이수를 금세 즐겁고 행복하게 해주는 진하는 사랑의 마술사였다.

그가 포도주를 주문하는 동안 이수는 먹고 싶은 아이스크림을 고르고는 가게의 안락한 의자에 기대앉아 거리를 오가는 사람들을 유심히 쳐다보았다. 이수에게 그는 즐거움 그 자체였다. 반짝이는 검은 머리에서부터 발끝까지. 이수는 갑자기 너무나 행복한 나머지 탁자 위에 올라가서 만인이 들을 수 있도록 외치고 싶었다. 하지만 사람들의 시선을 생각을 하자 즉시 움츠러들었다.

"무슨 생각 해?"

"이 남자랑 결혼했어요, 내 남자예요, 그렇게 외치고 싶어. 행복해서……."

그가 갑자기 일어서서 거리에 대고 외치기 시작했다.

"저! 이 여자랑 결혼했어요! 나 행복해요!"

이수가 놀랍다는 듯 그에게 눈을 둥그렇게 뜨고는 웃으며 묻는다.

"정진하가 그렇게 용감한 사람이었나?"

산악 열차 안에 나란히 앉은 이수가 눈앞에 그림처럼 지나쳐 가는 아름다운 산의 모습을 보고 있고 그런 이수를 그가 정신 없이 보고 있었다. 지금 두 사람은 아무런 생각이 없었다.

그는 이수에게 다가가 다정하게 어깨동무를 하며 물어보았다.

"우리 올라가서 뭘 먹을까요? 배고프다."

"스파게티 먹자. 나도 배고파. 근데 그건 정상에서 꼭 먹어야 해."

"왜?"

"그럴 일이 있어."

중간 역인 라우터브루넨에서 기차길이 갈라지는데 이곳에서 올라갈 수 있는 산이 007 산과 쉴트호른 산이 있는데 그들이 가려고 하는 360도 회전하는 피쯔 글로리아(Piz Gloria) 레스토랑은 쉴트호른 정상에 있었다. 쉴트호른 정상에 레스토랑 피쯔 글로리아에 앉아 산을 내려다보는 두 사람의 얼굴엔 어린 아이들 같은 아름다운 웃음이 가득 피어올랐다. 그가 메뉴를 들여다보며 이수에게 물어보고 있었다.

"여기 있네. 제임스본드 스파게티. 어때? 시켜?"

"으와, 정말 있네? 응, 그거야?"

이수가 주문을 하는 그 에게 볼을 갖다 대며 말했다.

"진하야, 나 한 번 꼬집어. 정말 꿈이 아닌지. 난 이 레스토랑이 정말 360도 회전을 할 건지 너무 궁금했는데 아직도 믿어지지 않아."

그는 이수가 갖다 댄 볼에 얼른 뽀뽀하며 장난스럽게 웃으며 속삭였다.

"자, 어때? 꿈 아니지?"

이수가 얼굴이 빨개지며 그래도 재미있다는 표정으로 발로 식탁 밑에서 툭 찬다.

"야, 장난을 하고 그래?"

이수가 눈을 둥그렇게 뜨며 놀라서 말한다. 하긴 언제 사람 많은 식당에서 이렇게 해본 적이 있었냐 말이지. 두 사람은 즐거워져 깔깔거리고 웃었다.

"이런 장난꾸러기."

"이수야."

"응?"

"그냥 불러봤어."

두 사람은 아이들처럼 활짝 웃었다.

산에서 내려와 카지노 쿠르살 전통 공연장에서 스위스 전통 공연을 구경하던 이수는 관광객들이 춤추는데 섞여 함께 감정에 도취되어서 자신도 함께 춤을 추다가 놀라서 쳐다보고 있는 그에게 다가가 손을 끌고 나갔다. 둘이 빙빙 돌며 즐겁게 춤을 추었다. 낯선 곳에서의 아름다운 분위기가 이수를 들뜨게 했고 그런 그녀를 그는 알프스의 요정이 춤을 추는 것처럼 바라보았다. 그는 이수를 안아 올렸다가 천천히 내리고는 감싸 안았다. 이수의 손이 놀라 그의 허리를 감싸고, 진하가 이수의 얼굴을 두 손으로 감싸고 천천히 부드럽게 입맞춤하자 이수는 스르륵 눈을 감았다. 그의 부드러운 입술이 이수의 들뜬 마음을 열었고 더 부드럽고 따뜻한 그의 혀가 이수의 마음을 흔들었다. 그가 이수의 눈을 바라보며 중얼거리고 다시 따뜻하게 입술에 입맞췄다. 이수의 눈이 수줍게 웃었다.

"천사 같다, 우리 이수."

그날 저녁 두 사람은 툰 호수 위를 떠가는 디너 크루즈(유람선) 위에서 저녁 식사를 했다.

스위스가 그처럼 자랑하는 아름다운 툰 호수에 잔잔히 노을이 물들고 유람선은 천천히 미끄러져 갔다. 포도주를 따르는 진하가 이수의 잔을 채우고 이수도 그의 잔을 채웠다. 붉은 포도주가 불빛에 빛났다.

"아름다운 나의 사랑을 위해서!"

이수가 보일 듯 말 듯 웃으며 잔을 들었다.

"정진하 지갑을 위해서! 아자!"

"애개?"

부드러운 바람이 머리결을 흔들고 지나갔다. 언제나 그렇듯이 아주 익숙한 느낌이 두 사람을 편안하게 하고 있었다. 불빛에 흔들려 반짝이는 툰 호수의 물결을 내려다보며…… 늘 그렇듯이 진하가 사랑을 이야기를 했고 이수는 그저 충만하게 몰려오는 행복한 느낌으로 고개를 끄덕이며 부드럽게 미소 짓고 있었다. 문득 그가 말했다.

"이수야."

"응?"

그의 입술이 아무런 예고도 없이 이수의 이마로 내려왔다. 입술은 그의 가슴속 온기를 닮아 아늑하고 따듯했다. 그의 숨소리가 들리는 것 같았다. 이수는 눈을 감고 가만히 귀를 기울였다. 숨소리는 조금씩 아래로 내려와 이수의 입술에서 한참을 머물렀다. 눈을 감아도 언제나 알 수 있을 것 같은 이 느낌…….

열여덟, 그 허름한 학원 옥상 위로 올라온 너를 보는 순간, 난 왜 그렇게도 부끄러웠던지. 마치 네가 내 몸을 훤히 꿰뚫어 보는 것만 같은 느낌. 네가 내 마음을 속속들이 들여다보는 것만 같은 기분……. 내게 시작된 그 기분을 네가 이미 알고 있을 거란 생각 때문에, 그래서 난 네 얼굴을 바로 볼 수가 없었어. 그러면서도 한편으론 나를 철없는 아이가 아니라 예쁜 한 여자로서 봐주었으면 하는 바람이 싹트고 있었을 거야. 그가 그 모든 것들을 다 기억하지 못하더라도 서두르지 않고 기다릴 것이다. 말해지지 않는 것들도 있어야 한다고 이수는 생각했다. 다 말하지 않은 채 가슴속에다만 키우는 것. 진실이라고 하여 반드시 낱낱이 끄집어내어 말해야만 할 이유는 없는 것이라고, 때로는 그 말해지지 않는 것들 속에 더 깊고 아득한 진실이 살아 있기도 한 것이라고. 그리고 어쩌면 그런 진실은 자신보다는 진하의 가슴 안에 더 많이 심어져 있을 것이라고 이수는 생각했다. 비록 앞으로도 진하가 모두 다 기억해 내지 못하더라도 이수는 걱정하지 않을 것이다. 왜냐하면 진하가 어디에 있어도, 무슨 생각을 하고 있어도 이수의 더듬이는 진하의 생각을 찾을 수 있을 것이다. 왜냐하면 진하와 이수는 주파수가 같으니까.

이 글은 줄곧 사랑하는 나의 벗을 생각하며 썼습니다.

'서울 어느 곳에 菊田이란 카페가 있어요.
나를 버린 곳이랍니다.
그 국화밭(菊田)에 심장을 묻어놓았지요.
어느해 가을에.'

저는 이렇게 말하는 사람의 마음을 이해합니다. 저 역시 그 어느 날 심장을 묻어버린 치명적인 사랑의 경험을 가지고 있었으니까요. 이 글의 주인공 이수도 그런 사람이었습니다.

그런 가슴이 다시 뛰기 시작했죠. 이수의 주파수에 딱 걸린 누군가를 다시 만나면서 말이죠.

나의 벗에게……

그리고 저처럼 치명적인 사랑을 해본 누군가에게……

이 이야기를 보냅니다. 주파수에 딱 걸리는 누군가가 나타나면 다시

작가후기

보세요. 당신의 운명이 돌아온 것이랍니다.

사랑하는 나의 가족과 카페 식구들, 그리고 글동무 여러분들, 제 글을 사랑해 주시는 많은 분들, 그리고 이 책이 나오도록 도와주신 예쁜 청어람 출판사 식구들 감사드립니다.

착한 마음으로 글을 쓰고 싶습니다.

나는,
내 글이 세상을 향해
행복한 날갯짓을 하며,
날아갈 그날까지……
나는 쓰고,
쓰고,
또, 쓰겠습니다.

_이혜경 드림